FIVE OF A KIND

ALASKA IM HERZEN
BUCH FÜNF

ANNIE STONE

Copyright: © 2024 Annie Stone
Coverfoto: depositphotos.com/ 157455688
Korrektorat: Katharina Tiemann (Textwerkstatt)
ISBN: 9783757998189

Annie Stone
c/o Die Bücherfee - Karina Reiß
Zick Zack 1
39393 Am Großen Bruch
annie@annie-stone.de

Alle Rechte vorbehalten. Nachdruck – auch auszugsweise – nur mit schriftlicher Genehmigung von Annie Stone.
Kontakt: annie@annie-stone.de

Herstellung und Druck über tolino media GmbH & Co. KG, Albrechtstr. 14, 80636 München. Printed in Germany.
Fragen zu Produktsicherheit an: gpsr@tolino.media.

Für meine Leserinnen

CONTENT NOTE

In diesem Buch kommen potenziell triggernde Inhalte vor. Da diese Spoiler für das gesamte Buch enthalten, findet sich die vollständige Liste am Ende des Buchs.

1

MAVERICK

Das Handy ans Ohr gedrückt, eile ich durch den Flur der *Alaskan Lodge* zu meinem Büro. »Das ist doch ein schlechter Scherz, oder?«

»Leider nicht«, erklärt die Frau am anderen Ende der Leitung zerknirscht. »Sie müssen verstehen … In der heutigen Wirtschaftslage ist es nicht so leicht, qualifiziertes Personal zu finden.«

»Aber nächste Woche sollte endlich der Spatenstich für den Spa-Bereich erfolgen. Wir warten schon seit einem Jahr darauf.«

»Das weiß ich, und es tut Mr. Scheffer auch sehr leid. Aber uns sind die Hände gebunden. Wir geben Ihnen Bescheid, sobald wir die Kapazität haben.«

Ich lege frustriert auf und streiche mir durch die zu langen Haare. Wenn ich Zeit hätte, würde ich sie mal schneiden lassen. Dieses ganze Projekt war von Anfang an ein Desaster.

Der Bedarf an einem Spa-Bereich ist auf jeden Fall da. Es kommen viele Wintersportler nach Whynot, die eine Sauna zu schätzen wissen. Aber auch bei den Sommergästen ist so ein Bereich mit Schwimmbad und Wellness beliebt.

Es ist nur ein verdammtes Problem, eine Firma zu finden, die uns diesen baut. In Whynot selbst gibt es niemanden, der dafür geeignet ist. Also habe ich in Anchorage gesucht. Letztlich dachte ich, den passenden Bauunternehmer gefunden zu haben, der natürlich viele Aufträge hatte, und daher warten wir seit einem Jahr.

Aber wie es aussieht, müssen wir noch länger warten … In meiner Vorstellung hätten wir zum Start der Sommersaison alles eröffnen können. Da wir schon Frühling haben, sieht das jedoch schlecht aus.

Am liebsten würde ich ihnen absagen, aber da ich keine Alternative habe, bleibt mir wohl nichts anderes übrig, als in den sauren Apfel zu beißen.

Schwer lasse ich mich auf den Schreibtischstuhl sinken. Dieses Projekt hat dafür gesorgt, dass ich alt geworden bin. Äußerlich mag man es nicht erkennen – wobei ich schon die ersten grauen Haare an den Schläfen sehe –, aber innerlich bin ich weit entfernt von meinen neununddreißig. Und jetzt gerade fühle ich mich wie neunzig.

Seufzend klappe ich den Laptop auf, checke die Reservierungen. An der Front müssen wir uns keine Sorgen machen. Die Lodge läuft immer noch genauso gut wie damals, als Grandpa sie geleitet hat. Er lässt sich weniger und weniger hier blicken, was ich nicht gerade schlecht finde, denn sein Einmischen war nicht immer produktiv.

Es klopft an der offenen Tür, und ich sehe auf. »Hey, was gibt's?«, frage ich meine Cousine Millie.

»Wir haben drei Krankmeldungen für das Front Office. Ich bin ganz allein.«

»Shit. Hast du Roger und Sally angerufen?«, frage ich. Die beiden haben heute frei und könnten eventuell einspringen.

»Sally ist beim Arzt in Anchorage, könnte aber danach losfahren. Roger konnte ich nicht erreichen.«

»Mist.« Ich erhebe mich. »Dann spring ich wohl ein.«

»Vielleicht …«, fängt sie an, bevor sie sich unterbricht. »Nein, das ist wahrscheinlich keine gute Idee.«

»Was?«

»Vielleicht könntest du Raelynn fragen? Sie ist schon ein paar Mal eingesprungen und weiß, was zu tun ist. Aber dann haben wir eine Kellnerin zu wenig.«

Als sie diesen Namen ausspricht, Raelynn, klopft mein Herz schneller. Es darf nicht sein. Ganz sicher nicht, schließlich ist sie halb so alt wie ich – zumindest fast –, aber trotzdem ist sie mir schon aufgefallen, als sie noch im *Firehouse* gearbeitet hat. Keine Ahnung, was mich geritten hat, ihre Bewerbung im letzten Jahr anzunehmen. Schließlich war damit klar, dass niemals was zwischen uns geschehen könnte. Ich bin ihr Boss. Nie könnte ich dieses Machtverhältnis ausnutzen.

»Hm.«

»Ich weiß, du magst sie nicht so wirklich«, beeilt sich Millie zu sagen.

Ich bin überrascht von der Aussage, weil sie nicht ferner von der Wahrheit sein könnte, aber lasse sie so stehen. Sollen sie ruhig denken, dass ich sie nicht mag. Wäre schlimmer, wenn sie wüssten, dass ich mich Nacht für Nacht nach ihr sehne …

Ich streiche mir die Haare aus der Stirn. Yep, ich muss sie mir dringend schneiden lassen. »Haben wir dann trotzdem noch genug Kellnerinnen?«

»Es wäre zu schaffen.«

»Fein, dann machen wir es so.« Seufzend trete ich um den Schreibtisch herum.

»Ich kann sie fragen«, bietet Millie an, aber ich schüttele den Kopf.

Vielleicht bin ich masochistisch, aber ich kann mir die Gelegenheit, sie zu sehen, nicht entgehen lassen. Nein, das macht mich zum Perversling. Fast vierzig und geifere einer Frau Mitte zwanzig hinterher. Irgendwann wird man über mich sagen: *Das da, das ist der geile Bock Maverick, der auch mit siebzig noch den jungen Dingern nachsteigt.*

Ich trete ins Restaurant, und sofort findet mein Blick die rothaarige Schönheit. Einen Augenblick erlaube ich mir, sie im Stillen zu bewundern, bevor sie den Weg zur Bar einschlägt und ich den Blick abwende, damit sie nicht weiß, dass ich sie angestarrt habe.

»Raelynn, kann ich dich kurz sprechen?«

»Ja, natürlich.« Sie lächelt mich freundlich an, ihre blauen Augen blitzen.

Ich merke, wie das Blut sich anschickt, in südliche Regionen zu fließen, was ich mir verbiete. *Ich bin kein alter, geiler Bock*, das sage ich mir vor. Bin aber nicht sicher, ob ich mir selbst glaube.

»Wir haben viele Krankmeldungen. Kannst du an der Rezeption einspringen?«

Sie nickt, zieht dabei die Nase mit den Sommersprossen kraus. »Jetzt sofort?«

»Wenn es möglich wäre.«

»Äh, ja, klar. Kann ich machen.« Sie sieht zu Constance, die die Stirn runzelt, als sie uns reden sieht. Ich winke sie zu uns.

»Was gibt es?«, fragt sie in ihrem üblichen, brüsken Tonfall. Sie ist ein echter Feldwebel, aber fair zu unseren Angestellten, wenn ihr auch jede Empathie fehlt.

»Wir brauchen jemanden an der Rezeption. Raelynn springt ein. Hast du noch genug Personal?«

Sie kneift die Augen zusammen, bevor sie nickt. »Wird gehen.«

Das schätze ich ebenfalls an ihr. Sie findet Lösungen, statt auf Probleme hinzuweisen, die ich nicht ändern kann.

»Danke«, sage ich zu den beiden Frauen. »Raelynn, wenn du dich bei Millie melden könntest?«

»Ja, klar.«

Ich nicke ihnen zu, ehe ich mich vom Acker mache. Nicht, dass ich mich doch noch verrate.

RAELYNN

Ich wünschte, er würde mich mal anlächeln. Wünschte, er würde mir mal einen verstohlenen Blick zuwerfen. Hey, ich würde mich nicht mal beschweren, wenn er mir einen Klaps auf den Hintern geben würde. Aber Maverick Campbell ist immer professionell. Und damit entspricht er absolut nicht der Version in meiner Fantasie. Denn da kann er die Finger nicht von mir lassen. Okay, auch da lächelt er nicht, weil sein Mund mit anderen Dingen beschäftigt ist. Mit küssen und lecken und saugen und knabbern ... Vorzugsweise an mir und meinem Körper.

Aber der wahre Maverick ... Der kann sich viel zu gut beherrschen. Zu meinem Leidwesen. Schließlich habe ich den Job in der Lodge nur angenommen, um eine Chance bei ihm zu haben.

Ich seufze, als ich zu Millie an die Rezeption gehe. »Hey«, sage ich freundlich. »Wie kann ich helfen?«

Sie lächelt mich an. »Dich schickt der Himmel. Könntest du dich um das Einchecken kümmern?« Sie deutet auf eine Gruppe, die mit ihren Koffern am großen Kamin steht. »Ich komm allein nicht hinterher.«

»Ja, klar.«

Sie loggt sich in einen weiteren Computer ein, denn als Kellnerin habe ich natürlich keinen eigenen Zugang. Da ich schon mehrmals eingesprungen bin, weiß ich, wie es geht.

Ich nicke einem Mann zu, der uns aufmerksam betrachtet. »Guten Tag, Sir, was kann ich für Sie tun?«

»Wir würden gern einchecken«, sagt dieser, bemüht um einen freundlichen Ton, wobei er nicht verhehlen kann, dass er schon ein wenig genervt ist.

»Selbstverständlich. Wie ist der Name?«

»Myers. Calvin Myers.«

Ich tippe den Namen in das System ein. »Da haben wir Sie schon. Sie reisen zu zweit?«

»Genau, meine Frau und ich.«

»Hervorragend.« Ich drehe mich zum Schlüsselkasten um, hole einen der altmodischen, schmiedeeisernen Schlüssel heraus. »Sie haben eines unserer schönsten Zimmer.« Was ich in jedem Fall sagen würde, aber zufällig stimmt es auch. Dann nehme ich das Formular aus dem Drucker. »Bitte checken Sie einmal die Angaben und füllen Sie die leeren Felder aus.«

Während er das tut, suche ich all das Infomaterial zusammen, das wir unseren Gästen mitgeben. Er schiebt das unterschriebene Papier zu mir. »Vielen Dank. Frühstück gibt es von sieben bis elf. Das Restaurant ist ab zwölf geöffnet. Wenn Sie möchten, kann ich Ihnen einen Tisch reservieren.«

»Vielen Dank.« Er dreht sich zu seiner Frau um. »Dinner um sieben?«

»Sehr gern.« Sie lächelt ein wenig verkniffen. Da scheint was im Argen zu liegen.

»Tisch für zwei um sieben ist reserviert. Falls ich irgendwas für Sie tun kann, zögern Sie bitte nicht.«

»Wenn Sie das schon anbieten … Wir würden gern einen Rundflug machen. Wir hatten gehört, dass das möglich ist.«

Ich nicke. »Gern rufe ich *Campbell Rundflüge* für Sie an. Sind Sie flexibel oder bevorzugen Sie einen Termin?«

»Was meinst du, Schatz?«, fragt er seine Frau.

Diese kommt näher. »Morgen würde es noch passen. Oder am Freitag.«

Ich nehme den Hörer auf, drücke die Schnellwahltaste vier, unter der die Nummer gespeichert ist.

»*Campbell Rundflüge*. Juniper am Apparat. Was kann ich für Sie tun?«

»Hey, Juniper. Hier ist Raelynn aus der Lodge. Ich wusste gar nicht, dass du noch arbeitest. Bist du nicht schon im Mutterschutz?«

Sie lacht auf. »Ach, solange das Baby noch nicht da ist, kann ich im Homeoffice arbeiten.«

»Verstehe. Du, wir haben hier zwei Gäste, die gern

einen Rundflug buchen würden. Entweder für morgen oder für Freitag. Passt das?«

Ich höre das Klappern der Tasten. »Für morgen könnten sie sich noch einem Flug anschließen. Oder wollen sie einen allein?«

Ich schaue die beiden an. »Möchten Sie lieber einen exklusiven Flug oder schließen Sie sich auch einer Gruppe an?«

»Nein, Malcolm, das möchte ich nicht«, erklärt die Frau und rümpft die Nase, woraufhin er sofort den Kopf schüttelt.

Ich lächele, bevor ich Juniper sage: »Sie präferieren einen Flug allein.«

»Alles klar. Dann Freitag um vierzehn Uhr.«

Ich gebe den Termin weiter, beide nicken zufrieden, weswegen ich ihn festmache und mich von Juniper verabschiede.

»Vielen Dank«, erklärt der Hotelgast und wirkt irgendwie erleichtert.

»Dafür bin ich ja da.«

Ich reiche ihnen den Schlüssel und das Infomaterial, lächele sie an und bin froh, dass sie von dannen ziehen. Die beiden haben die Aura von schwierigen Gästen. Hoffentlich geht da alles gut.

Ich nicke dem Nächsten freundlich zu.

Es ist ein langer Tag, weswegen ich froh bin, als er vorbei ist und ich nach Hause fahren kann. Ich wohne mit meinem Dad und meinem fünfzehnjährigen Bruder ein wenig außerhalb von Whynot. Ersterer ist depressiv und letzterer ist außer Rand und Band, weswegen es nicht immer einfach ist.

Aber da sie nur mich haben, kann ich sie nicht im Stich lassen. Nicht so, wie es meine drei älteren Brüder vor zehn Jahren nach dem Tod unserer Mutter getan haben.

»Kay!«, rufe ich, als ich durch die Haustür trete und meine Schuhe abstreife.

Keine Reaktion, was nicht heißt, dass er nicht da ist. Er könnte auch mit Kopfhörern zocken. Seufzend gehe ich in die Küche, öffne den Kühlschrank. Eigentlich habe ich keinen Elan mehr, um noch was zu kochen, aber ich weiß, dass die beiden heute nur Unsinn gegessen haben. Wie immer, wenn ich ihnen kein Essen auf den Tisch stelle.

Vielleicht einen schnellen Salat und … hm. Nudeln. Die gehen immer.

Ich setze Wasser auf, bevor ich ins Wohnzimmer gehe, wo mein Dad auf der Couch sitzt und auf den Fernseher starrt. Ich trete langsam in sein Blickfeld, damit er sich nicht erschreckt. Er registriert mich und lächelt mich an.

»Hey, Dad«, gebärde ich.

»Hallo, mein Liebling«, antwortet er.

Ich setze mich neben ihn, drücke meine Lippen auf seine trockene Wange. »Hast du was gegessen?«

»Wir haben eine Pizza in den Ofen geschoben.«

»Mit Gemüse?«

Er grinst, und es ist so schön, zwischen all den Regenwolken manchmal seine frühere Persönlichkeit wie einen Sonnenstrahl aufblitzen zu sehen. »Natürlich nicht.«

Ich seufze, während meine Hände die Worte formen,

die mir so vertraut sind.« »Du musst doch ein Vorbild für Kay sein.«

Er zuckt mit den Schultern. »Aber Gemüse schmeckt nicht.«

Ich kneife die Augen zusammen. »Das redest du dir geschickt ein.«

Sein Lachen ist fröhlich, und mein Herz zieht sich zusammen. Ich wünschte, es könnte immer so sein. »Es ist die reine Wahrheit.«

»Ich mach Nudeln mit Hackfleischsoße und Salat. Und ich erwarte, dass du beides isst.«

»Beides? Du meinst sowohl Nudeln als auch Soße?«

Amüsiert schüttele ich den Kopf. »Du weißt doch genau, was ich meine.«

»Hey, wann bist du eigentlich zur Erwachsenen im Haus geworden?«, zieht er mich auf.

Darauf gibt es so viele Antworten, aber alle würden die Leichtigkeit der Konversation zerstören, weswegen ich sage: »Gemüse hat noch niemandem geschadet.«

Er verzieht das Gesicht, bevor er antwortet: »Aber auch noch niemanden glücklich gemacht.«

»Touché.«

Bevor ich die Treppe nach oben gehe, checke ich das Wasser im Topf, aber es kocht noch nicht, weswegen ich nach meinem Bruder schaue. An seiner Tür kleben Zettel, auf die er mit dickem Stift »Draußen bleiben!« und »Kays Zone« und »Vorsicht vor dem Hund!« geschrieben hat, dabei haben wir nicht mal einen.

Ich klopfe an, aber es kommt keine Reaktion, weswegen ich mit der Faust hämmere.

»Was?«, ruft er.

»Hallo!«

»Ja, hallo!«

Ich verdrehe die Augen, öffne die Tür. »Hast du schlechte Laune?«

»Boah, Rae! Ich hab hier zu tun.« Er zieht sich die Kopfhörer runter.

»Das sieht mir nicht nach Hausaufgaben aus.«

»Die hab ich schon fertig.« Aber da er mich nicht ansieht, weiß ich, dass er lügt.

»Von wegen. Mach sie jetzt. Gleich gibt es Essen.«

Er stöhnt genervt auf. »Nach dem Essen.«

Weil die Zeit sowieso zu knapp ist, stimme ich zu, auch wenn mir bewusst ist, dass wir danach dieselbe Diskussion führen werden. »Das Essen ist in zwanzig Minuten fertig.«

Zurück in der Küche öffne ich zwei Gläser Hackfleischsoße, fülle sie in einen Topf, lasse die Nudeln ins heiße Wasser gleiten und mache mich daran, den Salat zuzubereiten. Ich muss einkaufen, weswegen wir nicht mehr so viel Gemüse haben. Was keine gute Ausgangslage ist. Dad und Kay essen schon keinen Salat, wenn es der beste aller Zeiten ist. Aber noch weniger, wenn er nur aus labbrigen Blättern, Tomaten und Gurken besteht. Aber da müssen wir nun alle durch.

Nachdem ich die Nudeln abgegossen und mit der Soße vermischt habe, gehe ich ins Wohnzimmer, um Dad zu holen. Kay wird gleich von allein runterkommen. Wie jeder Teenagerjunge hat er offensichtlich zehn Mägen, die er füllen muss.

Dad nimmt sich von den Nudeln und der Soße, während ich ihm auffordernd den Salat zuschiebe. Er ignoriert ihn, was mich stört. Aber wieso eigentlich? Obwohl ich die Verantwortung für die beiden übernommen habe, heißt das ja nicht, dass sie nicht auch trotzdem noch Dinge für sich selbst entscheiden können. Schließlich ist zumindest Dad erwachsen.

Es sollte doch seine Entscheidung sein, ob er Gemüse essen will oder nicht. Schließlich weiß er, dass es gesund ist. Und trotzdem ... trotzdem fühle ich mich verantwortlich. Wenn ich irgendwann mal selbst Kinder haben sollte, werde ich bestimmt eine absolute Helikoptermutter sein. Sie tun mir jetzt schon leid.

Kay kommt in die Küche, setzt sich auf seinen Platz.

»Ich hoffe, es gibt noch mehr. Ich bin am Verhungern«, gebärdet er, während er gleichzeitig die Worte ausspricht.

Dad kann auch von den Lippen ablesen, aber wir haben alle von klein auf Gebärden gelernt, weswegen es für uns vollkommen normal ist, und für Dad ist es leichter.

»Iss erst Salat.«

Er verzieht das Gesicht. »Mit Salat findet man echt keine Freunde.«

Dad lacht auf, bevor er antwortet: »Mein Reden.«

Kay hält ihm die Hand zum High Five hin, und ich verdrehe die Augen.

»Gemüse ist wichtig«, versuche ich es erneut, aber ich sehe schon, dass ich die Einzige sein werde, die etwas von dem zugegeben ziemlich langweiligen Salat isst.

Beide ignorieren mich, weswegen ich einfach aufgebe.

»Wie war es in der Schule, Kay?«

Er zuckt mit den Schultern, während er sich die Nudeln reinschaufelt, als hätte er den ganzen Tag noch nichts gegessen. Was nie im Leben sein kann.

»Dad, was hast du heute gemacht?« Aber er schaut

auf seinen Teller und bekommt nicht mit, dass ich mit ihm rede.

Fein, dann eben nicht. Negiert einfach alle Anstrengungen, die ich unternehme, um ein funktionierendes Familienleben zu haben. Ich esse lustlos meinen Salat und wünschte, ich hätte mich nicht so aus dem Fenster gelehnt, als ich ihn angepriesen habe. Jetzt kommt es mir so vor, als müsste ich beweisen, dass ich recht hatte.

Erwachsensein ist echt blöd.

―――

Im Winter kann man in Whynot nicht wirklich viel machen. Es ist so kalt, dass man sich nicht unbedingt gern im Freien aufhält, und Indoor-Aktivitäten hängen einem auch schon bald zum Hals raus. Kein Wunder, dass die Depressionsrate in Alaska so hoch ist.

Aber deswegen liebe ich den Frühling. Auch wenn er ziemlich spät im Jahr kommt, zumindest verglichen mit den *Lower-48*, ist er doch meine liebste Jahreszeit. Nachdem die Welt für ein halbes Jahr geschlafen hat, kommt wieder Leben in sie.

Und das ist auch der Grund, wieso ich joggen gehe. Der Schnee ist weitgehend geschmolzen, es ist immer noch kalt, aber wenn man es mit den Minusgraden vergleicht, die noch vor einem Monat geherrscht haben, könnte man fast schon nackt baden. Also, nur fast.

Ich binde mir die Schuhe zu, ziehe meine Mütze auf und laufe los. Das ist der Vorteil, wenn man außerhalb der Stadt wohnt. Man kann durchaus Leopardenleggings und pinke Jacke mit neongrünen Laufschuhen kombinieren, ohne schief angesehen zu werden. Und ja, auch das ist noch ein Überbleibsel von Elspeths Schneeballsystem ...

Da ich hier aber höchstens mal von einem Alaska-Pfeifhasen gesehen werde, macht das gar nichts.

Ich mache mir ein Hörbuch an – kann sein, dass ich von dieser neuen, kanadischen Autorin geradezu besessen bin –, und genieße es, wieder an der frischen Luft zu sein, ohne mir bei jedem Atemzug die Lunge zu vereisen.

Nach dem Joggen trete ich unter die Dusche, checke, ob Kay seine Hausaufgaben gemacht hat – natürlich nicht –, bevor ich mich in mein Zimmer zurückziehe. Möglich, dass ich vorm Einschlafen noch mal meinen liebsten Tagtraum durchspiele. Den, in dem Maverick mich auf den Schreibtisch in seinem Büro drückt, sich hinter mich kniet und seine Zunge über meine Mitte gleiten lässt ...

2

MAVERICK

Ich stoße die Tür auf, umarme Mom, die wie jeden Freitagabend am Herd steht, um für die immer größer werdende Familie zu kochen.
»Hey, mein Junge. Alles okay? Du siehst abgespannt aus.« Sie sieht mich besorgt an.
»Hm, ist gerade ein bisschen kompliziert.« Ich nehme mir ein Bier aus dem Kühlschrank, bevor ich mich setze.
»Wo ist Grandpa?«
»Noch in seinem Zimmer. Wir sollen ihn holen, wenn es Essen gibt.«
Auch so eine Baustelle. Als ich mit ihm beim Arzt in Anchorage war, wurde bestätigt, was wir schon alle wussten: Grandpa ist dement.
Und obwohl es uns allen klar war, hat es uns getroffen. Die Bestätigung für etwas zu bekommen und somit die Hoffnung zu begraben, ist hart.

»Wie geht es dir, Mom?«, frage ich sie, als ich mich setze.

»Ach, Unkraut vergeht nicht«, sagt sie vage, aber sie strahlt.

Ich runzele die Stirn. Wenn ich mich recht entsinne, strahlt sie momentan nur noch. Selbst wenn sie schlechte Nachrichten bekommt, ist da so ein Glühen in ihr, das immer wieder hervorblitzt.

»Mom …«

»Hm?«, macht sie, sieht zu mir, schluckt, als sie meinen Gesichtsausdruck sieht.

»Was ist?«

»Gar nichts. Was sollte denn sein?«

»Sag du es mir.« Ich stelle das Bier ab, beuge mich vor und stütze die Ellenbogen auf den Knien ab.

Sie lacht nervös auf. »Eine alte Frau erlebt doch keine Sachen mehr, Mav.«

»Wieso wirst du so fahrig?«

»Fahrig?« Ihr fällt beinahe der Kochlöffel aus der Hand. »Ups.« Sie kichert.

»Mom …«

»Fein, okay? Kann sein, dass es mir trotz allem momentan gut geht. Ist das etwa ein Verbrechen?« Sie klingt wie Lincoln, als er sechzehn war. Weswegen ich weiß, dass mehr dahintersteckt.

Ich stehe auf, trete zu ihr, lege ihr den Arm um die Schulter. »Hey, du musst mir gar nichts sagen. Ich freu mich doch, wenn es dir gut geht.« Sanft drücke ich meine Lippen gegen ihre Stirn. »Du hast es verdient, glücklich zu sein.«

Aus irgendeinem Grund steigen ihr Tränen in die Augen. »Oh, Junge.«

»Was denn? Was hab ich gesagt?«

Sie seufzt, zieht die Nase hoch, etwas, womit ich sie normalerweise aufziehen würde, weil sie immer versucht hat, uns das auszutreiben. »Nichts.«

»Bist du glücklich?« Sie nickt, und ich lächele. »Das ist alles, was ich wissen muss.«

Sie sieht mich an, kaut auf ihrer Unterlippe. »Euer Dad ist schon so lange tot.«

»Ich weiß.«

»Ich ... na ja, ich will sein Andenken nicht ... nicht entehren.«

»Tust du das denn?«, frage ich verwirrt, ohne zu wissen, worauf sie hinauswill.

Mom zuckt ein wenig hilflos mit den Schultern. »Ich weiß nicht.«

Ich schaue mich um, sehe, dass wir immer noch allein sind. »Wenn du es mir doch sagen willst, ist jetzt die Chance, bevor die Vandalen einfallen.«

Sie lächelt. »Was wäre, wenn ... na ja, wenn ich jemanden kennenlernen würde?«

Und damit versetzt sie mir einen Schlag in den Magen, wie ich ihn noch nie erlebt habe. Es tut physisch weh, und ich frage mich einen Augenblick, ob sie keine Worte, sondern Fäuste benutzt hat.

»Was?«, frage ich.

»Vergiss es. Ich hätte nichts sagen sollen.« Sie dreht sich mit einem traurigen Ausdruck zurück zum Herd.

Verdammt. Ich bin doch ein Trottel. Ich atme tief durch, schließe kurz die Augen, bevor ich sage: »Du entehrst Dads Andenken nicht, indem du glücklich bist.«

Ihre Unterlippe zittert, als sie sagt: »Aber eine Frau in meinem Alter ...«

»Jetzt stell dich mal nicht an. Erstens bist du nicht alt und zweitens siehst du grandios aus.«

Ihre Wangen werden rot, und mir wird bewusst, dass sie keine Komplimente gewöhnt ist. Nicht von ihren Kindern, ganz sicher nicht von Grandpa Paul, und so sehr ich Dad auch geliebt habe, war auch er nicht der zärtliche Typ. Scham flutet mich, als ich darüber nachdenke, dass Moms Leben in den letzten Jahren ganz sicher nicht von Liebe geprägt war. Klar, meine Brüder und ich lieben sie abgöttisch, aber wann haben wir ihr das schon mal gesagt? Wann haben wir uns je für all die Dinge, die sie für uns tut, bedankt? Wann ihr gesagt, dass sie der beste Mensch ist, den wir kennen?

Ich schlinge meine Arme um sie, drücke meine Lippen gegen ihre Wange. »Ich hab dich so lieb, Mom, und wenn du glücklich bist, dann bin ich es auch.«

»Danke. Und …«

In dem Moment geht die Tür auf, und Grayson und Jess treten ein. »Hey, Mom«, ruft er, bevor er stehen bleibt. Er runzelt die Stirn. »Alles okay?«

Ich gebe Mom noch einen Kuss, bevor ich auf Jessica zutrete, sie ebenfalls begrüße. »Yep, alles gut. Und selbst?«

Grayson sieht nicht so aus, als würde er mir glauben, aber er umarmt Mom, bevor er Getränke aus dem Kühlschrank holt. »Nimmst du auch noch eins?«, fragt er mich.

»Klar.« Dann wende ich mich an Jess. »Wie läuft es in der Schule?«

»Puh, manchmal könnte ich den kleinen Scheißern die Hälse umdrehen«, erklärt sie grinsend. »Aber ich mach es trotzdem gern. Also, das Unterrichten. Nicht das Töten von Kindern.«

»Da würde ich mir aber auch Gedanken machen«, meint Grayson, als er ihr eine Flasche reicht.

»Dann kannst du ja froh sein, dass ich doch nicht ganz so blutrünstig bin.« Sie grinst ihn an.

Er lässt seine Flasche gegen ihre klingen. »Bin ich. Wer weiß, was du sonst mit mir anstellen würdest?«

Ich schaue zu Mom, während ich mit einem Ohr dem Geplänkel der beiden zuhöre. Sie hat sich wieder gefasst. Und erst jetzt wird mir so richtig klar, was sie eigentlich gesagt hat. Sie will daten …

Das ist es doch, was sie mir sagen wollte, oder?

Ich bin mir nicht sicher, wie ich das finden soll. Auf der einen Seite denke ich, dass jeder Glück verdient hat, und ganz besonders sie. Aber auf der anderen Seite ist sie auch meine Mom … Ich will mir gar nicht vorstellen, dass sie ein Sexleben haben könnte.

Was total albern ist. Natürlich.

Aber im Grunde ist das auch nicht wichtig. Also, wie ich mich dabei fühle, meine ich. Wenn ein anderer Mann sie glücklich macht, ist das alles, was zählt. Und sie hat Glück verdient. Wie keine andere.

RAELYNN

»Kay, verdammt noch mal!«, rufe ich durch das Haus. »Wenn du jetzt nicht kommst, verpasst du den Schulbus!«

Whynot ist nicht groß genug für eine Highschool. Bis zum Alter von vierzehn können die Kinder in die Dorfschule gehen. Danach bleibt nur das Internat in Anchorage. Jeden Montagmorgen haben wir das gleiche Spiel.

Kay kommt nicht aus dem Bett, trödelt eine Ewigkeit, bis der Bus, der die Kinder die zwei Stunden in die Stadt fährt, weg ist. Und dann muss ich ihm mit dem Auto hinterherjagen, wild hupend, und den Fahrer anflehen, Kay doch noch mitzunehmen.

»Vielleicht sollten wir zehn Wecker aufstellen«, gebärdet Dad.

Ich lasse meine Finger sprechen. »Wenn das mal reichen würde.«

Als ich immer noch nichts von oben höre, stapfe ich die Treppe nach oben, reiße seine Tür auf. »Kay!«

»Lass mich«, murmelt er.

»Du bist noch gar nicht wach?«, rufe ich empört und ziehe ihm die Decke weg, was ein großer Fehler ist, wie ich sofort sehe. Eilig wende ich mich ab. Das muss man als große Schwester ganz sicher nicht sehen.

»Boah, Rae!«, protestiert er.

»Sorry«, flüstere ich. »Aber wo du schon mal wach bist, kannst du duschen gehen. Vielleicht schaffen wir es doch mal, dass wir den Bus nicht jagen müssen.«

Mit hochroten Wangen verlasse ich sein Zimmer, lehne mich im Flur an die Wand und reibe mir die Augen, als könnte ich das Bild so ausradieren. Gott sei Dank hatte er eine Pyjamahose an …

Ich hämmere noch mal an seine Tür. »Kay!«

»Jaha!«

Zufrieden gehe ich wieder runter, schmiere ihm ein Sandwich, das er auf der Fahrt essen kann, lege noch einen Apfel und einen Müsliriegel dazu.

Als ich mich umdrehe, sitzt Dad zusammengesunken am Küchentisch. Die Nase beinahe auf der Tischplatte. Ich seufze leise, bevor ich meine Hand auf seine Schulter lege. Er sieht nicht auf, weswegen ich nicht fragen kann, ob alles in Ordnung ist.

Stattdessen setze ich mich neben ihn, lege meine Hand auf seine, drücke sie. Dad war nie ein großer, stattlicher Mann. Aber in den letzten Jahren ist er geradezu fragil geworden. Oft wirkt er okay, aber in ihm ist diese tiefe Traurigkeit, die ihn jeden Tag ein wenig mehr verzehrt. Es bricht mir das Herz, ihn so zu sehen. Gleichzeitig merke ich aber auch, dass ich immer mehr abstumpfe. Ich habe akzeptiert, dass ich ihm nicht helfen kann, dass das nur er selbst kann.

Und er will nicht ...

Das macht es so schwer für mich. Zu wissen, dass seine Kinder kein Grund für ihn sind, sich Hilfe zu suchen. Aber auch das ist seine Entscheidung.

Anfangs habe ich versucht, dagegen anzukämpfen, aber irgendwann habe ich aufgegeben. Jetzt lebe ich eben damit.

Manchmal frage ich mich, ob es nicht meine Schuld ist. Weil ich alles regele, sodass er sich nicht bemühen muss. Mittlerweile ist unser Leben ein Selbstläufer, aber als Mom gestorben ist, war Kay fünf. Das war nicht leicht.

Ich seufze, als ich wieder an meinen Bruder denke. Noch einmal trete ich in den Flur. »Kay!«, rufe ich so laut ich kann.

»Ich bin nicht taub!«

»Nicht?«

Er stapft die Stufen hinunter.

»Wo ist dein Gepäck?«

»Ich will erst frühstücken.«

»Dafür hast du keine Zeit mehr. Ich hab dir was eingepackt.«

Er verdreht die Augen, geht aber noch einmal nach

oben, um seine Reisetasche und seinen Rucksack zu holen.

»Hast du auch alles?«, frage ich. »Zahnbürste, Socken, Schlafanzug?«

»Ich bin kein Baby«, schnauzt er mich an.

»Das weiß ich«, bemühe ich mich um Ruhe. Ich schaue auf die Uhr. »Mist. Komm, ich fahr dich zum Bus.«

Und dieses Mal muss ich diesem nicht hinterherfahren. Das ist schon mal eine Erleichterung.

»Guten Morgen«, rufe ich, als ich an der Rezeption der Lodge vorbeikomme.

»Hey, Raelynn«, sagt Millie freundlich wie immer. »Ich hab mit Constance gesprochen. Es wäre toll, wenn du noch mal hier einspringen könntest.«

»Oh, ja, klar. Kein Problem.« Und es ist auch keins, weil ich hier die Chance habe, Maverick öfter mal zu sehen. Schließlich marschiert er ziemlich häufig durch die Lobby, um irgendwelche Feuer zu löschen, Katastrophen zu verhindern und einfach nur ziemlich sexy auszusehen. Dagegen verirrt er sich ins Restaurant äußerst selten.

»Das ist großartig. Danke.«

»Ich zieh mich eben um.«

Anstatt in die Garderobe für das Servicepersonal zu gehen, nehme ich den Flur hinter der Rezeption. Die Kleiderordnung ist nicht besonders streng. Wir tragen keine Uniform oder so was, aber es wird erwartet, dass man adrett aussieht. Für genau diesen Zweck bringe ich meine Arbeitskleidung immer mit hierher, da ich weiß, dass auf dem Weg von meinem Schlafzimmer bis hierher viele, viele Dinge passieren können, die verhindern, dass meine weiße Bluse noch weiß ist, wenn ich hier ankomme.

Ich verstaue meine Handtasche in dem Spind, stecke mein Namensschild an, träume mal wieder davon, wie es wäre, wenn hier Raelynn Campbell stehen würde, was vielleicht auch der Grund ist, wieso ich so abwesend aus dem Raum trete, auf gar nichts achte und erst mal gegen eine Wand laufe.

Nein, keine Wand ...

Ich schaue nach oben, sehe in diese unfassbar grünen Augen. Es ist Maverick, dessen Körper sich wie eine verdammte Wand anfühlt. Meine Finger zucken, wollen am liebsten auf Entdeckungsreise gehen, denn so wie sich das anfühlt, gibt es da viel zu erforschen.

»Ups, sorry«, murmele ich, kann mich gerade noch davon abhalten, mich lächerlich zu machen. Da wir seit dem Abend des letzten Winterfests nicht mehr so nah beieinander waren, feuern meine Synapsen aus allen Rohren, nur sind sämtliche Verbindungen durcheinandergeraten. Ich weiß daher nicht, ob ich wegtreten oder ihn umarmen soll. Mich entschuldigen oder ihn küssen. Oh, ich weiß schon, was ich will ...

Aber Maverick hat bisher immer klargemacht, dass er nichts mit seinen Angestellten anfängt. Auch beim Winterfest. Als ich ein Date mit ihm ersteigert habe. Und anstatt mich ins *Firehouse* auszuführen, wie es allgemein üblich ist, hat er mich in eine Suite der Lodge gebracht. Aber auch wenn meine Fantasie sich schon angesichts der Möglichkeiten überschlagen hat, hat er nur Essen für zwei bestellt, um mir dann zu sagen, dass er nichts mit Angestellten anfängt. Zu allem Unglück hat er mir auch noch den Preis, den ich gezahlt habe, zurückgegeben, auch wenn ich natürlich protestiert habe. Aber ich konnte mir die sechshundert Dollar eigentlich gar nicht leisten, weswegen ich zügig aufgegeben habe.

Direkter kann man doch gar nicht sagen, dass man kein Interesse hat.

Nur mein blöder Körper – in Zusammenarbeit mit meinem dummen Herzen und meinem ebenso bekloppten Kopf – hat das Memo nicht bekommen. Deswegen werden jetzt meine Wangen rosig, mein Puls beschleunigt sich und zu allem Übel öffnen sich auch noch meine Lippen und ein winzig kleines Seufzen entfährt ihnen. Das Maverick hoffentlich nicht gehört hat.

Und dann …

Dann tritt er einen Schritt zurück, sorgt dafür, dass zwischen uns wieder professionelle Distanz herrscht. Sehr zu meinem Kummer. Denn ich will alles, nur keine Distanz. Auf gar keinen Fall irgendwelche Distanz.

»Springst du heute wieder ein?«

»Sehr gern.«

»Danke. Das weiß ich zu schätzen.« Sein Blick ist undurchdringlich, aber ich wünschte, er wäre voller Feuer.

Vielleicht sollte ich aufhören, so viele Schundromane zu lesen. Aber in Nellies Buchclub ist das momentan das vorherrschende Genre. Je unglaubwürdiger, desto besser. Je heißer, desto besser. Und je kitschiger, desto besser.

Also, ich lese das natürlich nur wegen des Buchclubs …

»Kein Problem.«

Er sieht aus, als wollte er noch etwas sagen, aber stattdessen nickt er nur und wendet sich abrupt ab. Und gibt mir die Chance, ihm auf den furchtbar knackigen Hintern zu starren. Und der Flur ist lang …

Seufzend gehe ich zu Millie, übernehme die Fragen der Gäste, buche ihnen Rundflüge und Tische im *Firehouse*, zeige ihnen, wo die besten Wanderstrecken sind, erkläre ihnen, wie sie zum Denali Nationalpark kommen und warne sie, die Bären nicht zu füttern. Ja, das ist alles schon vorgekommen, und ich will ganz sicher nicht dafür verantwortlich sein, wenn einem Touri nachher ein Arm fehlt.

Aber meine Aufmerksamkeit wird immer und immer wieder abgelenkt, wenn mein Boss durch die Lobby geht.

Hach, er sieht aber auch einfach so unglaublich sexy aus.

Er mag zwar älter sein als ich – was sind schon fünfzehn Jahre? –, aber ich schwöre: Ich habe noch nie einen heißeren Mann gesehen als ihn. Mit seinem großen, muskelbepackten Körper – den ich gern mal nackt sehen würde. Mit seinen grünen Augen – die ich gern mal zum Lachen bringen würde. Mit seinen etwas zu langen, dunklen Haaren, die am Ende des Tages immer so herrlich verwuschelt sind, dass ich mir wünschte, ich wäre es, die sie so zerzaust.

Hach.

Einfach nur hach.

Vielleicht sollte ich kündigen, nur um nicht mehr seine Angestellte zu sein.

Aber es ist der bestbezahlte Job in Whynot. Die Lodge zahlt anständige Gehälter, nicht so wie das *Inn* oder das *Firehouse*. Da ich mich um meinen Vater und meinen kleinen Bruder kümmere, seit ich sechzehn bin, hatte ich nicht viele Chancen, einen Beruf zu erlernen. Da blieb im Grunde nur Kellnern.

Und deswegen kann ich diesen Job nicht verlieren. Wovon soll meine Familie sonst leben?

Aber verdammt ... Ich wünschte, ich könnte es.

Ich wünschte, ich könnte in sein Büro treten und ihm sagen, dass ich kündige, mich dann rittlings auf seinen Schoß setzen, seine Krawatte packen und ihn an mich ziehen. Zu einem Kuss, den wir beide nie wieder vergessen würden ...

Vielleicht muss ich wirklich aufhören, diese Romane zu lesen. Sie machen mich ganz wuschig.

»Raelynn«, sagt Millie auf eine Weise, die besagt, dass ich mich in meinen Träumen verloren habe und sie mich schon mindestens einmal angesprochen hat.

»Äh, sorry, ja?« *Konzentrier dich! Du brauchst diesen Job, weswegen du ihm deine volle Aufmerksamkeit schenken musst.* Da führt einfach gar kein Weg dran vorbei.

»Maverick braucht Hilfe in seinem Büro, aber ich kann hier gerade nicht weg. Kannst du das übernehmen?«

Ich muss mich wirklich zusammenreißen, damit ich nicht anfange, zu strahlen. Stattdessen nicke ich. »Natürlich.«

Auf dem Weg zu seinem Büro spielen sich endlose Szenen in meinem Kopf ab, die zugegeben alle nicht jugendfrei sind und dafür sorgen, dass mein Herz schneller schlägt, so dass ich absolut nicht auf den Anblick vorbereitet bin, der sich mir bietet, als ich nach seinem »Herein« die Tür zu seinem Büro öffne.

Wie fühlt es sich an, wenn man ohnmächtig wird?

3

MAVERICK

»Millie, kannst du …?« Und dann breche ich ab, als ich mich umdrehe und nicht meine Cousine dort stehen sehe, sondern Raelynn.

Verwirrt starre ich sie an, während ich mein Hemd in der Hand balle.

»Sorry«, haucht sie. »Millie hat gesagt, du brauchst Hilfe bei irgendwas.« Und wieso muss sie das mit einer Stimme sagen, die man normalerweise im Schlafzimmer verwendet, und die mir direkt in den Schwanz schießt?

In meinen quasi unbekleideten Schwanz noch dazu.

Sie wird es sehen.

Wenn ich ihn nicht unter Kontrolle bekomme, wird sie sehen, was sie mir antut.

»Äh, ja. Hm.«

»Was ist passiert?« Sie hält sich am Türrahmen fest, sieht so aus, als wäre sie nicht ganz sicher auf den Beinen.

Aber ich will gar nicht mit ihr reden. Stattdessen will ich sie in den Raum ziehen, meine Finger in ihren roten Locken vergraben und sie so heftig …

Ups, das ist ganz eindeutig das Gegenteil von sich beruhigen. Ich seufze.

»Die Kaffeekanne ist explodiert.« Ich deute auf die Flut, die sich über meinem Schreibtisch und über mich ergossen hat.

»Explodiert?«, fragt sie, tritt näher, lässt ihren Blick über meinen ganz schön nackten Körper schweifen, und ich muss den Impuls unterdrücken, mich in Pose zu werfen.

Ich bin so was von am Arsch, merke ich, als ich hart werde. Eilig lasse ich die Hände sinken, sodass das ruinierte Hemd vor meinen engen, schwarzen Boxershorts hängt.

»Ich hab sie hochgehoben, der Henkel ist abgebrochen, die Kanne ist auf den Schreibtisch gefallen und in tausend Teile zerbrochen.«

Sie verkneift sich ein Grinsen. »Aha.«

»Wie auch immer. Ich wollte, dass Millie in meine Wohnung geht und mir was Trockenes zum Anziehen holt.«

»Das kann ich machen«, sagt sie, aber die Vorstellung, dass sie in meiner Wohnung ist …

Nein, das ist zu viel. »Kannst du vielleicht nach meiner Mom gucken?«

»Oh, ja, klar.« Ist das Enttäuschung auf ihrem Gesicht? Ich kann es nicht so richtig deuten. »Das mach ich.«

»Danke.« Und ich meine es auch so, aber ich bin noch sehr viel dankbarer, als sie endlich mein Büro verlässt und ich erleichtert auf meinen Stuhl sinke. Diese Frau ... Ich muss dringend aufhören, sie zum Star in all meinen erotischen Träumen zu machen. Denn offensichtlich fällt es mir dann besonders schwer, im realen Leben mit ihr zu interagieren, wenn sie nicht auf den Knien vor mir ist und meinen Schwanz anbetet. Mit ihren vollen Lippen, die eng um ihn geschlossen sind. Mit ihren schönen, blauen Augen, die zu mir aufsehen. Und mit ihren grandiosen Brüsten, die jedes Mal wackeln, wenn ich in sie stoße.

Ja, okay, das hilft einfach gar nicht.

Weswegen es mich nicht wundert, dass ich immer noch einen Ständer habe, als Mom hereinkommt.

»Wieso sitzt du nackt in deinem Büro?«, fragt sie und grinst mich an. »Ich nehm nicht an, dass dein Zustand etwas mit der hübschen Rothaarigen zu tun hat, die mich geholt hat?«

Ich schnaube. »Wirklich, Mom? Raelynn ist eine Angestellte. Wie kannst du nur so was annehmen?«

»Eine Mutter kann doch mal hoffen, dass ihr ältester Sohn vielleicht doch noch die Liebe findet, nachdem seine vier jüngeren Brüder schon so erfolgreich waren?«

»O Gott, Mom. Hör damit auf. Sei doch einfach damit zufrieden, dass du vier verkuppelt hast und dass Hudson dich sogar bald zur Großmutter macht.«

»Ich will doch nur, dass du glücklich bist.«

»Ich bin glücklich«, protestiere ich. »Ich leite das erfolgreichste Unternehmen in Whynot. Wir sind für das ganze Jahr so gut wie ausgebucht, und wenn wir erst mal das Spa haben ... Die Leute werden uns die Bude einrennen.« Ich merke, dass sich all das ein wenig fad anhört, als es aus meinem Mund kommt.

»Ach, Mav, Arbeit ist doch nicht alles«, sagt sie traurig.

»Ich weiß, Mom, aber ich muss das Erbe meiner Vorfahren bewahren. Grandpas Erbe. *Dads* Erbe.«

Sie nickt langsam. »Es ist zu viel Last, die dir aufgebürdet wurde.«

»Mom, können wir das Gespräch verschieben? Immerhin sitze ich hier gerade nackt und wollte dich bitten, ob du vielleicht Kleidung aus meiner Wohnung holen kannst.«

»Oh, klar. Was ist denn passiert, wenn es nicht die hübsche Rothaarige war?«

»Sie heißt Raelynn, Mom.«

»Ändert nichts an meiner Aussage.« Sie grinst mich an.

Also erzähle ich ihr ebenfalls von der Kaffeekanne, habe das Gefühl, dass sie mich auslacht, und bin einfach nur froh, als sie endlich geht, um mir neue Kleidung zu holen.

Während ich da so halbnackt sitze, frage ich mich, was Raelynns Gesichtsausdruck zu bedeuten hatte. Ob ihr gefallen hat, was sie gesehen hat? Ich schaue an mir hinab, bemerke, dass noch ein paar Kaffeespuren zu sehen sind, und versuche, mich mit einem Zipfel meines Hemdes abzutrocknen. Vielleicht hätte ich auch um ein Handtuch bitten sollen. Um Seife. Um eine mobile Dusche.

Rein objektiv bin ich ganz sicher nicht hässlich. Groß, muskulös. Gute Gene. Aber die Frage ist ja, ob es ihr gefällt. Vielleicht steht sie nicht auf Tattoos – und davon habe ich eine Menge. Oder sie mag irgendwas anderes nicht.

Aber irgendwie … ich hoffe, dass ich ihr gefalle. Und das ist so was von dumm, weil sie meine Angestellte ist und es daher vollkommen irrelevant ist, ob sie mich heiß findet oder nicht.

Trotzdem ist da diese kleine Stimme, die mir sagt, dass es etwas zu bedeuten haben muss, dass sie mich auf dem Winterfest ersteigert hat. Noch dazu für fast sechshundert Dollar, was die höchste Summe ist, die jemals eingenommen wurde. Wieso hat sie es getan?

Das wüsste ich gern.

Das Date in der Suite der Lodge war … na ja, ich habe gar nicht erst Date-Stimmung aufkommen lassen, habe klare Grenzen gezogen. Habe gesagt, dass das hier keines ist, dass wir nur ein … ein *Mitarbeitermeeting* haben. Genau. So hatte ich es genannt. Ich habe ihr sogar angeboten, ihr das Geld zurückzugeben, was sie nach ein wenig Protest auch angenommen hat.

Keine Ahnung, was sie sich dabei gedacht hat. Aber ich kann nicht mit einer Mitarbeiterin anbändeln. Und schon gar nicht mit einer, die halb so alt ist wie ich. Nie zuvor habe ich mich so alt gefühlt wie jetzt. Was würde ich darum geben, Mitte zwanzig zu sein, um ihr den Hof machen zu können … Aber damit wäre ja auch nur ein Problem gelöst. Nicht jedoch, dass sie in der Lodge arbeitet …

Vielleicht sollte ich sie feuern.

Aber das passt ganz sicher nicht mit meinen moralischen Grundsätzen zusammen. Ich kann niemandem kündigen, nur um Sex zu haben. Da würde ich mich vor mir selbst schämen, aber ganz gewaltig.

Seufzend lese ich E-Mails, bis Mom wiederkommt. Als ich endlich wieder angezogen bin, beschließe ich, dass ich erstens zukünftig immer Wechselkleidung im Büro haben werde und zweitens, dass ich der Rezeption einen Besuch abstatten muss. Und nein, ich spiele nicht mit dem Feuer ... Das muss sein.

Weil ... weil ... nun, ein Grund wird mir auf dem Weg schon einfallen ...

RAELYNN

Maverick war nackt! Ich wünschte, ich hätte ein Foto machen können, damit ich ihn mir immer und immer wieder angucken könnte – und damit gebe ich nicht zu, dass ich das mit allen Fotos, die es von ihm im Internet gibt (viel zu wenig, aber das ist nur meine Meinung), ebenfalls mache –, aber der Anblick hat sich mir auf die Netzhaut gebrannt.

Meine Güte.

Ich wusste ja schon, dass Maverick der heißeste Kerl auf diesem Planeten ist, aber was er da unter seiner Kleidung verbirgt, sollte illegal sein. Es ist absolute Perfektion. Die Definition. Die Ausprägung. Einfach alles. All diese Muskeln, die in mir Fantasien wecken, dass er mich über seine Schulter wirft und in seine Höhle bringt. Dazu noch dieses atemberaubende Drachentattoo ... Es schlängelt sich von seiner vorderen Schulter über seinen gesamten Rücken und ist so detailliert, dass ich es beinahe für echt gehalten habe.

Keine Ahnung, wieso er es hat, aber ich will jede Linie mit der Zungenspitze nachfahren, will es anbeten und einen Schrein für Maverick Campbell, die Perfektion schlechthin, bauen.

Warum um alles in der Welt hat dieser Kerl keine

Frau? Oder zehn, wenn ich ehrlich bin. Es ist einfach nur grausam, der weiblichen Welt dieses Kunstwerk vorzuenthalten.

Die Art, wie sich seine Bauchmuskeln angespannt haben ... O ja. So wäre es auch, wenn er mich von hinten auf seinem Schreibtisch nehmen würde. Seine großen Hände, die meine Hüften umfassen, seine muskulösen Oberschenkel, die gegen meine stoßen ...

»Raelynn, kannst du morgen vielleicht auch noch einspringen?«, werde ich aus meinen Gedanken gerissen.

Ich reiße die Augen auf, als die Hauptperson meiner Spinnereien plötzlich vor mir steht. Und alles, was ich denken kann, ist, dass es eine Schande ist, dass er seinen Körper wieder verhüllt hat. Wenn ich so perfekt wäre wie Maverick Campbell, dann würde ich die ganze Zeit nur nackt rumlaufen. Außer vielleicht im Winter. Und jetzt wäre es mir auch immer noch zu kalt. Also gut, streichen wir das. Aber drinnen würde ich immer nackt rumlaufen. Männer würden sich nach mir verzehren. Frauen würden weinen, weil sie niemals diese Perfektion erreichen könnten, egal, wie viel Bauch-Beine-Po sie machen.

»Raelynn.«

Oh, Mist. Schon wieder abgedriftet. »Äh, ja, klar, kann ich dich bespringen ... ähm, einspringen. Ich kann natürlich einspringen.« Hoffentlich hat er meinen Fauxpas nicht bemerkt.

Aber seine amüsierten Augen sagen etwas anderes, bevor er sich räuspert und wieder seine Maske aufsetzt. Die ich übrigens hasse, denn sie verhindert, dass ich den echten Mann sehe. »Danke.«

Ich mag nicht, dass er sich bedankt, denn eigentlich will ich, dass er mir an den Haaren zieht, mir sagt, dass ich nur ihm allein gehöre, und er mir den Hintern versohlt, wenn er es für angebracht hält. Vorzugsweise täglich. Aber dieser dankbare Maverick ... der ist mir viel zu nett.

Und ich weiß ganz sicher, dass er anders sein kann. Das spüre ich. Hinter der Fassade des perfekten Bosses steckt ein Tiger. Oder ein Drache, wie ich jetzt weiß. Wie sehr wünsche ich mir, dass er seine Fassade abstreift und das Tier in sich herauslässt ...

»Das mach ich gern.«

»Einspringen oder bespringen?«, fragt er grinsend, bevor er sich wieder beherrscht.

O ja, wenn Maverick Campbell seinen inneren Drachen herauslässt, wird es grandios sein. Ich rede von tausenden Orgasmen, einer Befriedigung so tief, wie ich sie nie erlebt habe, und der Tatsache, dass er mich für alle anderen Männer ruinieren wird.

Ehrlich gesagt, hat er das jetzt schon ...

―――

Auf dem Rückweg nach Hause springe ich noch schnell in den Supermarkt. Allerdings weiß ich nicht, wieso ich mir die Mühe mache, Gemüse einzukaufen, weil Dad es sowieso nicht essen wird. Keine Ahnung, wieso ein Mann Mitte fünfzig wie so ein *Fratboy* isst, aber ich hoffe ja immer noch, dass er sich eines Tages besinnen und seine Liebe zu Brokkoli entdecken wird.

Seufzend packe ich den Einkaufswagen halb voll mit gesunden Sachen, bevor ich Dinge suche, die er gerne isst. Wenn ich ihm keine Optionen biete, isst er einfach gar nichts. Und das hilft seiner Depression nicht im Geringsten.

Ich wünschte, er würde wenigstens gesündere Versionen essen. Aber nein, er will die Tiefkühlpizza mit den schlechten Nährwerten, die Mac'n'Cheese aus der blauen Packung und den Käse in Plastik eingeschweißt. Wehe, ich versuche, ihm was anderes vorzusetzen. Dann hängt der Haussegen tagelang schief.

In der Woche habe ich nur eine Person zu Hause, die zu allem Nein sagt, was ich vorschlage, aber an den Wochenenden habe ich zwei. Und während der pubertierende Kay vielleicht noch eine Ausrede für sein Verhalten hat, fällt es mir zunehmend schwer, Dad die Empathie entgegenzubringen, die er verdient.

Aber ich kann auch nichts dafür, dass ich mich im Stich gelassen fühle. Moms Tod hat mich auch getroffen. Ich war sechzehn, das ist doch kein Wunder. Da hätte ich Hilfe gebraucht. Von meinem Dad, von meinen drei älteren Brüdern, aber habe ich sie bekommen?

Nein.

Carl, Jakob und Noah sind geflohen und haben mich allein gelassen. Plötzlich saß ich da, mit dem fünfjährigen Kay, der nicht so richtig verstanden hat, was überhaupt passiert ist, und einem Dad, der im Angesicht des Verlusts seiner großen Liebe die Schotten dicht gemacht und sich von der Welt zurückgezogen hat. Was hätte ich tun sollen?

Irgendjemand musste dafür sorgen, dass Kay überlebt, und offensichtlich war ich die Einzige, die es überhaupt interessierte.

Ich seufze, bevor ich die Gedanken abschüttele. Sie bringen mir nichts. Ich liebe Dad. Manchmal ist es einfach viel. Und wenn er dann auch noch bockig ist …

Aber vielleicht ist man so, wenn man die Liebe seines Lebens verliert.

Vielleicht wäre ich auch so …

———

Ich trete ins Haus, packe den Einkauf aus, bevor ich ins Wohnzimmer gehe, um Dad zu sagen, dass ich jetzt anfange zu kochen. Er liegt mit angezogenen Beinen auf der Couch, hat die Augen geschlossen. Ich weiß, dass er nicht schläft, aber wenn er in Embryonalstellung liegt, geht es ihm nicht gut. In der Vergangenheit habe ich mich bemüht, ihn aus dem Loch herauszuholen. Heute weiß ich, dass es uns beiden und unserer Beziehung nicht guttut, wenn ich es versuche.

Solange er nicht bereit ist, Hilfe anzunehmen, kann ich mich auf den Kopf stellen und es würde nichts bringen. Kein bisschen.

Leider kann man nur Menschen helfen, die auch Hilfe haben wollen. Und das will Dad nicht. Auch nach zehn Jahren ist ihm sein Schmerz wichtiger als der Rest seiner Familie.

Ich mache mir keine Illusionen. Sobald Kay alt genug ist, wird er unseren Brüdern folgen. Dann bin ich allein mit Dad. Bin hier gefangen, weil sich irgendjemand doch um ihn kümmern muss. Schließlich ist es das, was man macht. Oder?

Seufzend drücke ich seine Schulter, erwarte keine Reaktion und bekomme auch keine. Ich gehe in die Küche, frage mich, ob es sich überhaupt lohnt, was zu kochen. Dad wird Stunden, wenn nicht gar Tage, brauchen, um wieder halbwegs normal zu sein. Und wenn ich ehrlich bin, habe ich heute auch keine Lust auf Salat ...

Stattdessen fahre ich ins *Firehouse*, wo ich mal gearbeitet habe. Megan, eine Verflossene meines Bruders Carl, umarmt mich. Sie war es, die mir den Job hier besorgt hat.

»Hey, Süße, wie schön, dich mal wiederzusehen. Wie geht's?«

Ich zucke mit den Schultern. »Muss.«

Sie grinst. »Du bist zu jung für solche Schicksalsergebenheit.«

Ich mag Megan, würde sie aber nicht als Freundin bezeichnen, weswegen ich ihr nichts von dem sage, wie es wirklich läuft. Das ist zu privat. Keine Ahnung, ob sie noch Kontakt zu Carl hat, aber falls doch, will ich nicht, dass er von ihr etwas über mein Leben erfährt. Wenn er was wissen will, soll er gefälligst mich fragen. Aber ich habe aufgehört, auf meine Brüder zu warten. Ich bin auf mich allein gestellt, das ist mir seit zehn Jahren klar.

»Manchmal fühl ich mich wie achtzig«, scherze ich.

Sie lacht auf. »O ja. Wie eine Achtzigjährige, die andauernd unpassende Dinge sagt und den ganzen Tag nur Kuchen isst.«

»Wie kommt es, dass du meine Gedanken lesen kannst?« Ich grinse sie an, auch wenn mir ganz sicher nicht danach zumute ist.

»Deswegen verstehen wir uns so gut.« Sie deutet auf einen Tisch. »Willst du dich dahin setzen? Ich komm dann gleich.«

»Danke dir.«

Als ich sitze, ziehe ich mein Handy heraus und tippe:

> **RAELYNN**
> Ich vermisse dich.

Dann nehme ich die Karte, auch wenn ich sie auswendig kenne. Ich will was Ungesundes. Fetttriefend. Voller Zucker. So viele Kalorien, dass man sie gar nicht mehr messen kann.

O ja. Ich nehme den Baconburger mit Pommes. Da verengen sich die Arterien schon allein beim Aussprechen. Das ist es, was ich heute brauche.

»Hast du dich schon entschieden?«, fragt Megan.

Ich bestelle bei ihr, bevor ich auf den Bildschirm meines Handys tippe, als dort eine Benachrichtigung aufpoppt.

> **ALEX**
> Ich vermisse dich auch! Du hättest herkommen sollen!

> **RAELYNN**
> Wie gern hätte ich das getan!

> **ALEX**
> Wie geht es dir?

> **RAELYNN**
> Alles beim Alten.

> **ALEX**
> Heißt, du schmachtest immer noch deinen heißen Chef an, statt ihn dir ins Bett zu holen, wie es sich für eine Amazone gehört?

> **RAELYNN**
> Ach weißt du ... Die Art Mann, auf die ich stehe, holt mich in sein Bett ...

ALEX

:D :D Aber Männer sind chronisch minderbemittelt. Sie brauchen schon einen Schubs in die richtige Richtung.

RAELYNN

Na ja, er hat doch klargemacht, dass das für ihn nicht infrage kommt …

ALEX

Aber da hatte er ja noch gar kein konkretes Angebot. Wie sollte er wissen, was er ablehnt?

RAELYNN

Er wollte offensichtlich gar kein Angebot haben.

ALEX

Ich bin immer noch der Meinung, dass du bei ihm an die Tür klopfen solltest, nur mit einem Trenchcoat bekleidet. Und ich meine nur …

RAELYNN

Wieso noch mal bist du meine beste Freundin?

ALEX

Weil ich verdammt noch mal rocke.

RAELYNN

Ah ja, ich wusste doch, es gibt einen Grund.

ALEX

Blöde Kuh.

RAELYNN

Selber.

Ich lege das Handy weg, als Megan mir meinen Burger bringt. Als ich hineinbeiße, muss ich Dad recht geben. Fast Food ist schon lecker ...

Ich wünschte wirklich, Alex wäre hier. Aber sie ist Meeresbiologin, und da Whynot nicht am Ozean liegt, gibt es wenig Gründe für sie, hier zu sein. Trotzdem vermisse ich sie. Sehr sogar.

Aktuell ist sie auf Hawaii – nein, ich bin gar nicht neidisch! –, um dort Buckelwale zu zählen. Nein, kein Neid. Gar keiner.

Ich seufze. Sie ist meine beste Freundin, daher gönne ich ihr alles, was ihr passiert. Gleichzeitig bin ich aber auch traurig, dass ich diese Chancen nicht hatte. Wenn ich darüber nachdenke, wäre Meeresbiologie doch auch was, was ich gern machen würde. Oder auch nicht. Aber was anderes als Kellnerin sein, das will ich. Vielleicht, wenn Kay erwachsen ist ... Vielleicht bekomme ich dann noch mal die Möglichkeit, etwas nur für mich zu tun. Wäre schön.

Meinen Highschool-Abschluss habe ich online nachgeholt, da ich nach Moms Tod das Internat verlassen habe. Wer hätte sich denn sonst um den kleinen Kay gekümmert?

Ich spiele mit dem Gedanken, mich online an einem College einzuschreiben, aber es ist schwer, die Zeit dafür zu finden, weswegen ich es noch nicht getan habe. Aber irgendwann ... Das weiß ich.

Bevor ich in Selbstmitleid versinke, stopfe ich mir ein paar Pommes in den Mund. Plötzlich vibriert mein Handy.

»Hallo?«, frage ich mit vollem Mund.

»Hey, du hast gar nicht mehr geantwortet«, beschwert sich Alex.

»Sorry, esse Burger und Pommes.«

»Mit wem?«

»Allein im *Firehouse*.«

»Das ist doch erbärmlich. Wenn du schon deinen sexy Boss nicht abschleppst, dann doch wenigstens einen anderen Typen. Was ist denn mit seinem Bruder Lincoln? Den musst du doch wahrscheinlich nicht mal überreden.«

»Er hat eine Freundin.«

»Was? Wann ist denn das passiert?«

»Schon eine Weile.«

»Was hab ich alles verpasst?«

»Da weiß ich nicht mal, wo ich anfangen soll.«

»Mir scheint, unsere Gespräche sind sehr monothematisch.«

»Bithematisch, meinst du. Schließlich reden wir über meinen Schwarm und deinen Job.«

»Puh, klingt, als hätten wir beide kein Leben.« Ich sehe sie vor mir, wie sie am Strand steht, kurze Shorts und ein Tanktop an, und ins Handy lacht. Wie gern wäre ich bei ihr.

»Du hast nur kein Sozialleben. Ich hab gar keins.«

»Ach, so schlimm ist es auch nicht.«

»Willst du tauschen?«

»Äh ...«

Ich grinse. »Hab ich mir gedacht.« Dann seufze ich. »Ich will nicht bitter klingen, aber so hab ich mir mein Leben nicht vorgestellt.«

»Ich weiß«, sagt sie mitfühlend, »aber es ist einfach großartig, dass du für Kay da bist.«

»Sieht er wahrscheinlich nicht so.«

»Was wäre die Alternative gewesen? Wenn du dich nicht gekümmert hättest, wäre er deinem Dad doch weggenommen worden.«

»Ich weiß, aber momentan hasst er mich nur, weil ich will, dass er pünktlich am Bus ist, Gemüse isst und sein Zimmer aufräumt.«

»Da würd ich dich aber auch hassen«, scherzt sie. »Wie wäre es, wenn du nicht so sehr die Mutter, sondern mehr die große Schwester bist?«

»Ich wünschte, das wäre möglich. Aber dann würde er sich alles versauen. Wenn er aus dem Internat fliegt, hat er keinen Abschluss, und damit ist doch niemandem geholfen.«

»Aber wenn das seine Entscheidung ist.«

»Er ist fünfzehn! Da kann er solche Entscheidungen gar nicht treffen. Ich will nicht, dass er sich sein Leben versaut.«

»Okay, dann musst du ihn eben triezen.«

Ich seufze. »So sieht es leider aus. Hilft nicht gerade bei einer guten Geschwisterbeziehung.«

»Du kannst nicht alles sein. Entweder Mom oder Schwester.«

»Ich weiß. Und wenn er dafür alle Chancen hat, dann kann ich damit leben.«

»Weißt du, dass du zu gut für diese Welt bist?«

»Bin ich das?«

»Ganz eindeutig.«

»Du musst das sagen. Du bist meine beste Freundin.«

»Das ist genau der Grund, wieso ich dir die Wahrheit sag.«

Ihre Worte berühren mich, auch wenn ich sie nicht so ganz glauben kann …

4

RAELYNN

Ich warte am Stopp des Schulbusses, der die Schüler des Internats zurück nach Whynot und in die anderen Orte der Umgebung bringt. Als Kay ankommt, reißt er die Autotür auf, schmeißt seine Klamotten nach hinten.

»Ich verhungere.«

»Hallo, Kay. Wie schön, dich zu sehen«, spotte ich.

»Ich weiß.« Er grinst mich an. »Ich verhungere.«

»Es gibt Rotkohlsalat.« Er verzieht angewidert das Gesicht, weswegen ich sage: »War nur Spaß. Hab Lasagne gemacht.«

»Puh, bei dir weiß man nie. Du hättest das durchaus ernst meinen können.«

Ich zucke mit den Schultern. »Vielleicht lerne ich, welche Kämpfe sich lohnen.«

Er grinst. »Du hast also eingesehen, dass der Gemüse-Kampf schon verloren ist.«

Ich verdrehe die Augen, lenke den Wagen auf die Straße zu unserem Haus. »Wie war's in der Schule?«

»Scheiße, wie immer.«

»Hast du irgendwelchen Ärger bekommen?«

»Wieso denkst du das sofort?«

»Hast du?«

Er seufzt. »Ich musste zwei Tage nachsitzen.«

»Weswegen?«

»Weil sie mich beim Rauchen erwischt haben.«

»Ach, Kay! Gewöhn dir den Scheiß nicht an!«

Er zuckt mit den Schultern. »So schlimm ist das nun auch nicht.«

»Das denkst du jetzt, aber wenn du irgendwann versuchst, aufzuhören, wirst du dein blaues Wunder erleben.«

»Sprichst du da aus Erfahrung?«

»Nur aus zweiter Hand.«

»Ist auch egal. War nicht schlimm.«

Ich seufze und frage mich, wann ich zu einer nervigen Alten geworden bin. Fehlt nur noch, dass ich mit Lockenwicklern auf dem Kopf und Kippe im Mundwinkel rumlaufe. Dann wäre es perfekt. »Du kannst nicht immer mehr Verstöße sammeln. Irgendwann werfen sie dich raus.«

»Ist doch egal. Ich will eh nicht hingehen.«

»Kay ...«

»Ich geh nur deinetwegen hin, weil du mich zwingst.«

Ich zähle bis zehn, um ihm keinen Vortrag über Chancen zu halten, den er gar nicht hören will. Teenager-Gehirne sind nicht richtig verkabelt, deswegen versteht er momentan nicht, dass diese Entscheidungen sein ganzes Leben beeinflussen können. »Tut mir leid, dass du das so siehst, aber ich bin auch nicht gewillt, dich von der Schule zu nehmen.«

»Manno.« Dann zuckt er mit den Schultern. »Kein Wunder, dass Carl, Jakob und Noah weggegangen sind.«

Es ist ein Dolchstoß mitten ins Herz, aber ich bemühe mich, die Verletzung nicht zu zeigen. Er testet mich. Wie leicht wäre es, bockig zu reagieren. Und das würde ich auch nur zu gern tun, aber eine von uns sollte sich erwachsen verhalten. Da ich es auch bin, fällt mir wohl diese Aufgabe zu.

»Du warst fünf, als sie gegangen sind. Was weißt du noch von ihnen?«

»Ich weiß, dass sie sehr viel cooler sind als du.«

Das mag auch stimmen, aber sie sind nicht diejenigen, die ihre Träume für ihn aufgegeben haben. Sie haben sich nur um sich selbst gekümmert, während ich geblieben bin, um mich um ihn zu sorgen. Das alles würde ich ihm gern sagen, und tue es doch nicht. Tue es nicht, weil er auch kein leichtes Leben hat. Er war fünf, als Mom gestorben ist. Er kennt unseren Vater nur depressiv. Und es kann auch nicht leicht sein, zu wissen, dass unsere Brüder sich nicht für ihn interessieren. Kein bisschen. Er hat nur mich. Da kann man schon mal arschig sein.

Und ich … nun ja, ich habe auch nur ihn, wenn man es so sieht. Ich will das Beste für ihn. Das, was ich selbst nicht hatte. Wenn er mich dafür hasst, ist das eben so. Aber wenigstens wird er eine Zukunft haben. Dafür sorge ich.

Als ich die Tür aufstoße, habe ich das Gefühl von Falschheit. Keine Ahnung, was es ist, aber irgendwas stimmt nicht.

»Dad?«, rufe ich, obwohl ich ganz genau weiß, dass er mich gar nicht hören kann, weswegen Kay auch schon auflacht.

Aber das kümmert mich nicht. Ich lasse meine Tasche fallen, bevor ich ins Wohnzimmer eile. Hier ist er nicht, was ziemlich merkwürdig ist. Der Fernseher ist aus. Die Decke liegt zerknüddelt auf der Couch. Er war also hier. Vielleicht hat er sich hingelegt.

Ich nehme die Stufen nach oben.

»Mach doch nicht so einen Stress!«, ruft mir Kay hinterher. »Er ist kein Kind mehr.«

Aber ich habe so ein merkwürdiges Gefühl.

Als ich die Tür zu seinem Zimmer aufstoße, liegt er auf seinem Bett, und ich atme erleichtert auf. Er schläft. Langsam gehe ich zu ihm, lächele ihn an, lege meine Hand auf seine Schulter. Nur ganz leicht. Will ihn nicht aufwecken.

Aufwecken …

Komisch.

Dad leidet chronisch an Schlaflosigkeit. Es ist absolut ungewöhnlich, dass er sich hinlegt. Noch mehr, dass er wirklich so fest schläft, dass er nicht merkt, wenn ich ihn berühre.

Ich schüttele ihn leicht, aber er öffnet die Augen nicht. Panik steigt in mir auf, während ich meine zitternden Fingerspitzen gegen den Punkt am Hals drücke, an dem sein Puls schlagen sollte.

Nur ist er nicht da.

Nicht da.

Kein Puls.

»Kay!«, brülle ich.

»Was?«, ruft er mit dieser furchtbar gelangweilten Teenagerstimme.

»Ruf Lincoln Campbell an! Wir brauchen einen Flug nach Anchorage!«

»Wieso?«

»Tu es!«

Ich klopfe auf meine Taschen, suche mein Handy, aber das muss in meiner Handtasche sein. Noch einmal rüttele ich an seiner Schulter, aber er bewegt sich nicht. Stattdessen fällt sein Arm einfach schlaff herunter. Ich schluchze auf.

»Dad! Dad«, weine ich, bevor ich versuche, mich zusammenzureißen. Wenn ich mich der Panik hingebe, nützt das niemandem.

Ich eile die Treppe nach unten, greife nach meiner Tasche, ziehe mein Handy heraus.

»Lincoln sagt, sie haben schon Feierabend«, mault Kay und sieht mich an, als wäre ich bekloppt.

»Ist er noch am Telefon?«

»Nein.«

Ich wähle seine Nummer. »Hey, Lincoln, hier ist Raelynn Brookner. Aus der Lodge. Mein Dad muss dringend ins Krankenhaus.«

»O klar. Das hatte dein Bruder nicht gesagt. Ich komm zum Flugplatz.«

»Danke!«

Ich beende das Telefonat und überlege, wen ich anrufen könnte, der mir helfen kann, Dad zum Flugplatz zu bringen. Kay und ich werden es allein nicht schaffen. Meine Brüder wären jetzt praktisch ... Aber die haben sich ja für ein anderes Leben entschieden.

»Was ist denn?«, fragt Kay.

Weil ich mir nicht zu helfen weiß, drücke ich auf einen Namen. Es dauert nicht lange, bis seine tiefe, warme Stimme aus meinem Handy kommt.

»Hallo?«

»Tut mir so leid, dass ich dich störe. Mein Dad muss ins Krankenhaus, und ich weiß nicht, wie ich ihn zum Flugplatz bringen soll.«

»Bin unterwegs.«

Erleichterung durchflutet mich, weil mein Boss keine Fragen stellt, sondern einfach hilft.

»Was ist mit Dad?«, fragt Kay noch einmal, dieses Mal sind seine Augen so groß wie Untertassen, und die Angst steht ihm ins Gesicht geschrieben.

»Ich weiß es nicht. Er … keine Ahnung. Er wacht nicht auf. Und hat keinen Puls.« Ich schaue zur Tür. »Wenn Maverick Campbell kommt, öffne ihm und bring ihn nach oben.«

»Aber … Wenn er keinen Puls mehr hat …«

»Ich weiß.«

Und dann renne ich nach oben. Vielleicht muss ich mit der Herzdruckmassage anfangen. Aber keine Ahnung, wie ich das den ganzen Flug über machen soll. Hat er überhaupt eine Chance?

Tränen drohen aus meinen Augen zu fließen, aber ich halte sie zurück. Will mich nicht der Panik hingeben.

Da … da ist ein Flattern. Der Puls ist schwach, aber doch da. Ich starre auf seine Brust, will sehen, ob sie sich hebt. Dann erinnere ich mich, dass man die Atmung testen kann, indem man ihm etwas vor die Nase hält, was beschlagen kann.

Aber was?

Ich schaue auf seinen Nachttisch, entdecke nichts, ziehe die Schublade auf. Und dann starre ich auf die kleine Dose. Ich nehme sie auf, checke das Label. Schlaftabletten.

Ein furchtbarer Verdacht steigt in mir auf. Er hat doch nicht …

Nein, das würde er nicht tun. Ganz sicher nicht.

Vage höre ich das Klingeln an der Tür, dann die schweren Schritte, die die Treppe hocheilen, aber ich weiß immer noch nicht, was ich überhaupt denken soll. Hat er …?

Und dann umfassen warme Hände meine Schultern. »Was ist passiert?«

Irgendwie reißt mich das aus meiner Lethargie. »Sein Puls ist ganz schwach. Er reagiert nicht. Vielleicht …«, ich schließe die Augen, »vielleicht hat er Schlaftabletten genommen.«

Nash Campbell – Maverick muss ihm wohl Bescheid gegeben haben, weil er bei der Freiwilligen Feuerwehr ist – legt seine Finger an den Hals meines Dads. »Ganz schwach. Er muss sofort ins Krankenhaus.« Er sieht auf. »Maggie trifft uns am Flugplatz.«

Maggie Moore ist Krankenschwester, die Einzige, die wir im Ort haben. Obwohl sie offiziell nicht mehr praktiziert, wenden sich trotzdem noch alle mit ihren Wehwehchen an sie.

Maverick schiebt mich zur Seite, hebt meinen Dad hoch, als würde er gar nichts wiegen. Sein Bruder folgt ihm, Kay steht verängstigt an der Tür. »Kommst du allein klar?«, frage ich ihn, als ich den Campbells folge.

Er nickt, sieht aber so panisch aus, dass ich nicht

weiß, ob es die richtige Entscheidung ist, ihn allein zu lassen.

Nash sagt über die Schulter: »Autumn kommt gleich.«

Kurzfristige Erleichterung flutet mich. Nicht nur, weil mein Boss mir hilft, sondern weil er auch so umsichtig ist, Maggie Bescheid zu geben und noch dazu einen Babysitter – wobei Kay niemals hören sollte, dass ich das gesagt habe – für meinen Bruder zu besorgen.

Als sie Dad ins Auto heben, hält ein anderer Truck an der Straße und Autumn steigt aus.

»Danke«, sage ich leise.

»Natürlich.« Sie lächelt mich mitfühlend an, drückt meine Schulter.

»Wir können«, ruft Maverick.

Habe ich noch was vergessen? Ich schaue an mir herunter, sehe, dass ich weder eine Jacke trage noch meine Handtasche habe. »Moment!«, rufe ich, eile ins Haus.

Autumn folgt mir, sagt: »Hey, Kay.«

Ich greife nach meinen Sachen, hoffe, dass Kay okay sein wird. »Ich meld mich, sobald ich was weiß.«

»Okay«, sagt er. Von dem großmäuligen Teenager ist keine Spur mehr zu sehen. Er mustert mich so voller Angst, dass ich ein richtig schlechtes Gewissen habe, ihn jetzt allein zu lassen.

Ich umarme ihn kurz. »Tut mir leid, aber ich muss mit Dad mitfliegen.«

Er nickt nur, und ich spüre das Schlucken. Das Schlucken, das beweist, dass er kurz davor ist, in Tränen auszubrechen.

Ich muss mich losreißen. Wenn Dad wirklich Schlaftabletten genommen hat, dann hat er nicht mehr lang.

Daher eile ich aus dem Haus, springe in Mavericks Truck. Nash folgt uns in seinem Jeep.

»Danke«, sage ich, als wir viel zu schnell anfahren.

»Ist doch klar.«

Aber so klar finde ich das gar nicht. Zwar stimmt es, dass die Menschen in Alaska zusammenhalten, wenn es drauf ankommt. Jeder braucht mal Hilfe, weswegen man diese auch gibt. Aber wir waren bisher eher so was wie Ausgestoßene. Niemand hat es je ausgesprochen, aber die Familien von Whynot reißen sie nicht unbedingt darum, Kontakt mit uns zu haben. Ich weiß nicht einmal, wieso es so ist, kann mich aber an keine Zeit erinnern, zu der es nicht so war.

Der Weg zum Flugplatz ist kurz, und der Flieger steht schon bereit. Ein alter Truck parkt vor dem Tower – wobei das ein großes Wort für das Gebäude ist.

Maverick und Nash parken ihre Wagen daneben. Maggie Moore steigt aus dem anderen Auto, reißt die Tür zur Rückbank auf, klettert halb hinein.

Als ich mich umdrehe, sehe ich, dass sie seinen Puls nimmt, dann die Atmung mit einem kleinen Spiegel testet. »Wir haben nicht mehr viel Zeit.«

Ich nicke, steige aus, sehe zu, wie Maverick gemeinsam mit seinen Brüdern Dad ins Flugzeug hievt.

»Ich hab im Krankenhaus Bescheid gegeben. Ein Rettungswagen wird nach der Landung auf uns warten«, sagt Lincoln, setzt sich auf den vorderen Sitz.

Ich bin überrascht, als Maggie ebenfalls einsteigt, aber so dankbar, dass ich nicht allein bin.

Maverick drückt meinen Arm. »Ich fahr nach Anchorage. Soll ich noch irgendwas mitbringen?«

Da mein Gehirn nicht richtig funktioniert – weil er so

nah ist, aber auch, weil ich mir solche Sorgen um Dad mache –, zucke ich einfach nur mit den Schultern.

Maverick nickt, schließt die Tür, und Lincoln manövriert den Flieger zum Rollfeld.

―――

Die nächste Stunde verschwimmt einfach nur. Als wir in Anchorage landen, wird Dad in einen Krankenwagen geladen, und ich fahre mit ihm, während Lincoln und Maggie zurück nach Whynot fliegen. Ich muss mir überlegen, wie ich ihnen dafür danken kann.

Aber dafür habe ich jetzt keinen Kopf. Ich gebe meine Vermutung weiter, dass Dad Schlaftabletten geschluckt haben könnte, und der Notarzt spritzt ihm irgendwas, bevor er ihn an den Sauerstoff anschließt.

Im Krankenhaus angekommen, wird er in die Notaufnahme geschoben, und dann bekomme ich nichts mehr mit, weil ich im Wartezimmer bleiben und endlose Papiere ausfüllen muss. Dann bleibt mir nur noch, mir Sorgen zu machen, bis ein Arzt meinen Namen ruft.

Ich springe auf, eile zu ihm.

»Ich bin Raelynn Brookner. Wie geht es meinem Vater?«, frage ich atemlos.

Er sieht mich ernst an. »Wir haben Ihrem Vater den Magen ausgepumpt, ihm Physostigminsalicylat gegeben und jetzt ist er erst mal stabil. Er ist noch nicht über den Berg, aber Sie haben ihn wohl noch rechtzeitig gefunden. Wir werden ihn hierbehalten.« Dann runzelt er leicht die Stirn. »Sobald er aufgewacht ist, wird unsere Psychiaterin mit ihm sprechen. Das war eindeutig ein Hilfeschrei. Er hat wohl nicht genug genommen, um tatsächlich zu sterben, aber wenn er nicht gefunden worden wäre … Nun ja, das hätte schlimm enden können.«

»Danke, Doktor.«

»Er braucht psychologische Betreuung.«

Ich nicke, auch wenn ich weiß, dass Dad diese niemals in Anspruch nehmen wird. Aber vielleicht kann die Psychiaterin ihm helfen. »Ich weiß.«

Ein mitfühlendes Lächeln erscheint auf seinem Gesicht. »Das wird schon.«

»Er ist gehörlos«, fällt mir da noch ein. »Er kann von den Lippen lesen, aber …«

»Gebärdensprache?«

»Kann er.«

»Dann wird die Psychiaterin jemanden mitbringen, der dolmetschen kann.«

»Ich kann das tun.«

Er schüttelt leicht den Kopf. »Manchmal ist es leichter, mit Fremden zu sprechen.«

»O ja, klar. Sorry.«

»Er wird jetzt gleich auf die Intensivstation gebracht. Da können Sie ihn besuchen.«

»Intensivstation? So schlimm?«, frage ich entsetzt.

»Nur eine Vorsichtsmaßnahme. Wenn es ihm besser geht, kann er auf die normale Station.«

»Danke«, sage ich noch mal, weil ich denke, dass es das Richtige ist.

Und dann bleibt mir nichts anderes übrig, als mich ins Wartezimmer zu setzen und auf weitere News zu warten.

Ich zücke mein Handy, schreibe Kay, dass Dad so weit stabil ist. Dann überlege ich, ob ich noch jemandem Bescheid sagen muss, aber da ich von meinen älteren Brüdern nicht einmal aktuelle Nummern habe, ist das wohl nicht möglich. Wie traurig, dass nur Kay und ich uns dafür interessieren, ob Dad lebt oder stirbt.

Eine Träne löst sich aus meinem Augenwinkel, als mir klar wird, dass das nicht nur für ihn gilt, sondern auch für mich. Ich habe auch niemanden.

MAVERICK

Ich fahre bei Raelynns Haus vorbei, packe dort ein paar Anziehsachen für Mr. Brookner ein, wobei mir Kay hilft, bevor ich mich auf den Weg nach Anchorage mache.

Es hat mich überrascht, dass sie mich angerufen hat, als sie Hilfe brauchte, aber es hat mich auch merkwürdig zufrieden gemacht. Auch wenn ich weiß, dass zwischen uns nie etwas sein wird, will ich für sie da sein.

Auf dem Weg nach Anchorage rufe ich in der Lodge an, sage dem Nachtrezeptionisten, dass ich im Notfall zwar erreichbar bin, aber nicht kommen kann, weswegen er sich an Mom wenden soll, wenn was ist. Dann rufe ich sie an, erkläre, was ich von ihr brauche.

»Ist das die hübsche Rothaarige?«, fragt sie auch sofort.

»Raelynn.«

»Die mein ich. Mach dir keine Sorgen. Ich kümmer mich um die Lodge. Hilf deinem Mädchen.«

»Sie ist nicht mein Mädchen«, streite ich ab, auch wenn mein Herz bei diesen Worten jubiliert.

»Wenn du das sagst.«

»Mom, ehrlich …«

»Versteh schon.«

»Hört sich für mich nicht so an.«

»Doch, doch.«

Ich seufze. »Danke, Mom.«

»Dafür ist Familie doch da.«

Und dann habe ich viel zu lange Zeit, um mir Gedanken über Raelynn zu machen, was keine gute Idee ist. Schließlich hat sie vorher auch schon meine Gedanken bevölkert. Viel zu oft, wenn ich ehrlich bin.

Ich trete in die Notaufnahme, blicke mich um, bis ich den Warteraum entdecke. Keine Ahnung, ob sie noch hier ist, aber ich schaue trotzdem hinein.

Sie sitzt zusammengesunken auf einem Stuhl, sieht so verloren und einsam aus, dass sich mein Herz zusammenzieht.

Ich setze mich neben sie. »Gibt es schon was Neues?«

Sie zuckt zusammen, schaut zu mir und relaxt. »Du hättest nicht kommen müssen.«

»Doch, natürlich. Gibt es was Neues?«

Sie seufzt. »Sie haben ihm den Magen ausgepumpt. Er hat wohl wirklich …«

»Tut mir leid.« Ich verstehe, dass sie es nicht aussprechen kann. Schließlich ist das auch wirklich schwierig. Wenn der eigene Vater lebensmüde ist … Irgendwie bedeutet das ja auch, dass seine eigenen Kinder für ihn kein Grund sind, am Leben zu bleiben. Und das muss schmerzen, ebenso wie die Angst, ihn zu verlieren.

Sie schlägt sich die Hände vors Gesicht, ihr Körper bebt vor Schluchzern. Ich schlinge meinen Arm um ihre Schultern, ziehe sie an mich. Raelynn krallt sich in meinen Pulli, und ich drücke sie an mich, streichele über ihren Hinterkopf.

Ich sage kein Wort. Aber es gibt auch keine Worte in diesem Augenblick. Keine der Floskeln, die ich sagen könnte, helfen ihr momentan. Deswegen halte ich sie einfach nur, versuche, für sie da zu sein, während sie sich der Wahrheit stellen muss. Dass ihr Vater versucht hat, sich umzubringen. Und wie schlimm ist das?

―――

Raelynn darf ihren Dad kurz auf der Intensivstation besuchen, aber da es schon spät ist und er sich ausruhen muss, kann sie erst am nächsten Tag wiederkommen.

Sie sieht mich zweifelnd an, kaut auf ihrer Lippe. »Und jetzt?«

»Jetzt fahr ich dich nach Hause, und du schaust, dass du ein bisschen Schlaf bekommst.«

Sie seufzt. »Glaub ich nicht.«

»Und du nimmst frei.«

»Das kann ich nicht machen«, protestiert sie.

»Keine Widerrede.«

Sie sieht mich hilflos an. »Du verstehst das nicht. Ich brauch das Geld. Jetzt umso mehr, weil Dad keine Krankenversicherung hat.«

Ich nicke. »Dein Gehalt wird weitergezahlt.«

»Das ... das kann ich nicht annehmen.«

»Du hast keine andere Wahl.«

Ich sehe ihr an, dass es ihr schwerfällt, irgendetwas geschenkt zu bekommen. Von mir ganz besonders, vielleicht. Es ist nicht so, dass ich viel über sie weiß. Aber was ich weiß, ist, dass sie es gewohnt ist, auf eigenen Füßen zu stehen. Weil sie es so will oder weil sie es musste, kann ich nicht sagen, aber sie hat keine Hilfe und fragt auch nicht danach.

Sie ist stark.

Und deswegen kann sie nicht damit umgehen, wenn sie mal Schwäche zeigen und sich unterstützen lassen muss. Aber das würde ich für jede meiner Angestellten tun. Nicht nur für die mit roten Locken und blitzenden, blauen Augen.

»Komm.«

Sie nickt langsam, bevor sie sich von mir zum Auto bringen lässt. Es dauert mehr oder weniger zwei Stunden, bis nach Whynot zu fahren, und ich hoffe, dass sie schon auf dem Weg einschläft, weil sie aussieht wie der wandelnde Tod. Sorge, Aufregung und die späte Stunde sind keine besonders gute Mischung. Und wenn ich so drüber nachdenke, kommt vielleicht auch noch Überlastung hinzu. Aber da ich nicht vom Fach bin, kann ich hier nur mit Küchenpsychologie dienen.

Ich öffne ihr die Tür, bevor ich ebenfalls einsteige. Lächelnd deute ich auf das Radio. »Was willst du hören?«

Sie zuckt mit den Schultern. »Es ist schon echt nett von dir, dass du mich abholst, da kann ich nicht auch noch die Musik bestimmen.«

»Das wär für mich okay. So großzügig bin ich.«

Sie lacht auf, aber es ist irgendwie nur ein hohles Echo der Freude, die dieser Ton sonst ausdrückt. »Eigenlob stinkt.«

»Hey, sonst tut es ja keiner.«

»Da würde ich mir mal Gedanken machen.«

Ich stelle einen Sender mit ruhiger Musik ein, hoffe, dass diese sie in den Schlaf wiegt. »Hast du Hunger? Oder Durst? Sollen wir noch irgendwo halten?«

Sie schüttelt den Kopf. »Ich will einfach nur nach Hause.«

»Alles klar. Dann machen wir das.«

5

RAELYNN

Ich wache auf, als Maverick in unsere Einfahrt fährt. Auf der Straße stehen Autumns Truck und Nashs Jeep, und ich bin ihnen so dankbar, dass sie sich um Kay gekümmert haben. Dabei sind wir nicht mal Nachbarn. Auch nicht befreundet oder verwandt. Trotzdem waren sie für mich da, als ich sie brauchte, und ich habe keine Ahnung, wie ich das wiedergutmachen soll. Das kann ich niemals.

»Danke«, sage ich, »mir fehlen ein wenig die Worte, um mich adäquat zu bedanken, daher einfach nur das. Aus tiefstem Herzen danke.« Ich schaue Maverick an.

»Dafür nicht«, sagt er, lächelt mich auf eine Weise an, die normalerweise zu Schmetterlingsattacken führen würde, jetzt aber durch meine Erschöpfung ein wenig an Wirkung verliert.

Als ich auf meine Tür zugehe, spüre ich, dass er mich

beobachtet. Darauf wartet, dass ich sicher ins Haus gelange. Und auch wenn meine Gefühle gerade auf Sparflamme laufen, wie der Rest meines Körpers auch, spüre ich ein Flügelschlagen.

Ich sperre auf, winke ihm noch einmal zu, bevor ich die Tür schließe und mich dagegen lehne. Mich erfasst so eine Müdigkeit, dass ich das Gefühl habe, dass der Boden gerade ganz schön einladend aussieht. Ich könnte mich doch einfach auf diesem zusammenrollen.

Bevor ich eine Entscheidung treffen kann, kommt Kay aus dem Wohnzimmer, sieht mich mit großen Augen an. »Und?«

Ich muss mich für meinen kleinen Bruder zusammenreißen, kann mich nicht so gehen lassen, wie ich es gern würde. Am liebsten würde ich mich im Bett verstecken und nie wieder aufstehen.

Stattdessen richte ich mich auf, lächele ihn an. »Er ist auf der Intensivstation, ist stabil. Jetzt muss man weitersehen.«

»Was hat er denn?«

Ich nehme an, dass Autumn und Nash im Wohnzimmer sitzen, weswegen ich nicht antworte, sondern zu ihnen gehe.

»Ganz lieben Dank, dass ihr uns heute so geholfen habt.«

Autumn lächelt mich an. »Hey, jederzeit.«

»Danke.«

»Ich mein das so. Es ist nicht so dahingesagt. Es ist ernst. Wenn du Hilfe brauchst, meld dich bei mir. Ich geb dir meine Nummer.«

Ich tippe sie in mein Handy ein, schwöre mir, dass ich sie nie benutzen werde, und bedanke mich noch einmal. Als sie gegangen sind, fragt Kay: »Und? Was hat er?«

»Er ...« Ich schließe die Augen, will es nicht sagen. Ein Fünfzehnjähriger sollte das nicht über seinen Dad wissen. »Er hat wohl versucht, sich umzubringen.«

Geschockt starrt er mich an. »Was?«

Ich nicke langsam. »Er hat anscheinend Schlaftabletten geschluckt.«

»Fuck.«

»Ja.«

Ich sehe Tränen in seinen Augen, die er aber zu verbergen versucht. Schließlich ist er doch cool und abgeklärt, aber in diesem Moment ist er nur ein kleiner Junge, der damit klarkommen muss, dass sein Dad versucht hat, sich selbst zu töten. Dad war für ihn nie der Held, wie er es für meine großen Brüder und mich war. Damals war er grandios. Durch die Depressionen hat er sich verändert, hat sich weniger um Kay gekümmert als um uns andere. Er hat nicht dieselben Erinnerungen an einen großartigen Vater. Und trotzdem ... trotzdem hat man doch die Vorstellung davon, dass der eigene Vater diese starke Figur ist, die einen immer vor allem Unheil beschützt. Aber sie sind auch nur Menschen, deswegen nicht vollkommen. Damit muss man erst mal klarkommen.

Als seine Unterlippe zittert, trete ich auf ihn zu, ziehe ihn in die Arme. Erst wehrt er sich, aber dann lässt er es zu. Wir werden es beide niemals erwähnen, aber in diesem Moment weint er sich die Seele aus dem Leib.

Ich streiche über seine kastanienbraunen, verwuschelten Haare. Er trägt sie kurz, aber selbst so kann er nicht verhindern, dass sie sich locken. Halte ihn so fest, wie ich kann, obwohl ich dieselbe Verzweiflung spüre wie er. Aber ich muss stark sein. Für ihn muss ich meine eigenen Gefühle im Griff haben, damit er jemanden hat, an den er sich anlehnen kann.

»Aber wieso?«, fragt er schluchzend.

»Es ging ihm doch schon eine ganze Weile nicht gut.«

»Aber Selbstmord? Das ist doch krass.«

Ich nicke, drücke einen Kuss auf seinen Kopf. »Das ist es. Ich schätze, er hat die dunkle Wolke nicht mehr ausgehalten, die ihn schon seit Jahren begleitet.«

»Aber sollte er nicht für uns leben wollen?« Er hebt den Kopf, sieht mich an.

Und ja, diese Frage stelle ich mir auch. Sollten wir nicht genug sein, dass er nicht lebensmüde wird?

So leicht ist es nicht. Es ist nicht einfach eine Entscheidung. Depressionen sind eine Krankheit, und wie bei anderen gibt es da Symptome. Es ist nicht so, dass er uns nicht genug liebt. Aber seine Krankheit sorgt dafür, dass er kein Licht am Ende des Tunnels sieht. Dass er keinen Grund mehr findet, auf diesem Planeten zu bleiben. Seine seelischen Schmerzen sind so stark, seine Verzweiflung so überwältigend, dass es sich beinahe nach Erleichterung anfühlt, alles zu beenden. Depressionen sind perfide. Sie sagen einem, dass man allein ist, dass man nichts wert ist, dass alle anderen besser dran sind, wenn man selbst nicht mehr da ist. Krebs bevölkert den Körper, aber Depressionen bohren sich in jede Facette des Seins und sorgen dafür, dass sich dieses gegen sich selbst wendet. Bis man keinen Ausweg mehr sieht …

Und vielleicht bin ich auch schuld. Schließlich habe ich mehr und mehr die Geduld verloren. Konnte nicht verstehen, wieso er sich keine Hilfe sucht, warum er sich kampflos ergeben hat. Dabei habe ich doch gar keine

Ahnung, wie hart der Kampf ist. Welche Gefechte er auszustehen hatte und wie viel er in die Waagschale geworfen hat, um sie zu bestreiten.

Ich habe das Mitgefühl mit Dad verloren, weil es schwer für mich war. Und anstatt für ihn da zu sein, habe ich ihn verflucht, weil ich keine Wahl hatte. Weil ich in ein Leben gedrängt wurde, das ich gar nicht wollte.

Dafür schäme ich mich. So unglaublich.

Es mag auch alles stimmen. Aber Familie bedeutet, dass man füreinander da ist. Dad ist kein böser Mensch. Er hat uns nie wehgetan, war immer für uns da. Die Momente, in denen sein altes Selbst durchscheint, brechen mir das Herz, weil ich weiß, dass diese grausame Krankheit uns alle beraubt hat. Sie hat uns des Menschen beraubt, der er einmal war. Den wir alle vergöttert haben.

»So leicht ist das nicht«, sage ich leise. »Er ist krank.«

»Aber man kann doch entscheiden …«

Ich lege ihm die Hand auf die Schulter, drücke sanft. »Wenn man nicht selbst drinsteckt, kann man, glaub ich, nicht verstehen, was das für ein Kampf ist.«

Sein Gesicht wird hart. »Ich hasse ihn!«

»Sag das nicht. Es ist ja nicht mal wahr.«

»Doch, ist es. Ich hasse ihn, weil er so verdammt egoistisch ist!« Er reißt sich los, rennt die Treppe nach oben.

Am liebsten würde ich ihm folgen, würde ihm gern sagen, dass alles wieder gut wird. Aber das weiß ich nicht. Und auch wenn er bald ein Mann sein wird, erkenne ich in ihm den kleinen Jungen, der eine Lüge, so gut sie auch gemeint ist, nicht verzeihen würde. Schließlich ist kaum etwas schlimmer als enttäuschte Hoffnung.

Seufzend gehe ich in die Küche, räume ein wenig auf,

weiß, dass ich trotz der fortgeschrittenen Stunde nicht werde schlafen können, weil mir einfach viel zu viel im Kopf rumgeht. Sorgen um Dad, aber auch Sorgen, wie wir uns das alles leisten können sollen. Ich bin über die Lodge krankenversichert, aber das gilt nicht für Dad und Kay. Da ich nicht seine Erziehungsberechtigte bin, kann ich meinen Bruder nicht mitversichern, von Dad ganz zu schweigen.

Das wird teuer.

Vor allem, weil wir kaum noch Rücklagen haben.

Ich verdiene gut in der Lodge. Aber trotz allem bin ich eine Kellnerin, weswegen ich nicht erwarten kann, ein Managergehalt zu beziehen. Ungelernt kann ich aber auch nicht glauben, dass ich aufsteigen kann …

Ich starre aus dem Fenster in die Nacht, frage mich, wie ich all das stemmen soll, wo ich doch vorher schon manches Mal an meine Grenze gestoßen bin.

Allein kann ich es nicht schaffen. Das wird mir langsam klar. Aber ich habe auch niemanden, den ich um Hilfe bitten kann. Klar, Alex würde alles stehen und liegen lassen, um mich zu unterstützen, aber sie hat gerade die Zeit ihres Lebens. Das kann ich ihr nicht nehmen.

Und sonst?

Sonst ist da niemand. Die Erkenntnis tut weh, sorgt dafür, dass ich mich klein und unbedeutend fühle, aber es nützt ja auch nichts, sich ihr nicht zu stellen. Heute sind die Campbells eingesprungen, aber das kann nur eine Ausnahme gewesen sein. Noch einmal werde ich sie nicht in mein Chaos hineinziehen.

Und wer bleibt da noch?

Ich schließe die Augen, als mir klar wird, dass da nur noch drei Personen bleiben. Meine Brüder.

Sie haben uns vor zehn Jahren verlassen, haben uns im Stich gelassen. Deswegen gehe ich davon aus, dass es sie nicht interessiert, auch wenn sie wüssten, was hier los ist. Sie haben auch niemals Hilfe angeboten, weder persönlich noch finanziell. Wieso sollte es jetzt anders sein?

Aber ich muss es trotzdem versuchen.

Ich muss meinen Stolz hinunterschlucken. Für Kay, der am allerwenigsten etwas dafürkann, dass sein Dad zu krank ist, um ihn zu versorgen, und seine Schwester zu unfähig. Und auch für meinen Vater, der die beste Versorgung verdient, und es nicht am Geld scheitern darf.

Ich weiß nicht einmal, ob irgendeiner meiner Brüder finanziell in der Lage wäre, zu helfen, aber ich muss es versuchen.

―――――

Carl Brookner. Ich tippe den Namen in die Suchmaschine ein. Damals ist er nach Fairbanks gegangen, aber in zehn Jahren kann sich viel ändern. Es gibt einige Treffer, aber die sind vor allem aus den *Lower-48*, und ich kann mir irgendwie nicht vorstellen, dass er Alaska verlassen hat. Aber was weiß ich schon? Der Carl, den ich kannte, hätte seine kleine Schwester auch nicht mit dieser unmöglichen Situation allein gelassen.

Ich füge Fairbanks hinzu und finde eine Baufirma, die einem Carl Brookner gehört. Das passt. Damals hat er in Whynot bei dem einzigen Bauunternehmen gearbeitet, das es in der Stadt gab. Mittlerweile hat dieses geschlossen.

Ich klicke auf die Website, finde ein Teamfoto und starre in die Augen meines ältesten Bruders. Er hat sich kein bisschen verändert. Groß, muskelbepackt, das kastanienbraune Haar etwas zu lang. Anders als Kay und ich hat er nur Wellen, keine Locken, weswegen es wirkt, als würde er sie sich ständig raufen.

Es ist das erste Mal seit zehn Jahren, dass ich ihn sehe. Ich habe mir immer verboten, alte Fotos anzusehen, um nicht zu verzweifeln. Er sieht gut aus. Aber das war schon immer so. Die Brookner-Jungs waren hübsche Burschen. Alle fanden das.

Es fühlt sich unwirklich an. Als hätte ich eine Zeitreise gemacht, und die letzten Jahre wären einfach verschwunden. Ich kann ihn geradezu rufen hören: »Schneller kannst du nicht rennen?« Und dann lief er rückwärts vor mir her, lachte aus vollem Hals über meinen wütenden Gesichtsausdruck, während ich mich bemühte, ihn einzuholen.

Carl hat mich immer gefordert, wollte das Beste aus mir rausholen. Was würde er sagen, wenn er wüsste, dass nichts anderes aus mir geworden ist als eine Kellnerin? Würde er sich für mich schämen? Vor allem in dem Wissen, dass ich so viele Träume hatte, als er uns verlassen hat. Er muss mich für eine Versagerin halten.

Vielleicht sollte ich ihn nicht kontaktieren. Vielleicht lieber Jakob oder Noah …

Aber dann wähle ich doch die Nummer der Firma. Ich nehme an, dass ein Anrufbeantworter angehen wird. Dann kann ich da eine Nachricht aufsprechen, und der Ball liegt in seinem Feld.

Stattdessen fragt eine verschlafene Stimme: »Hallo?«

Einen Augenblick bin ich so geschockt, dass ich keinen Ton herausbringe. So genau weiß ich nicht, woran es liegt. Ob es die Tatsache ist, dass ich jemanden geweckt habe, oder die, nach zehn Jahren die Stimme meines Bruders zu hören.

»Hallo?«, fragt er erneut. Als ich immer noch nichts sage, erklärt er: »Es ist eine Frechheit, jemanden aus dem Schlaf zu reißen. Gute Nacht.«

»Carl!«, rufe ich, hoffe, dass er mich noch hört, bevor er auflegt.

Einen Moment ist er still, und ich kontrolliere das Display, aber die Verbindung existiert noch. »Wer ist da?«, fragt er und sein Ton ist misstrauisch.

Ich nehme allen Mut zusammen, den ich irgendwo in mir finde, und sage: »Ich bin es. Raelynn.«

Jetzt ist es wohl an ihm, perplex zu sein, denn es kommt kein Wort mehr von ihm.

»Tut mir leid, dass ich dich einfach so anrufe«, fange ich an zu reden, nervös und viel zu schnell, doch ich kann mich auch nicht stoppen, »aber Dad ist im Krankenhaus. Ich schaff es nicht allein. Er hat keine Krankenversicherung, und ... ich kann es nicht allein. Ich brauch Hilfe, aber ich weiß nicht, an wen ich mich wenden kann. Es war eine dumme Idee, dich anzurufen. Sorry. Ich ... ich leg jetzt auf.« Und das tue ich auch.

Ich lasse das Gesicht in die Hände sinken. Was habe ich nur getan? Wie dämlich kann man eigentlich sein? Sich jemandem anzubiedern, der so offensichtlich nichts mehr mit einem zu tun haben will. Seit zehn Jahren noch dazu.

Mein Handy klingelt, und es ist dieselbe Nummer, die ich gerade gewählt habe. Was will er?

Ich habe Angst, aber ich gehe trotzdem dran. »Hallo?«

»Ich fahr gleich los. Sollte also morgen früh da sein.«

Und damit legt er auf.

Mein Herz klopft aufgeregt, als ich auf den Bildschirm starre. Carl kommt. Und ich weiß nicht, ob ich das gut oder schlecht finden soll.

———

Statt auch nur ein Auge zuzutun, habe ich das Haus geputzt. Schließlich will ich nicht, dass mein Bruder mir irgendetwas vorwerfen kann. Was total albern ist, denn wenn einer von uns dieses Recht hat, dann ja wohl ich. Ich war es nicht, die ihn im Stich gelassen hat. Er soll sich wagen, auch nur ein falsches Wort zu sagen!

Und dann habe ich Frühstück vorbereitet. Wenn ich richtig gerechnet habe, müsste er um neun Uhr ankommen. Also koche ich Kaffee, backe Pancakes, brate Bacon und rühre wie eine Weltmeisterin, um das beste Rührei aller Zeiten herzustellen. Und wieso?

Für einen Mann, der mich verlassen hat.

Aber er ist auch mein Bruder, der sofort losgefahren ist, als ich um Hilfe gebeten habe …

Und irgendwie verwirrt es mich, dass ich diese beiden Seiten von ihm nicht unter einen Hut bringen kann. Der fürsorgliche Mann, der sofort springt, und der egoistische, der mich allein gelassen hat.

Und als es dann klingelt, bin ich nicht bereit. Nicht bereit für die Konfrontation. Am liebsten würde ich mich verstecken, aber das kann ich auch nicht tun. Oder? Kann ich es doch machen?

Keine Ahnung.

Unschlüssig stehe ich auf der Schwelle zur Küche, starre die Tür an und wünschte, ich hätte nicht angerufen.

»Wieso machst du nicht auf?«, fragt Kay, als er die Treppe hinunterkommt und schnurstracks zum Eingang eilt.

»Kay, warte!«, rufe ich noch, aber da hat er bereits die Klinke in der Hand, reißt die Tür auf.

Ich beiße mir auf die Lippe, als ich sehe, dass er versteinert.

»Hey, Kay«, sagt die tiefe Stimme, die ich als die meines Bruders erkenne.

Und dann sehe ich nur noch, wie Kay fliegt. Und zwar Carl um den Hals. Ich trete einen Schritt vor, um besser sehen zu können. Kay hat seine Arme um Carls Hals geschlungen, seine Füße baumeln in der Luft, weil er, obwohl er schon groß ist, unseren Bruder noch nicht erreicht hat. Dieser hält ihn fest, so unglaublich fest, dass ich beinahe schon dankbar bin, dass Kay ihm doch etwas bedeutet.

Wenn ich es schon nicht tue. Wenn Dad es nicht tut.

Ich schlucke, bevor ich in Selbstmitleid vergehe.

»Du bist riesig geworden«, meint Carl grinsend, als er Kay auf die Füße stellt.

»Um dich einzuholen, brauch ich noch ein bisschen«, erklärt dieser, die Stimme ein wenig brüchig, aber voller Freude.

»Die Zeit ist auf deiner Seite.« Dann erblickt er mich.

Eine Weile starren wir einander an, bevor er sich räuspert: »Hey, Rae.«

»Carl«, sage ich und nicke.

Kay wirft mir einen Blick zu, der besagt, dass ich es bloß nicht versauen soll, bevor er Carl am Arm zieht. »Komm rein, komm rein.«

Langsam folgt er ihm durch den Flur, bis er vor mir steht. Er will mich umarmen, das erkenne ich, weswegen ich einen Schritt zurückweiche, und er die Arme sinken lässt. »Schön, dich zu sehen.«

Aber ich glaube ihm kein Wort. Wenn es so schön wäre, hätte er sich ja schon einmal vorher melden können. Das hat er aber nicht getan. Nicht einmal. Nicht mal eine Proformakarte zu Weihnachten oder zum Geburtstag. Nicht ein Lebenszeichen in zehn Jahren.

»Oh, wow! Es gibt Frühstück!«, ruft Kay und setzt sich an den Tisch. Leider hört es sich so an, als würde ich ihn normalerweise verhungern lassen, was ich nicht gut finde. Schließlich soll mir niemand vorwerfen können, dass ich nicht mein Bestes gegeben hätte. Wieso mir Carls Meinung wichtig ist, verstehe ich allerdings auch nicht.

Carl wirft mir einen Blick zu, bevor er sich ebenfalls an den Tisch setzt. Ich nehme die Kanne aus der Kaffeemaschine, gieße uns ein, bevor ich mich zu ihnen geselle. Ich nehme mir einen Pancake, bin aber viel zu nervös, um zu essen, weswegen ich ihn nur mit der Gabel hin- und herschiebe.

»Was machst du hier?«, fragt Kay mit vollem Mund, die Augen voller Ehrfurcht, weil einer seiner drei Helden ihn beehrt.

»Ich hab von Dad gehört.«

Kays Blick bewölkt sich, aber er nickt. »Wie lange

bleibst du? Wo übernachtest du? Muss ich ins Internat, wenn Carl hier ist?« Die letzte Frage ist an mich gerichtet.

Aber ich fühle mich ganz sicher nicht in der Lage, irgendwelche Antworten zu liefern.

Carl räuspert sich und sagt: »Ich kann nicht ewig bleiben, muss zurück nach Fairbanks. Aber nicht, bevor wir eine Lösung gefunden haben.« Er sieht zu mir, aber ich weiche seinem Blick aus.

Ich bekomme einen Tritt gegen das Schienbein, hüpfe erschreckt hoch.

»Autsch.« Ich blicke auf, sehe Kays beschwörenden Blick, dass ich das hier bloß nicht vermasseln soll.

Und ich freue mich, dass Carl ihn aus seiner Verzweiflung reißen kann, aber ich kann ihm nicht so leicht verzeihen. Schließlich hat er einem sechzehnjährigen Mädchen die Verantwortung für einen depressiven Mann und einen kleinen Jungen überlassen, um sich selbst zu verwirklichen.

»Er kann doch hier schlafen, oder?«, fragt Kay auf eine Art, dass ich gar nicht anders kann, als zu nicken.

»Nur, wenn es dir recht ist, Rae«, antwortet dieser.

Ich zucke mit den Schultern. »Gibt genug Zimmer.«

Und das stimmt auch. Mom und Dad hatten sich immer eine große Familie gewünscht, weswegen sie ein großes Haus gebaut haben.

»Was ist denn eigentlich passiert?«, fragt Carl, sieht zu mir.

Als ich keine Anstalten mache, meint Kay: »Dad hat versucht, sich das Leben zu nehmen.«

Keinerlei diplomatisches Geschick.

Aus den Augenwinkeln versuche ich, die Regungen

auf Carls Gesicht zu deuten, aber bin mir nicht sicher, was ich da genau sehe.

»Wie bitte?«, fragt er dann, bevor er zu mir blickt. »Ist das wahr?«

Ich nicke seufzend, schiebe den Pancake von links nach rechts und wieder zurück. »Er musste den Magen ausgepumpt bekommen.«

»Und wie geht es ihm jetzt?«

»Heute weiß ich es noch nicht. Ich wollte gleich hinfahren.«

»Ist er in Anchorage?« Ich nicke. »Ich begleite dich.«

»Ich auch!«, ruft Kay.

Eigentlich fände ich es besser, ihm den Anblick zu ersparen, aber mit fünfzehn kann er schon entscheiden, was er will und was nicht.

Und dann schweigen wir eine Weile, was nur durch die Geräusche des Essens von Kay und Carl unterbrochen wird, die beide reinhauen, als wären sie halb verhungert. Für Kay und seinen Teenagermagen mag das auch stimmen, aber Carl agiert ebenso.

Vielleicht sollte ich einkaufen auch noch auf die Liste schreiben …

Erneut klingelt es an der Tür. Kay sieht mich fragend an, aber da ich keine Ahnung habe, wer das sein könnte, zucke ich nur mit den Schultern. Ich stehe auf, gehe zum Eingang, öffne diesen und erstarre dann zur Salzsäule.

6

RAELYNN

»Hey, Rae«, erklärt Jakob lächelnd. Neben ihm steht ein kleines Mädchen, das ihm wie aus dem Gesicht geschnitten ist.

»Was machst du denn hier?«, frage ich, als ich meine Stimme wiedergefunden habe, während ich mich frage, wer das kleine Mädchen ist.

»Carl hat mich angerufen.«

Natürlich. Irgendwie hatte ich gedacht, dass sie ebenfalls keinen Kontakt mehr hatten. Wobei … vielleicht hat Carl auch gegoogelt, ebenso wie ich.

»Darf ich reinkommen?«, fragt er.

Ich nicke, trete zur Seite. Als er versucht, mich zu umarmen, weiche ich aus, was in dem engen Flur nicht gerade leicht ist, mir aber doch irgendwie gelingt. Stattdessen knie ich mich hin, sodass ich auf Augenhöhe der Kleinen bin.

»Ich bin Rae und du?«

Sie lächelt ein wenig schüchtern. »Katie.«

Jakob legt ihr die Hand auf den bemützten Kopf. »Das ist deine Tante.«

Ich schaue überrascht zu ihm. »Sie ist deine?« Nach seinem bestätigenden Nicken wende ich mich an das Mädchen. »Ich freu mich so, dich kennenzulernen. Hast du Hunger?« Auf ihr Nicken sage ich: »Ich hab Pancakes gemacht.« Und das sorgt für ein Strahlen auf ihrem Gesicht.

Ich ignoriere Jakob, als ich aufstehe und Katie beim Ausziehen der Jacke helfe. Dieser tritt schon mal in die Küche.

»O mein Gott!«, ruft Kay aus, bevor ich den Stuhl über den Boden kratzen höre. Er fällt um, so schnell steht mein kleiner Bruder auf, um auch seinem zweiten Helden um den Hals zu fallen.

Als Katie und ich in die Küche treten, sehe ich das Grinsen auf den drei Gesichtern, die sich so ähnlich sehen. Wenigstens sie sind glücklich.

Klinge ich bitter? Ich befürchte schon.

»Onkel Carl!«, ruft die Kleine und eilt zu ihm.

Er umarmt sie so vorsichtig, wie es nur richtig große Männer können. »Hey, Prinzessin.« Er deutet auf Kay, der mit offenem Mund auf das Mädchen schaut. »Das ist Onkel Kay.«

Sie sieht ihn erstaunt an, bevor sie Carl zuflüstert – wobei es eigentlich kein Flüstern ist: »Kann ich einen Pancake?«

»Natürlich.« Er setzt sie auf seinen Schoß, nimmt einen Pancake vom Stapel.

»Möchtest du Kakao?«, frage ich Katie. Sie nickt, während sie ihren Pfannkuchen attackiert.

»Kaffee?«, frage ich Jakob, bevor ich einfach eingieße.

»Da sag ich nicht nein.« Er setzt sich, runzelt die Stirn, als er mich ansieht. Keine Ahnung, wieso Carl und Jakob gedacht haben, dass ich ihnen einfach so verzeihe, nur weil sie wieder auftauchen. Aber das scheinen sie angenommen zu haben. Wieso sollten sie sonst versucht haben, mich zu umarmen? Wobei Jakob natürlich auch den süßesten Bestechungsversuch aller Zeiten mitgebracht hat. Ich kann meinen Blick kaum von dem hübschen Gesichtchen, das von roten Locken eingerahmt ist, abwenden. Mein Bruder ist ein Daddy. Das kann ich nicht fassen.

Allerdings, jedes Mal, wenn ich zu ihm oder Carl schaue, steigt wieder diese … diese … Ich würde es gern Wut nennen, aber ich schätze, es ist mehr Enttäuschung. Vor allem, weil sie so normal agieren. Als würden wir jeden Samstag gemeinsam frühstücken. Was denken sie denn?

Dass alles vergeben und vergessen ist, nur weil sie wieder da sind? Dass ich einfach nicht mehr dran denke, was sie getan haben, weil sie jetzt gewillt sind, sich ihrer Verantwortung zu stellen? Ganz sicher nicht.

»Was ist mit Dad?«, fragt Jakob.

Carl und Kay setzen ihn ins Bild, während ich mich wieder mit meinem Pancake beschäftige und zwischendurch Schlucke von meinem Kaffee nehme, der mittlerweile kalt ist. Und verstohlene Blicke auf Katie werfe, die einfach entzückend ist. Was würde Jakob wohl dazu sagen, wenn ich sie einfach behalten würde?

»Das Haus sieht gut aus«, meint Carl, blickt zu mir.

Aber wenn er gedacht hat, dass mich eine Anerkennung meiner hausfraulichen Fähigkeiten milde stimmt, dann hat er sich geschnitten.

»Rae«, fleht Kay leise.

Seufzend sage ich: »Danke.«

»Ihr bleibt doch auch hier, oder?«, fragt Kay aufgeregt.

Jakob nickt, sieht zu seiner Tochter, was mein Herz schmelzen lässt. »Ein paar Tage bleiben wir. Bis … na ja, bis wir alles geregelt haben.« Dann sieht er mich an. »Mach dir keine Sorgen. Wir schaffen das gemeinsam.«

Und wenn das nicht die gestelzteste Unterhaltung aller Zeiten ist, dann weiß ich auch nicht.

Am liebsten würde ich ihnen beiden den Arsch aufreißen, aber zum einen ist Katie da und zum anderen sieht Kay so glücklich aus, dass ich es nicht übers Herz bringe. Außerdem habe ich Carl um Hilfe gebeten, da sollte ich mich ein klein wenig erkenntlich zeigen. Sonst reisen sie vielleicht wieder ab, ohne irgendeine Unterstützung. Und dann wäre diese ganze Tortur umsonst gewesen.

»Kommt Noah auch noch?«, frage ich.

Carl nickt. »Er versucht es. Er ist auf einer Bohrinsel im Norden. Da gibt es nicht jeden Tag eine Abfluggelegenheit.«

»Wie cool!«, ruft Kay aus, bevor er fragt: »Und was macht ihr so?«

Carl deutet auf Jakob. »Er ist Arzt geworden.«

Kay reißt die Augen auf, und auch ich kann nicht umhin, überrascht zu sein. Wenn ich daran denke, wie ungern Jakob zur Schule gegangen ist, kommt es mir geradezu absurd vor, dass er studiert haben soll. »Wirklich? Und du, Carl?«

Kay sieht seine großen Brüder mit verliebten Welpenaugen an, hängt an ihren Lippen, und dass er sie nicht um eine Haarlocke für seinen Schrein bittet, ist auch schon alles.

»Ich hab eine Baufirma gegründet.«

»In Fairbanks?«

»Genau.«

»Und wo lebst du?« Sein Blick wandert zu Jakob.

»In Juneau.«

»Oh, das ist ganz schön weit weg.«

»Mit dem Flieger ist es nicht so schlimm.« Jakob lächelt, und mir fallen so viele Dinge von früher ein, dass ich kaum noch sauer sein kann.

Carl war immer der Beschützer, der, der mehr an uns geglaubt hat als wir selbst. Der immer sicher war, dass wir alles schaffen können, was wir uns in den Kopf gesetzt haben. Jakob war der charmante Spaßvogel. Er hat kaum einmal etwas ernst genommen, hat uns Streiche gespielt und uns immer zum Lachen gebracht. Und Noah … Nun, er war ruhiger, wortkarg und manchmal launisch. Vielleicht hat es sich rausgewachsen, aber ich erinnere mich an einen Muffelkopf. Nicht, dass er in irgendeiner Weise gemein oder böse gewesen wäre. Aber viele Worte waren einfach nicht seine Art.

»Vielleicht schickt Rae mich diese Woche nicht zurück ins Internat, wenn ihr länger bleibt.« Er wirft mir einen Blick zu, aber ich kann ihn nicht einfach aus der Schule nehmen, nur weil er es so will.

»Das sehen wir noch«, meine ich ausweichend, bevor ich den letzten Schluck trinke. »Ich geh kurz duschen, dann können wir los.«

Und dann fliehe ich geradezu aus der Küche.

Es fällt mir schwer, mit ihnen in einem Auto zu sein. Ich sitze mit Jakob und Katie auf der Rückbank, während Kay auf dem Beifahrersitz Platz genommen hat. Ständig beugt er sich zu Carl oder dreht sich zu Jakob um. Es erinnert mich an alte Zeiten. Wie sie früher waren, bevor sie gegangen sind.

Dann seufze ich leise, hasse es, dass ich es ihnen so sehr neide, dass sie sich ein Leben außerhalb von Whynot aufgebaut haben.

Eigentlich will ich doch, dass sie glücklich sind. Dass sie ein tolles Leben haben. Aber es war einfach hart. Die letzten Jahre waren manchmal echt schwer. Besonders am Anfang, als Kay noch so klein war.

Ich seufze. Aber so ist es jetzt nicht mehr. Und wir haben überlebt. Vielleicht kann ich also die alten Gefühle loswerden und nach vorne blicken. Wenn schon nicht für mich, dann zumindest für Kay, der gerade so glücklich wirkt wie noch nie in der letzten Zeit.

Er braucht seine Brüder.

Als wir das Krankenhaus erreichen, fragt Carl am Empfang, wo Dad jetzt liegt. Er ist immer noch auf der Intensivstation, und wir nehmen den Aufzug nach oben.

»Ich red mal mit dem Arzt«, meint Jakob, und ich bin dankbar, dass er das übernimmt, weil ich nur die Hälfte von dem verstehe, was er mir sagt. Katie hält seine Hand, und in der anderen ihr rosanes Nilpferd. Sie ist einfach Zucker.

»Sie dürfen maximal zu zweit zu Ihrem Vater und dann auch nur eine halbe Stunde.«

Ich schaue zu Kay. »Möchtest du ihn sehen?«

Er zuckt die Schultern, ein wenig hilflos, aber dann nickt er.

»Dann geht ihr beide«, sage ich zu Carl. »Ich warte da vorne.«

Und bevor jemand protestieren kann, drehe ich mich um, gehe eilig weg. Wenn ich ehrlich bin, graut es mir davor, Dad zu sehen. So klein und schwach und irgendwie gebrochen. Vielleicht macht es mich zum Feigling, aber meine Brüder vorzuschicken, die mir erst mal mitteilen können, wie es um ihn steht, finde ich besser.

Ich setze mich auf eine Bank, schlage die Beine übereinander und verschränke die Arme. Und ich weiß nicht, ob es wegen Dad ist, oder weil das plötzliche Auftauchen meiner Brüder für ein Tohuwabohu in mir gesorgt hat, das seinesgleichen sucht.

Nach ein paar Minuten kommen Schritte auf mich zu, bevor sich jemand neben mich setzt. Ich sehe auf. Jakob. Katie sitzt auf seinem Schoß und bringt mich unwillkürlich zum Lächeln.

»Und?«, frage ich.

Er seufzt. »Dad ist wach, ein wenig desorientiert. Die Psychiaterin war bei ihm, aber er ist so schwach, dass er seine Hände nicht richtig verwenden kann. So hat er vielleicht verstanden, was sie ihm gesagt hat, konnte sich aber selbst nicht artikulieren.«

»Wird er wieder?«

»Körperlich wird er sich wieder erholen.« Er macht eine Pause. »Aber … er braucht Hilfe.«

»Meinst du, das weiß ich nicht?«, explodiere ich. Als ich sehe, wie Katie zusammenzuckt, bekomme ich ein schlechtes Gewissen und versuche, mein Temperament zu zügeln. »Ich bin diejenige, die seit zehn Jahren bei ihm ist und versucht, alles zusammenzuhalten. Ich weiß, dass er eine Therapie braucht, oder was auch immer. Aber er weigert sich. Was hätte ich tun sollen?« Ich flüstere nur, aber das klingt trotzdem so wütend, wie ich seit langem nicht mehr gewesen bin.

Jakob hat einen Arm um Katie geschlungen, hebt die andere Hand entschuldigend. »Hey, das sollte gar kein Angriff sein. Tut mir leid, wenn du das so verstanden hast.«

Ich drehe den Kopf weg, blinzele immer wieder, um die Tränen ja nicht fließen zu lassen. Das hätte mir noch gefehlt. Vor meinen Brüdern schwach zu wirken. Auf gar keinen Fall.

»Rae, ich …«

»Lass es.«

»Was?«

Ich schule mein Gesicht, setze eine harte Maske auf. »Was geschehen ist, hat keine Relevanz für heute. Jetzt geht es um Dad. Er hat keine Krankenversicherung und ich kann die Kosten nicht allein stemmen.«

Er sieht mich ein wenig enttäuscht an – wenn ich es denn richtig interpretiere. Immerhin bin ich ganz sicher keine Expertin mehr für die Gefühle meiner Brüder. In zehn Jahren kann sich ein Mensch verändern. Ich bin ganz sicher nicht mehr die kleine Raelynn, die ihre Brüder angehimmelt hat. Und sie sind nicht mehr die, die es verdient haben …

»Wir finden eine Lösung«, sagt er leise.

»Wäre schön.«

»Sie würden ihn gern noch ein paar Tage hierbehalten, bis sein körperlicher Zustand stabiler ist. Dann schlägt die Psychiaterin eine Therapie vor. Zunächst stationär, dann könnte man es auch nachher von zu Hause aus machen, aber es gibt wohl keine Möglichkeit in Whynot, oder?« Ich schüttele den Kopf. »Dann klappt es irgendwie anders.«

»Wie lange?«

»Hm?«

»Wie lange soll er eingewiesen werden?«

»Das hängt von seinem Zustand ab. Ein paar Wochen.«

»Aber … ich mein, sie hat ihn doch gar nicht befragen können. Vielleicht ist es gar nicht so schlimm.« Aber wie viel schlimmer kann es denn sein, wenn er schon einen Selbstmordversuch hinter sich hat?

»Sie werden ihn nicht dabehalten, wenn es ihm gut geht. Aber sie müssen ausschließen, dass er weiterhin suizidal ist.«

Ich seufze. Bin ich schuld? Habe ich nicht gemerkt, dass es schlechter um ihn gestellt war? Hatte ich mich schon so daran gewöhnt, dass es immer irgendwie schlimm war, dass ich nicht bemerkt habe, als sich das Grundrauschen geändert hat?

Ja.

Ich befürchte, so ist es.

An manchen Tagen war ich einfach nur froh, wenn ich mich nicht mehr mit ihm beschäftigen musste. Ich habe ihn aufgegeben. Das wird mir in diesem Moment klar. Diese Erkenntnis trifft mich so heftig ins Herz, dass ich keuche.

»Alles okay?«, fragt Jakob besorgt, will mir die Hand auf den Arm legen, bevor er sie wieder sinken lässt.

»Alles gut«, lüge ich, und auf seinem Gesicht sehe ich, dass er es erkannt hat.

Er will was sagen, aber ich weiß, dass ich es nicht hören will, allerdings weiß ich auch nicht, wie ich es stoppen kann, als ich sehe, dass Carl und Kay auf uns zukommen. Ich springe auf.

»Und?«, frage ich.

Carl zuckt mit den Schultern. »Er ist wach, aber nicht ansprechbar. Also nicht richtig. Ich weiß nicht, ob er nicht kann oder nicht will. Aber er hat sich nicht mit mir unterhalten.«

Ich schaue zu Kay, der noch nicht gelernt hat, seine Emotionen zu verbergen, und dem ich daher den Schock ansehe, der ihn ergriffen hat. Aber gleichzeitig ist da auch so ein Trotz, dass ich weiß, dass ich nicht mal versuchen muss, zu ihm durchzudringen. Vor seinen hochverehrten Brüdern will er sich keine Blöße geben. Wenn ich ihm jetzt Trost anbiete, wird er mir das nie verzeihen.

»Wie hat er auf dich reagiert? War er überrascht?«

»Keine Ahnung. Bin mir nicht mal sicher, ob er mich erkannt hat.«

Ich straffe die Schultern. »Ich geh noch mal zu ihm.« Als Jakob Anstalten macht, mit Katie aufzustehen, füge ich hinzu: »Allein.«

Auf dem kurzen Weg gebe ich mir selbst einen Aufmunterungstalk. *Ich kann das. Ich schaffe das.* Und ich wünschte, ich würde mir selbst glauben …

Er sieht immer noch so klein und zerbrochen aus, wie es gestern schon war. Der Anblick schneidet mir ins Herz.

»Dad?«, frage ich, obwohl ich doch weiß, dass er mich nicht hören kann. Ich berühre ihn leicht an der Schulter.

Er wendet seinen Blick zu mir.

»Hi«, gebärde ich.

Seine Mundwinkel zucken ein ganz klein wenig nach

oben, und er sucht nach meiner Hand, drückt sie, aber so zaghaft, dass ich heulen möchte.

»Ach, Dad«, flüstere ich, während mir jetzt doch die Tränen kommen.

Sein Blick ist auf meine Lippen geheftet.

»Es tut mir so leid.«

Er schüttelt den Kopf, drückt meine Finger.

»Doch. Ich hätte ... keine Ahnung. Irgendwas merken müssen.«

Wieder schüttelt er den Kopf, bevor er meine Hände loslässt und gebärdet: »Es ist nicht deine Schuld. Es ist meine. Deine Mom war meine große Liebe.« Er zuckt mit den Schultern. »Aber du und deine Brüder ... ihr habt Besseres von mir verdient.«

»Also wirst du Hilfe annehmen?«, lasse ich meine Finger sprechen.

Er nickt, schenkt mir einen reumütigen Blick. »Tut mir leid, dass ich das nicht schon vorher getan hab.«

»Hauptsache, du tust es jetzt. Ich will, dass es dir gut geht.«

»Noch nicht, aber bald wieder.«

»Ist das ein Versprechen?«

Er lächelt sanft. »Ist es.«

Ich beuge mich vor, drücke meine Lippen auf seine Wange, bin so erleichtert, dass dieser Schrecken vielleicht doch einen guten Ausgang haben wird. Dad schlingt seine Arme um mich, und einen Moment fühle ich mich wieder wie das kleine Mädchen, das immer wusste, dass ihm nichts passieren kann, weil er da war.

Als ich mich löse, gebärdet er: »Wieso hast du deinen Bruder angerufen?«

Ich seufze, setze mich auf den Stuhl, der neben dem Bett steht. »Weil ich eine Versagerin bin.«

»Sag das nicht.«

»Aber es ist wahr. Ich schaffe es nicht, genug zu verdienen, um für unsere Bedürfnisse aufzukommen. Du hast keine Krankenversicherung. Und Kay auch nicht. Ich schäm mich so, dass ich es nicht hinkriege.«

»Nein, mein Mädchen, du bist mein ganzer Stolz. Ohne dich wären wir alle nicht mehr da. Du hast dir nichts vorzuwerfen. Ich bin es, der dich im Stich gelassen hat.«

»Aber du kannst nichts dafür. Depressionen sind eine Krankheit.«

Seine Augen schimmern, als er sagt: »Und für Krankheiten gibt es immer einen Behandlungsplan. Ich hab dich enttäuscht. Aber ich mach es wieder gut.«

Ich drücke seine Hand gegen meine Wange. »Du hast mich nicht enttäuscht. Ich hab dich so lieb.«

»Ich dich auch, mein Engel«, sagen seine Hände, als ich ihn loslasse.

Ich wische mir die Tränen ab, bevor ich aufstehe. »Dann sprech ich mit den Ärzten. Wir finden Hilfe für dich. Versprochen.«

»Danke.« Seine Lider sind immer schwerer und schwerer geworden.

Ich drücke ihm noch einen Kuss auf die Wange, bevor ich zurück zu den anderen gehe.

»Und?«, fragt Jakob.

»Er will die Therapie machen.«

»Sehr gut.« Er sieht zu Carl. »Wir teilen uns die Kosten. Carl, Noah und ich.«

Ich nicke einfach nur, bevor ich sage: »Ich brauch einen Kaffee.«

Carl steht auf, lächelt. »Unten ist eine Cafeteria.«

Ich nicke erneut, schlage den Weg zu den Aufzügen ein. Heimlich drücke ich Kays Arm. »Alles okay?«, flüstere ich.

»Sie sind so cool, Rae! Weißt du, was sie für Geschichten zu erzählen haben?« Seine Augen leuchten, und trotz allem bin ich ihnen dankbar, dass sie es schaffen, ihm ein wenig Glück in diesen Zeiten zu schenken. »Versau es mir nicht, ja?«

Und da macht er es direkt wieder kaputt.

Ich verdrehe die Augen, drücke auf den Knopf des Aufzugs. Keine Ahnung, was ich darauf antworten soll, aber er erwartet auch nichts, sondern fängt sofort an, die beiden erneut zuzuquatschen mit all den Videospielen, die er gerne zockt.

In der Cafeteria knurrt mein Magen, und ich wünschte, ich hätte den Pancake doch gegessen und nicht nur damit rumgespielt. Aber vielleicht so ein Muffin …

»Was möchtest du?«, fragt Carl mich. »Ihr könnt euch schon mal setzen.«

»Einen Milchkaffee und einen von den Schokomuffins.«

»Alles klar. Kommt sofort.« Er lächelt mich an, und beinahe bin ich versucht, seinen Ausdruck zu spiegeln, aber so weit sind wir noch nicht. Noch lange nicht.

»Katie, kommst du mit uns?«, frage ich sie, aber die Kleine schüttelt den Kopf. Da ist noch viel Vertrauensarbeit zu leisten, bis ich wirklich ihre Tante bin.

Kay und ich setzen uns an einen Tisch am Fenster. Draußen sieht man schon die ersten Anzeichen des Frühlings. Whynot ist noch nicht so weit, aber hier, weiter südlich und in der Stadt, erkennt man, dass der Winter nicht ewig hält.

»Wusstest du, dass Carl seine eigene Baufirma hat? Und hast du den Escalade gesehen, den er fährt?« Kay sieht mich aufgeregt an.

»Ich bin auch mitgefahren«, erinnere ich ihn.

Er beugt sich zu mir, sieht mich beschwörend an. »Wenn sie wegen dir früher abreisen, verzeih ich dir das nie.«

Ich seufze. »Kay, sie sind erwachsene Männer. Ihre kleine Schwester kann ihnen gar nichts befehlen.«

Er schüttelt den Kopf. »Du kannst. Aber dann werde ich dich immer hassen.«

»Ich hab nicht vor, sie zu irgendwas zu bringen, okay? Ich hab sie ja angerufen. Also Carl, mein ich.«

»Wirklich? Das warst du?«

»Was denkst du, wie sie es erfahren haben?«

»Keine Ahnung. Ich dachte an ein Wunder.« Er grinst und erinnert mich in diesem Moment so sehr an seine älteren Brüder, dass ich schlucken muss. Die Brookner-Boys. »Sie kommen. Tu, als wärst du cool.«

Teenager. Man muss sie einfach lieben …

7

MAVERICK

Eigentlich wollte ich zu ihr fahren, wollte ihr Hilfe anbieten. Als Freund, ohne irgendwelche Hintergedanken natürlich. So wie ein Boss eben für seine Angestellten da ist.

Aber als ich an ihrem Haus ankomme, steigt sie gerade in einen protzigen Wagen. Ihr kleiner Bruder ist bei ihr, und vorne sitzen noch zwei andere Männer. Ob das Verwandte sind? Vielleicht ihre älteren Brüder?

Es ist schon eine halbe Ewigkeit her, dass ich sie gesehen habe. Da sie alle jünger waren als ich, hatten wir keine Überschneidungen. Die Tatsache, dass sie außerhalb von Whynot lebten, bedeutete, dass sich die Familie nie in die Fehde eingemischt, nie eine Seite gewählt hat. Weswegen sie für niemanden so richtig interessant war. Aber ich dachte, sie hätten die Stadt für immer verlassen ...

Kann natürlich sein, dass der Zustand ihres Vaters sie alle wieder hierhergerufen hat. Hoffentlich sind sie hier, um Raelynn zu helfen. Hoffentlich machen sie keinen Ärger. Denn dafür waren die Brookner-Brüder bekannt. Für jede Menge Ärger.

Seufzend mache ich mich auf den Weg zurück in die Lodge. Ich werde Raelynn später mal kontaktieren und ihr Hilfe anbieten, aber jetzt sieht es erst mal so aus, dass sie welche hat. Und das ist alles, was zählt. Auch wenn diese kleine Stimme in mir sagt, dass ich mir wünschen würde, dass ich es bin.

―――

»Hey, Mom«, sage ich, als ich sie an der Rezeption stehen sehe.

Sie legt ihre Hand an meine Wange. »Alles gut, mein Junge? Du siehst müde aus.«

»Kurze Nacht.«

»Wilde Party?«, zieht sie mich auf, wozu ich auflache.

»Dafür bin ich viel zu alt.«

»Hatte vergessen, dass du schon ein Opa bist.« Lachend hebt sie die Papiere auf, die sie hingelegt hatte. »Hast du das gesehen?«

»Was denn?« Ich nehme einen Zettel, lese, was draufsteht, und runzele dann die Stirn. »Mist.«

»Das hab ich mir auch gedacht, weswegen ich es für dich ausgedruckt hab.«

Ich schüttele den Kopf. »Dann können wir uns das mit dem Spa-Bereich auch sparen.«

»Außer, wir sind schneller. Hier steht, dass bei ihnen

der Baubeginn erst im nächsten Jahr ist. Wenn wir noch dieses Jahr anfangen … Vielleicht lassen sie es dann.«

Sie sind ein Hotel, das nicht allzu weit von uns entfernt ist. Es liegt am Rande des Nationalparks, daher sind sie nicht gerade Nachbarn, aber für Touristen von außerhalb ist es egal, welches der beiden Hotels sie buchen. Wenn eines aber besondere Vorzüge hat, wie etwa einen Wellnessbereich, dann ist das ein unschlagbares Argument.

»Ich hab echt schon gefühlt jede Firma angefragt, die es in Alaska gibt.«

»Und wenn wir jemanden von außerhalb nehmen?«, fragt sie.

»Will ich eigentlich nicht. Ich mein, ich würd das Geld lieber bei uns lassen, und Unternehmen aus anderen Staaten wissen auch gar nicht, wie es bei uns ist.«

»Vielleicht musst du den Standpunkt noch einmal überdenken.«

Ich nehme die Zettel, tippe sie in ihre Richtung. »Danke. Ich werd mir was überlegen.«

»Und mach mal ein bisschen Pause. Du siehst aus, als könntest du ein wenig Ruhe gebrauchen.«

»Danke, Mom.«

Ich eile in mein Büro, lese die Ausdrucke noch einmal durch. Mit dem Wellnessbereich wollten wir ein Alleinstellungsmerkmal aufbauen, aber wenn unsere Konkurrenz das auch macht, ist es ja nichts Besonderes mehr. Verdammt.

Ich schalte den PC an, schaue, ob ich noch weitere Infos finde, und stutze dann. Das gibt es doch nicht. Ihr Projektpartner ist die Firma, die uns gerade eben hängen gelassen hat. Diese Wichser.

Ich greife nach meinem Handy, tippe Nashs Namen an.

»Hallo«, sagt dieser und ich höre die Geräusche des Cafés leise im Hintergrund.

»Hey, sag mal ... Lemon scheint ja überall Kontakte zu haben. Nicht zufällig auch in der Baubranche?« Lemon ist seine ... hm, was genau ist sie? Seine Agentin? Seine Managerin? Seine Beraterin? Irgendwie so was. Sie hat ihm geholfen, *Nash_backt* aufzubauen, was mittlerweile echt erfolgreich geworden ist. Es sind sogar schon Firmen an ihn herangetreten, die mit ihm eine Kollektion an Backformen herausbringen wollen.

»Keine Ahnung, aber ich kann sie mal fragen.«

»Das wäre super.«

»Oder ich geb dir ihre Nummer. Dann kannst du selbst mit ihr sprechen.«

»Ist wahrscheinlich effektiver.«

Ich schreibe die Ziffern auf, die er mir sagt.

Nach einem knappen Abschied wähle ich die Nummer.

»Hier ist Lemon«, flötet sie, und ich muss grinsen. Weil sie sich auch im wahren Leben ganz genau so anhört.

»Hey, Lemon. Hier ist Maverick, Nashs Bruder.«

»Oh, hi, wie geht's?«

»Alles gut so weit und bei dir?«

»Könnte nicht besser sein. Was gibt es?« Ich mag, dass sie so direkt ist und sofort zur Sache kommt. Mom hätte jetzt erst mal noch eine halbe Stunde übers Wetter geredet.

»Hast du zufällig Kontakte in der Baubranche? Keine Ahnung, ob Nash das mal erwähnt hat, aber wir wollen einen Wellnessbereich in der Lodge eröffnen. Dazu brauchen wir einen Anbau. Aber es ist schwierig, jemanden zu finden, der das für uns macht.«

»Oh, das kann ich mir vorstellen. Momentan sucht jeder. Aber ich frag mal meinen Bruder. Er hat da einen Kumpel, der eine Firma hat. Vielleicht hat er zufällig Zeit.«

»Das wäre großartig. Danke dir.«

»Klar, kein Thema. Ich meld mich.«

Das habe ich in meinen fast vierzig Jahren gelernt: Persönliche Kontakte sind es, die dafür sorgen, dass man vorankommt. Alles andere ist total egal. Aber wenn man die Menschen – auch über mehrere Ecken – kennt, dann klappen die Dinge plötzlich.

Ich mache mein Mailprogramm auf, checke meine Nachrichten, beantworte ein paar dringende. Das meiste kann Millie am Montag erledigen. Vielleicht sollte ich sie befördern. Eigentlich bräuchte sie größere Aufgaben als die Rezeption.

Muss ich mal drüber nachdenken.

Ich stehe auf, nehme den Flur in den Familienteil der Lodge. Mom ist samstags mit ihrer Freundin Debbie verabredet, weswegen ich zwischendurch immer mal einen Blick auf Grandpa werfe.

Ich klopfe an seine Tür.

»Herein.«

»Hey, wie geht es dir?«

»Ah, Ray, gut, dich zu sehen.« Er lächelt mich an, blickt von seiner Zeitung auf, die er in seinem Schaukelstuhl sitzend liest.

Es sticht ein wenig, dass er mich mit meinem Vater verwechselt, aber solange er zufrieden ist, ist das für mich in Ordnung. »Du siehst fröhlich aus«, stelle ich fest, trete in den Raum.

Er deutet auf einen Bericht. »Ich hab gerade von dieser Firma in Juneau gelesen, die ihre Produktion komplett auf Holzspielzeug umgestellt hat. Schau mal. Ich dachte, das wäre auch was für das Baby.«

Ich hocke mich neben ihn, lese die Schlagzeile, bevor mir auffällt, dass die Zeitung fast vierzig Jahre alt ist. »Welches Baby?«, frage ich.

Grandpa lacht auf. »Welches Baby? Lass das mal deine Frau nicht hören. Schließlich ist es mittlerweile doch offensichtlich, dass sie einen Braten in der Röhre hat.« Er schmunzelt. »Wobei es auch sein könnte, dass es ein Elefant ist, so groß, wie der Bauch ist.«

»Es ist dein erstes Enkelkind«, rate ich.

»Das Erste von hoffentlich vielen.«

Mir wird ganz warm, als ich realisiere, dass Grandpa nach einem Geschenk für mich als Baby sucht. Er mag zwischendurch vergessen, wer ich bin, aber seine Familie ist trotzdem immer in seinen Gedanken.

»Wir könnten was schnitzen«, schlage ich vor, weil ich weiß, dass Grandpa und Dad das häufig gemacht haben. Das war die eine Sache, die sie auch nach vielen Streitigkeiten wieder zusammengebracht hat. Denn die gab es im Hause Campbell reichlich. Vor allem, weil Dad die Zügel übernehmen wollte und Grandpa nicht loslassen konnte. Das war in den letzten Jahren auch vermehrt unser Problem. Wobei ich sein Einmischen jetzt mit Freuden annehmen würde, wenn ich dafür nicht mit ansehen müsste, wie Grandpa immer ein bisschen mehr verloren geht.

»Das machen wir. Wie weit bist du mit der Wiege?«
Er sieht mich an, sein Blick ein wenig verschleiert.

»Sie ist bald fertig«, spiele ich mit. Wenn man versucht, ihn in die Gegenwart zu holen, führt das zu Wutausbrüchen und Verwirrung, weswegen wir uns alle angewöhnt haben, in seiner Welt zu sein. Da ist er auch friedlich. Er hat immer noch klare Momente, aber die werden weniger und weniger. Wir werden uns darauf einstellen müssen, dass wir ihn bald ganz an seine Erinnerungen verloren haben.

Ich schlucke, weil das so unvorstellbar ist, dass ich es gar nicht begreifen will. Aber wenigstens haben wir ihn noch. Irgendwann werden auch die früheren Erinnerungen verschwunden sein, vielleicht auch seine Möglichkeit, sich zu artikulieren. Aber er ist schon alt. Vielleicht wird es auch nicht mehr ganz so schlimm. Vielleicht ist er einfach noch eine Weile glücklich in seinem Kopf. Mit seiner geliebten Frau Lucille und den Erinnerungen an Baby Maverick.

»Hast du Lust, einen Spaziergang zu machen?«, frage ich ihn. »Danach könnten wir in der Lodge Mittagessen.«

»Eine hervorragende Idee.«

Schwerfällig erhebt er sich. An der Garderobe helfe ich ihm in seine Jacke und seine Schuhe. Der Frühling wird nicht mehr lange auf sich warten lassen, aber noch ist es kalt. Die Minustemperaturen und den Schnee haben wir hinter uns gelassen, aber die Anzeichen für neues Leben sind noch im Boden verborgen.

»Ah, es riecht nach Frühling«, meint Grandpa.

»Dauert wohl noch ein paar Wochen.«

»Nein, nein, ich bin mir sicher, in ein paar Tagen sehen wir die ersten Knospen.«

»So früh schon?«

»Glaub einem alten Mann wie mir.«

Alter Mann … Ich schaue zu ihm, frage mich, ob er wieder im Jetzt angekommen ist. »Waren die Jahreszeiten früher anders als heute?«

»O ja, Junge. Man konnte sich mehr darauf verlassen. Nicht so ein neumodischer Mist wie globale Erwärmung.«

»Grandpa?«

»Ja?« Er sieht mich vollkommen klar an.

»Ich hab dich lieb.«

Er tätschelt meine Wange. »Wir Campbells sind nicht für überbordende Gefühle bekannt, aber du und deine Brüder sind Balsam für meine alte Seele.« Er seufzt leise. »Ich vermisse Lucille und deinen Dad, aber ihr macht mich stolz und glücklich.«

Ich schlucke, als ich plötzlich einen Kloß im Hals habe. So etwas habe ich noch nie aus seinem Mund gehört, und jetzt weiß ich nicht, wie ich darauf reagieren soll.

Räuspernd ändere ich das Thema, ohne groß drüber nachzudenken. »Lincoln hat Ezra Moores Eingang mit Frischhaltefolie bezogen. Als er rausgetreten ist, hat er es nicht gesehen und war wie in einem Spinnennetz gefangen.«

Grandpa lacht auf. »Das hat dieser kleine Scheißer auch verdient.«

»Erzähl mir von den Streichen, die du den Moores gespielt hast.«

»Ach, Junge, das waren damals keine Streiche. Das war schon beinahe Krieg.« Er seufzt. »Besonders in den Anfangsjahren war es kein Spaß.«

»Wieso nicht? Was ist passiert?«

Eine Weile laufen wir nebeneinanderher, und ich denke schon, dass er nicht mehr antworten wird, als er sagt: »Mein Kumpel John und ich haben Ted Moore Zucker in den Tank gekippt. Sie haben uns die Reifen aufgeschlitzt. Wir sind bei ihnen eingebrochen und haben ihre Vorräte mitgehen lassen. Sie haben unsere Scheune in Brand gesteckt.«

»Wieso ist es so eskaliert? Ich mein, das hört sich an, als wären das echte Straftaten, die begangen wurden.«

»So war es auch. Damals war Alaska noch ein relativ rechtsfreier Raum. Zu dünn besiedelt, als dass man an jedem Ort einen Sheriff haben konnte.«

»Und wieso habt ihr euch so gehasst?«

Er bleibt stehen, sieht mich an. »Weil Lucille nicht Ted Moore, sondern mich geheiratet hat, obwohl er ihr auch Avancen gemacht hat. Und dann war er ein schlechter Verlierer.«

Hudson hatte so was Ähnliches schon mal von Grandpa gehört, war sich dann aber nicht sicher, ob es sich bei dem anderen Galan von Grandma um einen Moore oder jemand anderen gehandelt hat.

»Was hat er gemacht?«

»Zunächst einmal hat er sich erdreistet, Hand an sie zu legen.«

»Was?«, frage ich schockiert.

»Als sie ihm sagte, dass sie sich für mich entschieden hat, hat er sie geohrfeigt. Nur das Eingreifen ihrer Mutter hat Schlimmeres verhindert.«

»O Gott.«

»Als ich zwei Tage später zurück in die Stadt kam, hab ich die Spuren auf ihrem lieblichen Gesicht gesehen und bin durchgedreht. Hätte nicht viel gefehlt, und ich hätte ihn umgebracht. Mein Kumpel John hat es verhindert, aber ich war kurz davor. Das kannst du mir glauben. Na ja, und dann haben sie sich gerächt. Dann wir wieder, und so ging es jahrzehntelang. Bis heute, wenn ich Lincolns Aktion richtig deute.«

»Ging es Grandma gut?«

»Es hat sie schockiert. So sehr, dass sie mir vor unserer Hochzeit ein Messer an den Hals gehalten hat, um mir das Versprechen abzunehmen, niemals die Hand gegen sie zu erheben, sonst würde sie mich umbringen.« Er lacht auf. »Das Mädchen hatte Feuer. Das gefiel mir. Und niemals zuvor ist mir ein Versprechen leichter gefallen.«

»Grandma hat was?«

Er grinst so vergnügt wie schon lange nicht mehr. »Die Frauen aus Alaska haben alle einen Knall. Das macht das Leben mit ihnen so aufregend. Daher, was immer du auch tust, such dir ein Mädchen von hier. Nimm keine aus den *Lower-48*, und schon gar keine Moore.«

Ich sehe ihn erstaunt an. »Ich komm immer noch nicht darüber hinweg, dass Grandma dir ein Messer an den Hals gehalten hat.«

»Doch, doch. Hat den Grundstein für eine sehr glückliche Ehe gelegt, dass wir ebenbürtig waren.«

»Grandpa, ich bin schockiert, bist du etwas Feminist?«, necke ich ihn.

Er zuckt mit den Schultern. »So weit würde ich nicht gehen, aber die Frauen hier haben ebenso hart geackert wie jeder Mann. Ich bin nicht so anmaßend zu denken, dass ihnen nicht auch die Hälfte des Erfolgs zusteht.«

»Grandma Lucy … Ehrlich. Sie war doch immer so lieb.«

Er lacht auf. »Ihre sanfte Seite hat nur den Kern aus Stahl verborgen, der in ihr steckte. Ohne sie hätte ich all das nicht aufbauen können.« Er deutet auf die Lodge. »Sie hat mir die Kraft gegeben.«

»Wow, das war mir alles gar nicht bewusst.«

Nickend geht er weiter. »Vielleicht hätte ich euch mehr von den alten Geschichten erzählen sollen.«

»Hättest du vielleicht.«

»Das holen wir nach. Hattest du mir kein Mittagessen versprochen?«

Es ist das beste Geschenk, das ich je bekommen habe, dass Grandpa auch die nächste Stunde noch klar ist, scherzt und erzählt und mit dem Personal schäkert. Als ich ihn in sein Zimmer bringe, damit er seinen Mittagsschlaf machen kann, verschließe ich die letzten beiden Stunden tief in meinem Herzen. Es ist nur geliehene Zeit, aber ich bin so dankbar, dass ich das mit ihm erleben durfte.

―――――

»Heute?«, frage ich, als Mom verkündet, dass wir das gestrige Familiendinner nachholen, weil wir es durch den Notfall bei Raelynn verpasst haben.

»Genau.«

»Aber heute ist Samstag.«

»Und wir sind flexibel.«

»Na, ich weiß nicht, ob du uns schon mal getroffen hast. Flexibel ist kein Wort, das mir bei uns Campbells als Erstes einfällt.«

Sie grinst. »Es gibt Pizza.«

»Wieso hast du das nicht sofort gesagt?«

Lachend erklärt sie: »Lincoln holt sie im *Firehouse* ab. Dann ist sie noch warm.«

»Ich liebe die Pizza aus dem *Firehouse!*«

»Dann kommst du besser.«

»Sehr wohl, Ma'am.«

Sie grinst. »So gefällt mir das.«

»Wie geht es Grandpa?«

»Er ist verwirrt aufgewacht.«

Das wäre auch zu schön gewesen, um wahr zu sein. »Mom, sag mal … Grandpa hat mir da heute was erzählt.«

»Und was?«

»Dass die Fehde mit den Moores angefangen hat, als Grandma Ted Moore einen Korb gegeben und Grandpa geheiratet hat.«

Sie zuckt mit den Schultern. »Kann sein. Wundert mich allerdings, dass er es dir gesagt hat. Schließlich war er bisher immer ein verschlossenes Buch, was das anging.«

»Vielleicht dachte er, er müsse das Wissen weitergeben, damit es irgendjemand weiß, wenn er mal …« Aber ich lasse den Rest ungesagt, will es nicht beschreien.

»Lucille war eine Wahnsinnsfrau. Kann mir also sehr gut vorstellen, dass sie Verehrer an jedem Finger hatte.«

Okay, das will ich von meiner Grandma lieber nicht annehmen … Aber ich schätze mich glücklich, dass ich sie gekannt habe.

»Wir sehen uns in einer Stunde. Sei pünktlich.«

»Alles klar.«

Mein Handy klingelt. Auf dem Display steht kein Name, nur eine Nummer. Sie kommt mir vage bekannt vor.

»Hallo?«

»Hey, hier ist Lemon.«

»Oh, hi. Hatte gar nicht damit gerechnet, dass du dich heute noch meldest.«

»Nenn mich effizient.« Sie lacht auf. »Also, mein Bruder hat seinen Kumpel Carl angerufen. Wie es der Zufall so will, ist er momentan in Whynot. Er hat zugesagt, morgen mal in der Lodge vorbeizukommen. Ich geb dir noch seine Nummer, falls es dir nicht passt.«

»Doch, das ist großartig. Danke. Und was für ein Zufall.«

Nachdem ich mich verabschiedet habe, frage ich mich, wie klein Alaska eigentlich ist. Denn mir schwant, dass es sich bei diesem Carl um Carl Brookner handeln könnte, Raelynns Bruder. Ich tippe seinen Namen in die Suchmaschine und finde heraus, dass er tatsächlich eine Baufirma hat.

Das erinnert mich daran, dass ich sie anrufen wollte …

Ich drücke auf ihren Namen, lasse das Handy eine Weile klingeln, aber sie geht nicht dran, weswegen ich ihr eine Nachricht schicke, dass ich mich nur erkundigen wollte, wie es ihr und ihrem Dad geht.

8

RAELYNN

Ich sehe Mavericks Anruf, aber da wir gerade im *Firehouse* sind, nehme ich ihn nicht an. Kay hängt Carl und Jakob an den Lippen, die genauso lustig, draufgängerisch und charmant sind, wie sie damals schon waren. Es ist schwer, sie auf Abstand zu halten, wenn sie die tollen Brüder sind, an die ich mich von damals erinnere. Bevor sie gegangen sind.

Und Katie? Sie ist einfach ein echtes Zuckerstück. So unglaublich süß. Ich frage mich, wo ihre Mutter ist. Aber um diese Frage beantwortet zu bekommen, müsste ich mit Jakob mehr als Ein-Wort-Sätze reden …

Kay ist glücklich. Zum ersten Mal seit Jahren. »Und was machen wir morgen?«, fragt er mit leuchtenden Augen.

»Ich muss morgen in der Lodge vorbei«, meint Carl.

Ich schaue auf. »Wieso?«

Er sieht mich verwundert an. Ups. Mein Ton war wohl ein bisschen scharf. »Ein möglicher Auftrag.«

»Für was?«

»Für einen Anbau.« Er runzelt die Stirn. »Hast du ein Problem damit?«

»Nein.«

»Rae arbeitet in der Lodge«, erklärt Kay, während er mir mal wieder vors Schienbein tritt. Ja, ja, er will, dass ich mich benehme.

»Soll ich mich dann lieber nicht mit den Campbells treffen?«, fragt Carl.

»Doch.«

»Was ist dann das Problem?«

»Gibt keins.« Ich schiebe meine Pommes hin und her. »Wenn ich den Auftrag annehmen würde, wär ich vielleicht eine Weile in Whynot und könnte mit Dad helfen.«

»Das wäre großartig!«, ruft Kay enthusiastisch aus.

Da muss selbst ich grinsen, was mir aber schnell vergeht, als ich Jakobs zufriedenen Blick bemerke, der mich beobachtet. Sie brauchen nicht denken, dass sie mich so leicht um ihren Finger wickeln können.

»Mal abwarten«, meint Carl. »Vielleicht ist es deiner Schwester gar nicht recht, wenn ich hier bin.«

Kay lacht auf. »Quatsch, sie würde sich freuen. Würdest du doch, Rae?« Und das Flehen in seiner Stimme ist so stark, dass ich nur nicken kann.

»Klar.«

Carl grinst wissend. Tja, die Lügen kann ich vor meinen Brüdern offensichtlich nicht verbergen, aber Kay ist zufrieden, und das reicht mir. Er ist der einzig Wichtige. »Dann schau ich, dass ich den Auftrag an Land ziehen kann. Du hast doch nichts dagegen, wenn ich dann in meinem alten Zimmer schlafe?« Und bei dieser Frage sitzt ihm der Schalk ganz eindeutig im Nacken.

»Oh, wow! Das ... Rae, sag ja!« Kay schaut zu mir.

»Klar«, antworte ich und frage mich, ob ich vielleicht eine Platte aufnehmen sollte, wenn das zukünftig alles ist, was ich zu Konversationen beitragen kann.

»Dann können wir *Call of Duty* zocken.«

Carl lacht auf. »Aber kein Geheule, wenn ich dich abziehe.« Dann plötzlich vergeht ihm das Lachen schlagartig. Er starrt in eine Richtung, und als ich mich umdrehe, weiß ich auch, wieso.

Megan. Seine alte Flamme ist gerade aufgetaucht. Vielleicht hätte ich erwähnen sollen, dass sie hier arbeitet, aber das muss mir wohl entfallen sein. Mit voller Absicht.

Sie sieht mich, winkt, bevor sie erstarrt. Ups. Ihr hätte ich zumindest eine Vorwarnung geben sollen. Als ich den alten Schmerz auf ihrem Gesicht sehe, bekomme ich ein schlechtes Gewissen, weil ich es nicht getan habe.

»Entschuldigt mich«, murmelt Carl, bevor er aufsteht und auf sie zugeht.

Wir können nicht hören, was sie besprechen, aber dann knallt Megan ihm eine, dreht sich um und verschwindet in Richtung der Toiletten. Ich springe auf, eile an Carl vorbei, der sich perplex die Hand gegen die Wange drückt, und folge ihr.

»Megan?«, frage ich leise, als ich vor den Kabinen stehe.

»Geh weg.« Aber ihre Stimme ist so brüchig, dass ich nichts dergleichen tue.

»Ist alles okay?«

»Ja, klar.«

»Er ist ein Trottel.«

»Das weiß ich.«

»Tut mir leid, dass er sich wie ein Arsch aufführt.«

Sie öffnet die Kabine, sieht mich an. »Das ist es nicht. Er war … nett.« Sie seufzt. »Er kann ja nichts dafür, dass ich immer noch nicht wirklich über ihn hinweg bin.«

»O Mann. Das tut mir leid.«

Sie tritt ans Waschbecken, kühlt sich die Wangen. »Wieso ist er hier?«

»Dad ist gestern ins Krankenhaus gekommen.«

Ihr Kopf schnellt herum. »Was? O nein. Wieso hast du mir nicht Bescheid gesagt? Ich hätte helfen können.«

»Das ist wirklich lieb von dir. Da hab ich gar nicht dran gedacht. Ich hab meinen Boss angerufen, und Lincoln hat uns nach Anchorage geflogen.«

»Geht es ihm denn gut?«

»Dad oder Carl?«

Sie verzieht das Gesicht. »So offensichtlich?«

»Ein bisschen vielleicht. Dad geht es besser. Aber er muss noch ein paar Tage im Krankenhaus bleiben. Und Carl … ich will weiter sauer auf ihn sein.«

Sie lächelt. »Aber?«

»Er ist noch genau wie der Bruder, den ich so geliebt hab.«

»Ja, oder? Ich hatte gehofft, dass er schon Halbglatze und Schmerbauch hat.«

Ich lache auf. »So gemein!«

»Ehrlich. Da muss er in all seiner beschissenen Perfektion auftauchen. Wenigstens einen Zahn hätte er doch verlieren können. Aber nein. Das Schicksal quält mich.« Sie lacht auf, bevor sie ernst wird. »Wenn du Hilfe brauchst, bin ich immer für dich da, okay?«

»Und ich für dich.« Dann trete ich neben sie, ziehe sanft an einer Strähne. »Und jetzt Kinn hoch, Brust raus. Carl mag ja immer noch so aussehen wie damals, aber du … du bist so viel heißer als früher. Zeig ihm, welch grandioser Fang ihm entgangen ist, damit er es bis ins Mark bereut.«

Sie lacht auf. »Raelynn Brookner, ich wusste gar nicht, dass du auch so eine teuflische Seite hast.«

»Sie kommt und geht.«

Sie umarmt mich. »Danke.«

Ich folge ihr, sehe, wie sie wie die Königin, die sie ist, durch das Restaurant marschiert, den Gästen Wasser bringt, Speisekarten verteilt und mit jedem freundlich redet. Und Carl? Nun ja, er kann seinen Blick nicht von der Erscheinung lassen, die seine Ex ist. Geschieht ihm recht.

Als ich mich wieder zu ihnen setze, fragt Carl: »Ist sie Single?«

»Das geht dich nichts an.« Aber ich kann nicht verhindern, dass in meinem Ton so eine fiese Zufriedenheit mitschwingt.

Mein Bruder beugt sich vor. »Sag schon.«

»Da musst du sie schon selber fragen. Globale Schwesternschaft und so.«

Er runzelt die Stirn. »Du sagst es mir wirklich nicht?«

»Kommt nicht infrage. Megan ist meine Freundin.«

Kay tritt mich, aber da er verfehlt, hüpfe ich nicht hoch. »Aber Carl ist dein Bruder.«

Ich zucke mit den Schultern. »Einer von beiden ist abgehauen.«

»Was das angeht …«, fängt Carl an, und ich merke, dass ich einen Fehler begangen habe.

»Darüber will ich nicht reden«, sage ich schnell.

»Irgendwann müssen wir drüber sprechen.«

»Denk ich nicht.«

Er seufzt. »Du hasst uns.«

Kay schüttelt den Kopf. »Nein, das tut sie nicht. Sie ist nur … sie ist zickig.«

»Red so nicht über deine Schwester«, weist ihn Carl zurecht.

»Er kann über mich reden, wie er will«, fauche ich.

»Rae, du hast es versprochen!«, jammert Kay.

»Okay, okay, warum beruhigen wir uns alle nicht mal wieder?«, mischt sich Jakob ein, der erstaunlich ruhig gewesen ist.

»Du machst alles kaputt!«, ruft Kay aus, funkelt mich an, bevor er aus dem Restaurant stürmt.

Ich schließe die Augen, vergrabe mein Gesicht in den Händen. Wann ist dieser verdammte Albtraum vorbei?

―――

Es hat niemand Mitleid mit mir, denn leider folgen sie mir nach Hause. Und ich habe nicht das Herz, Kay von seinen Helden zu trennen.

Die Wut, die ich anfangs gefühlt habe, ist gewichen. Geblieben ist Enttäuschung und Vermissen. Sie waren meine besten Freunde, weswegen ich Kay verstehen kann. Jungs brauchen ihre Väter. Und Jungs brauchen ihre Brüder.

Ich habe mich bemüht, aber ich weiß auch, dass ich ihm viele Dinge nicht geben konnte, die er gehabt hätte, wären da männliche Verwandte gewesen, auf die er sich hätte verlassen können. Er wirkt so glücklich, dass ich das nicht kaputtmachen kann.

Also ziehe ich mich auf mein Zimmer zurück und rufe meine beste Freundin an.

»Wie geht's?«, ruft sie, sobald sie das Gespräch angenommen hat.

Ich seufze, und es ist ein Ton, der beweist, dass ich die Last der Welt auf meinen Schultern trage. »Ich weiß es gerade nicht.«

»Ominös, ominös«, scherzt sie. »Erzähl Tante Alex, was dich bedrückt.«

»Wir sind gleich alt«, erinnere ich sie und merke, dass mir schon ein kleiner Stein vom Herzen fällt. Das ist der Effekt, den sie immer auf mich hat. Sie bringt eine Leichtigkeit in mein Leben, dir mir aus den bekannten Gründen fehlt.

»Das tut nichts zur Sache. Also?«

Ich setze mich im Schneidersitz auf mein Bett, zupfe an einem losen Faden des Überwurfs herum. »Dad ist gestern ins Krankenhaus gekommen.«

»Was?«, schreit sie beinahe. »Warum? Was ist passiert? Wie geht es ihm?«

»Er hat ... na ja, er hat versucht, sich umzubringen.«

»O Gott. Das tut mir so leid.«

»Aber ... hm, es scheint eine Art Weckruf gewesen zu sein, denn er will sich jetzt Hilfe suchen. Daher hat das auch was Gutes.«

»Okay, aber wie schlimm muss es für dich gewesen sein? Da seh ich gar nichts Gutes.«

Ich nicke, auch wenn sie es nicht sehen kann. Sie hat absolut recht. Keine Ahnung, wann ich in der Lage sein werde, den Anblick meines halb toten Dads zu vergessen. Oder Kays Gesicht, als er realisiert hat, was passiert ist.

»Das ist noch gar nicht das Schlimmste. Ich mein, doch, ist es, aber es ist nicht alles.«

»Sondern?«

»Ich musste Carl anrufen.«

»Deinen Bruder Carl? Reden wir von dem Carl?«

»Ganz genau.«

»Heilige Scheiße. Und wie ist das gelaufen?«

»Er ist sofort losgefahren und war fünfeinhalb Stunden später da.«

»Dein Ernst? Wow. Und wie war das?«

»Kay hat sich über alle Maßen gefreut. Er betet seine Brüder an. Ach so, Jakob ist auch gekommen, aus Juneau. Und er hat eine Tochter! Noah hat auch vor, zu kommen, laut Carl, aber er ist momentan auf einer Bohrinsel.«

»Jakob hat eine Tochter? Das kann ich mir so gar nicht vorstellen.«

»Ich auch nicht, aber sie ist echt niedlich. Ich frag mich, was mit ihrer Mom ist … Aber für diese Antwort müsste ich ja mit ihnen reden und das hab ich nicht vor.«

»Wow. Ich mein: diese Wichser.«

Ich lache auf. »Danke für deinen Support.«

»Immer, Süße. Das weißt du doch. Aber wie geht es dir damit?«

»Na ja, ich hatte keine Wahl. Dad ist ja nicht krankenversichert und ich kann mir die Behandlung nicht leisten. Daher musste ich sie anrufen. Es war das Richtige. Aber … ich wünschte, ich hätte eine Wahl gehabt. Oder vielleicht wünschte ich auch nur, dass sie von allein gekommen wären.«

»Das versteh ich. Ich hasse sie auch, also, wenn du

willst, dass ich sie hasse. Ihre Entscheidungen haben dir das Leben zur Hölle gemacht, und das verzeih ich ihnen nicht.«

»Nicht zur Hölle. Ich liebe Dad und noch mehr Kay.«

»Das weiß ich doch. Aber eine Sechzehnjährige sollte nicht gezwungen werden, sich um einen depressiven Vater und einen kleinen Bruder zu kümmern. Vor allem dann nicht, wenn sie drei erwachsene Brüder hat. Sie hätten die Verantwortung übernehmen müssen, damit du die Chance gehabt hättest, die Highschool zu beenden. Wenigstens das.«

»Ich weiß. Aber … spricht da nur der Neid aus mir? Weil ich nicht die Möglichkeit hatte, selbst zu entscheiden, neide ich ihnen, dass sie es konnten?«

»Quatsch! Das war ein Arschloch-Move vom Feinsten. Sie sind abgehauen, um sich selbst zu verwirklichen. Das ist ja auch okay, hab ich auch gemacht. Aber ich hab nicht meine kleine Schwester im Stich gelassen.«

»Scheint ganz erfolgreich gewesen zu sein. Also die Selbstverwirklichung. Carl hat seine eigene Baufirma – und eventuell einen Auftrag der Lodge. Und Jakob … Er ist Arzt und Dad.«

»Das rechtfertigt nicht, dass sie dich allein gelassen haben.«

»Vielleicht … na ja, vielleicht muss ich dankbar sein, dass sie gegangen sind. Wenn sie in Whynot geblieben wären, hätte sich keiner von uns Dads Behandlung leisten können. Hier gibt es schließlich keine Perspektiven.« Ich seufze.

»Hör auf, sie zu verteidigen. Sie sind der Feind.«

Lachend schüttele ich den Kopf. »Kay schärft mir die ganze Zeit ein, dass ich sie nicht vergraulen darf.«

»Und wo sind sie jetzt?«

Ich seufze. »Sie schlafen hier.«

»Rae, ich muss dir sagen, dass du echt einen an der Waffel hast. Aber wirklich. Sie sollen sich mit all ihrem Geld ein Zimmer in der Lodge mieten.«

»Das hätte Kay mir niemals verziehen.«

»Ich finde es ja großartig, dass du dich so rührend um deinen Bruder kümmerst, aber das kann doch nicht bis zur Selbstaufgabe sein.«

»Na ja, aber er ist an dieser ganzen Misere am wenigsten schuld. Und er freut sich so. Das kann ich ihm nicht nehmen.«

»Dann nimm du ein Zimmer in der Lodge.« Sie lacht auf. »Oder zieh bei Maverick ein.«

»Ich kann … krk, krk … leider … krrrr … gar nichts … krk …verstehen.«

»Du bist so eine Spinnerin. Ganz ehrlich.«

»Kann sein, dass ich noch was ausgelassen hab.« Und wieso fang ich jetzt damit an?

»Und was?«

»Na ja … Könnte sein, dass ich Maverick angerufen hab, als ich gestern Hilfe brauchte …«

»Ohhh, und das sagst du mir erst jetzt? Lass mich raten: Er ist dir wie der edle Ritter sofort zur Hilfe geeilt?«

»Ist er tatsächlich.«

Sie klatscht in die Hände. »Damit hättest du anfangen sollen! Das sind doch die besten News!«

Ich zucke mit den Schultern. »Keine Ahnung, ob sie das sind. Aber er hat mir echt den Arsch gerettet.«

»Vielleicht kann er auch dein Herz retten.«

Mein Lachen klingt bitter. »Du weißt doch, was er gesagt hat, als ich ihn ersteigert hab.«

»Dass er nichts mit einer Angestellten anfangen kann.«

»Genau.«

»Aber das ist doch total albern. Schließlich würde er dich ja nicht zwingen.«

»Trotzdem. Er hat offensichtlich Moral.«

»Wieso musst du dich auch in den einzigen Mann verlieben, der moralisch ist?«

Das frage ich mich allerdings auch.

Alex will noch wissen, ob sie kommen soll, was ich verneine. Als wir aufgelegt haben, lasse ich mich auf meine Matratze fallen, starre an meine Decke, an der noch ein paar der Leuchtsterne zu sehen sind, die Dad da mal hingeklebt hat.

Damals, als wir noch eine perfekte Familie waren. Damals, als wir noch alle glücklich waren. Wie sehr wünschte ich, dass ich eine Zeitmaschine hätte …

MAVERICK

Wenn ich ihn nicht gestern flüchtig im Wagen gesehen hätte, wäre ich mir nicht sicher, ob ich Carl Brookner erkannt hätte. Wir hatten einfach nicht viel miteinander zu tun, daran wird es liegen.

»Hey, Carl«, sage ich, als ich in der Lobby auf ihn zukomme. Ich strecke meine Hand aus.

Er lächelt mich an, schüttelt sie, bevor er sagt: »Maverick. Mann, das ist eine Ewigkeit her.«

»Allerdings.« Er ist Raelynns Bruder, weswegen ich

ihm Vorschusslorbeeren gebe, und ich hoffe, dass ich es nicht bereue. »Was ein Zufall, dass du in Whynot bist.«

Er sieht sich um, aber ich weiß, dass er nicht die Lodge sieht, sondern das kleine Städtchen, in dem wir beide aufgewachsen sind. »Hätte nicht gedacht, dass ich drüber nachdenken würde, hier noch mal Wurzeln zu schlagen«, sagt er leise.

»Ach? Dann soll das nicht nur ein Besuch sein?«

Er zuckt mit den Schultern. »Eigentlich doch, aber Dad … na ja, er wird halt nicht jünger.«

»Wie geht es ihm heute?«

Er runzelt zwar die Stirn, antwortet aber: »Rae ist gerade bei ihm. Gestern ging es ihm schon besser, und er konnte auf die normale Station verlegt werden.«

»Das freut mich zu hören.«

Er nickt. »Also, was ist das für ein Projekt?«

Ich bringe ihn in mein Büro, erzähle ihm von meinen Ideen für den Wellnessbereich. »Bevor wir weitersprechen: Ist es denn möglich, dieses Projekt zeitnah zu beginnen?«

Er sieht mich überlegend an. »Was heißt zeitnah?«

»So schnell wie möglich.«

Er grinst. »Ein Mann der Tat. Gefällt mir.« Und irgendwie macht mich das sehr zufrieden, was total albern ist. »Gibt es Handwerker in Whynot?«

Ich nicke. »Den ein oder anderen.«

»Und sind die auch verfügbar?«

»Müsste man schauen.«

»Etwa die Hälfte meiner Crew in Fairbanks könnte ich abstellen. Wenn wir die anderen durch Einheimische aufstocken könnten, wäre das machbar.«

»Morgen?«

Lachend fährt er sich durch die Haare. »Nächste Woche.«

Da das früher ist, als ich zu hoffen gewagt habe, sage ich: »Und kann ich mich auf dein Wort verlassen?«

»Immer, aber ganz besonders, weil meine Schwester hier arbeitet und ich das niemals gefährden würde.« Er sieht mich ernst an.

»Ihr Job hier ist sicher.« Wieso fühlt es sich an, als hätte ich Essig im Mund, als ich diese Worte sage?

Er reicht mir die Hand. »Dann haben wir einen Deal.«

Ich schlage ein und bin so absurd erleichtert, weil mein Prestigeprojekt vielleicht doch noch zustande kommt.

9

RAELYNN

Ich habe mir Zeit gelassen, aber irgendwann musste ich zurück nach Hause. Nicht, dass ich geglaubt habe, dass mich irgendjemand vermissen würde, aber ich will mich auch nicht aus meinem Zuhause vertreiben lassen.

Keiner kommt, als ich eintrete, was mir ganz recht ist. Vielleicht zocken sie irgendwas in Kays Zimmer. Daher gehe ich in die Küche, schaue in den Vorratsschrank, was ich kochen könnte. Vielleicht Lasagne. Die ist leicht in größeren Mengen herzustellen, und wenn man dazu einen Salat reicht, ist das doch eine vollwertige Mahlzeit.

Ich mache mich an die Zubereitung, als es klingelt.

Wer kann das sein?

Als ich die Tür öffne, steht Noah dort. Er hat einen Vollbart und eine Mütze tief in die Stirn gezogen, aber es ist eindeutig mein Bruder.

»Hallo«, sage ich.

Er nickt mir zu, bevor wir uns eine Weile anstarren, bis ich seufzend sage: »Komm rein.«

Ich trete zur Seite, sehe ihm zu, wie er seine Jacke und seine Stiefel auszieht. »Die anderen sind oben.«

Wieder nickt er, bevor er die Treppe hochgeht.

Manche Dinge ändern sich also nicht. Wie zum Beispiel, dass Noah so dermaßen maulfaul ist, dass er Hudson Campbell Konkurrenz machen kann.

Seufzend gehe ich zurück in die Küche und hole noch eine dritte Auflaufform heraus. Vielleicht sollte ich auf gute Esser vorbereitet sein.

―――

»Das riecht ganz fantastisch, Rae«, meint Carl, nachdem sie mit viereckigen Augen in die Küche gekommen sind.

Kay strahlt mich an. »Noah ist da.«

»Hab ich gemerkt.«

»Jetzt sind wir alle wieder zusammen.« Er wirft einen Blick auf seine Nichte, aber so ganz viel mit ihr anfangen kann er nicht. »Und Katie natürlich.«

Wenigstens einer ist darüber glücklich. Was genau ich fühle, kann ich nicht wirklich sagen. Durch die Vergangenheit sind einfach so viele Dinge verworren, dass ich nicht weiß, ob ich nun froh oder sauer sein soll. Widersprüchliche Gefühle zerren an mir, und ich weiß nicht, welchem ich folgen soll.

Nachdem sie sich die Teller vollgeschaufelt haben, sage ich: »Ihr könnt auch Salat nehmen.«

»Oh, nee«, stöhnt Kay.

»Keine Widerrede. Vitamine sind wichtig.« Ich schaue

ihn streng an, bis er drei Alibi-Salatblätter auf seinen Teller legt. »Und ihr?«, frage ich die anderen.

Grummelnd greift Jakob zum Salat, legt auch ein wenig auf Katies Teller. Diese macht ein angewidertes Gesicht, das Kay Konkurrenz machen kann.

»Von dir als Arzt hätte ich was anderes erwartet«, sage ich.

»Das welke Zeug, was man in Alaska bekommt, hat kaum noch Vitamine«, meint dieser.

»Siehst du!«, triumphiert Kay.

»Setz ihm keine Flausen in den Kopf.« Ich funkele Jakob an.

»Sorry«, sagt er kleinlaut, bevor er zu Kay und Katie sagt: »Vitamine sind wichtig.«

Ich warte, bis auch Carl und Noah etwas von diesem … na ja, schon ein bisschen welken Salat auf dem Teller haben, bevor ich zufrieden nicke. Meine Schuldigkeit habe ich getan.

»Ich hab mich heute mit deinem Boss getroffen«, meint Carl.

»Und?«

»Er ist zufrieden mit dir.« Er grinst mich an.

Ich kneife die Augen zusammen. »Ist ja typisch, dass zwei Kerle denken, dass es angemessen wäre, über Angelegenheiten zu quatschen, die sie gar nichts angehen.«

Carls Grinsen wird breiter. »Was läuft da zwischen euch?«

Empört funkele ich ihn an. »Das geht dich nichts an!«

»Also läuft da was?«

»Hab ich nicht gesagt.«

Er lehnt sich zurück, verschränkt die Arme vor der

Brust. Sieht mich auf eine Art an, die ich gar nicht verstehen will. »Seit wann bist du in Maverick verknallt?«

Ich stehe so eilig auf, dass mein Stuhl umkippt. »Halt dich aus meinem Leben raus. Das hast du in den letzten zehn Jahren doch auch so hervorragend geschafft.«

»Rae!«, stöhnt Kay.

Aber so sehr ich ihn liebe, habe ich ganz sicher keine Lust, mir von meinen dummen Brüdern in mein Leben hineinpfuschen zu lassen. Daher verlasse ich die Küche, renne mehr, als dass ich die Treppe hinaufgehe, und knalle dann auch noch meine Zimmertür, um deutlich zu machen, dass ich das ganz sicher nicht okay finde.

Wütend tigere ich auf und ab, fahre mir durch die Haare, ziehe das Zopfgummi raus. Ich starre es an, bevor ich es durch die Gegend werfe, nur leider hat es nicht genug Masse, um befriedigend zu fliegen.

»Verdammt«, zische ich.

Das kann ja was werden, wenn ich nicht mal ein Essen überstehe, in dem ich aufgezogen werde. Und so wie ich sie kenne, verstärken sie ihre Bemühungen noch, nachdem sie jetzt Blut gerochen haben.

Es klopft an der Tür.

»Was?«, fauche ich.

Carl steckt den Kopf in mein Zimmer. »Können wir reden?«

»Nein.«

Aber das hindert ihn nicht daran, ganz einzutreten, die Tür zu schließen und sich dagegen zu lehnen. »Du hast nicht alle Fakten.«

»Ich weiß genug.«

»Nein, tust du nicht.« Er seufzt. »Tut mir leid, dass ich

dich aufgezogen hab. Ich wollte nur … na ja, die Stimmung auflockern.«

»Das ist doch Jakobs Job.«

Er zuckt mit den Schultern. »Wir wissen alle nicht, wie wir mit dir umgehen sollen.«

»Wie normale Menschen.«

»Da ist so viel Wut in dir. Die war früher nicht da.«

Ich starre ihn fassungslos an. »Willst du mich verarschen?«

»Sicher nicht.«

Ich stemme die Hände in die Hüften. Eigentlich wollte ich dieses Gespräch nicht führen – niemals, aber ganz sicher nicht jetzt –, aber sieht so aus, als hätte ich auch da keine Wahl. »Natürlich bin ich wütend! Ihr habt mich im Stich gelassen! Ich war sechzehn. Selbst noch ein Kind. Aber ich musste verdammt schnell erwachsen werden, um mich um Dad und Kay zu kümmern.«

Carl runzelt die Stirn. »Das war doch Dads Aufgabe.«

»Wäre es gewesen, ja, da stimme ich dir zu. Aber Dad ist immer tiefer und tiefer in seine Depressionen gerutscht. Was meinst du, hat zu dem Selbstmordversuch geführt?«

»Aber er war doch nicht von Anfang an depressiv.«

Ich lache auf, versuche nicht mal, die Bitterkeit aus meinem Ton zu streichen. »Doch. Nach Moms Tod hat es angefangen.«

»Nein, da musst du dich irren …«

»Ja, klar, ich irre mich.« Ich schüttele den Kopf. »Das ist auch super logisch, dass ich mich bei Sachen irre, die mein Leben so beeinflusst haben.« Er sieht mich ungläubig an. »Verfickte Scheiße, Carl, ich musste die Highschool abbrechen und mir einen Job suchen, um

Dad und Kay zu versorgen! Und niemand hat mir geholfen. Niemand! Ich war selbst noch ein Kind. Ich hätte euch gebraucht, meine großen Brüder, die zufällig schon erwachsen waren. Aber nein, ihr egoistischen Bastarde habt euch verpisst, und alles ist an mir hängen geblieben.«

Sein Gesicht ist kalkweiß, als er sich von der Tür abdrückt. »Rae«, flüstert er geschockt.

»Ich will das nicht hören. Wir haben es geschafft. Kay ist auf dem Internat und wird alle Chancen haben. Und dafür hat sich alles gelohnt. Aber wag es ja nicht, hier zu stehen und die Geschichte umzuschreiben. Wag es ja nicht.«

Er reibt sich die Augen, und als er die Hände wegzieht, sehe ich, dass sie feucht vor Tränen sind. »Ich hatte keine Ahnung.«

Ich nicke. »Die hattest du nicht. Hattet ihr nicht. Was hast du gedacht, wie ich mich gefühlt habe, als meine besten Freunde von heute auf morgen gegangen sind?«

»Aber ... Hat Dad nichts erzählt?«

»Keine Ahnung, wovon du redest, aber das tut auch nichts zur Sache. Es geht darum, dass ihr mich im Stich gelassen habt. Mich. Und dann habt ihr euch zehn Jahre einfach gar nicht blicken lassen. Nicht mal eine Karte oder ein Anruf.«

»Rae, lass mich erklären ...«

»Da gibt es nichts zu erklären!«

»Doch, wirklich.«

»Nein! Es kann keine Erklärung dafür geben, dass ihr eurer sechzehnjährigen Schwester das Leben versaut habt!«

Er greift sich in die Haare, zieht an ihnen. »Rae, wirklich … es gibt eine Erklärung.«

»Seid ihr gegangen?«

»Ja.«

»Habt ihr euch zehn Jahre nicht gemeldet?«

»Ja, aber …«

»Kein aber, Buddy. Damit habt ihr verwirkt, dass ich mir eure Seite anhören muss.«

»Rae, wenn du mir nur …«

»Raus.« Ich blicke ihn so kalt an, wie ich es vermag, während in mir ein Tropensturm wütet, der so heiß wird, dass ich beinahe explodiere.

»Ich …«, beginnt er und seufzt dann. »Okay. Aber wir sollten reden, wenn du dich abgeregt hast.«

Damit verlässt er mein Zimmer. Und ich? Ich greife nach einem Kissen von meinem Bett und werfe es ihm hinterher. Aber heute habe ich kein Glück mit meinen Flugkörpern. Denn dieser ist nur wenig befriedigender als das Haargummi …

MAVERICK

»Hey, alles gut?«, frage ich Raelynn, als ich sie am nächsten Morgen zu meiner Verwunderung im Speisesaal treffe.

Sie sieht mich aus einem müden und abgespannten Gesicht an, aber ich finde sie immer noch wunderschön. »Ist alles gerade ein wenig anstrengend.«

»Kann ich mir vorstellen. Ich bin auch verwundert, dass du hier bist. Willst du dir nicht noch freinehmen?«

Sie schüttelt den Kopf. »Ich musste mal raus.«

Ich würde gerne fragen, wieso, was passiert ist, will so

viel wissen, was mir nicht zusteht, weswegen ich mich für »Wie geht es deinem Dad?« entscheide.

»Er ist jetzt auf einer normalen Station und auf dem Weg der Besserung.«

»Sehr gut! Wenn ich irgendwas tun kann, egal was …«

Sie lächelt mich an, aber es ist nur ein Abklatsch ihres normalen Strahlens. »Meine Brüder sind da. Ich weiß nicht, wie lange, aber … na ja, sie helfen.«

»Ist es dir recht, dass ich Carl den Auftrag für das Spa gegeben hab?«

»Ja, sicher. Ich hab ja mitbekommen, dass es schwer war, eine Firma zu finden.«

Ich nicke. »Aber wenn das für dich komisch ist … Ich mein, es gibt noch nichts Schriftliches. Ich kann ihm den Auftrag noch entziehen.«

»Das würdest du für mich tun?«, fragt sie, und ihre Augen werden feucht.

Ich würde alles für dich tun. Diese Worte tanzen durch meinen Kopf. Aber da sie nicht wahr sein können, sage ich ziemlich lahm: »Wir sind doch Freunde.«

Sie verzieht das Gesicht, bevor sie sich fängt. »Das sind wir«, sagt sie leise.

»Meinst du, Constance kann dich kurz entbehren?«

»Ähm, ich weiß nicht …« Sie sieht sich um. »Ich denke schon.«

»Alles klar. Dann komm.«

»Wohin gehen wir?«

»In mein Apa… mein Büro.« Fuck. Das war wohl ein Freud'scher Versprecher, denn ich würde nichts lieber tun, als sie mit in mein Apartment zu nehmen, um sie zu küssen und zu streicheln und zu … Nur, wenn sie das auch will, selbstverständlich.

Ich öffne die Tür, bedeute ihr reinzugehen, und beschwöre mich selbst, cool zu bleiben. Auch wenn mir das in ihrer Gegenwart schon immer schwerer gefallen ist als mit allen anderen.

»Hat es dir gefallen, in der letzten Zeit an der Rezeption auszuhelfen?«

»Äh, ja, klar.« Sie sieht mich fragend an.

»Wir strukturieren ein bisschen was um, und ich hab mich gefragt, ob du den Bereich wechseln willst?«

»Den Bereich?«

»Willst du vollständig an der Rezeption arbeiten?«

»Ist das dein Ernst?«

»Mein voller Ernst.«

Sie grinst. »Ja! Also, wenn das kein Scherz ist, dann auf jeden Fall!«

Ich lächele, weil die Freude auf ihrem Gesicht offensichtlich ist. Und ich fühle mich zehn Meter groß, weil ich dafür gesorgt habe. Ich verdammter Superheld. »Millie gibt dir dann deinen neuen Dienstplan, und du bekommst natürlich eine Gehaltserhöhung.«

»Das ist echt nicht …«

»Keine Widerrede. Alle an der Rezeption verdienen mehr.«

»Okay, dann vielen Dank.«

»Sehr gern.«

Als sie gegangen ist, bin ich froh, dass sie sich gefreut hat, gleichzeitig frage ich mich aber auch, ob ich ein verdammter Roboter bin. Ja, klar, ich muss professionell sein, keine Frage. Aber warum muss es sich denn so falsch anfühlen?

Ich wünschte …

Ach, Mann, ich wünschte, dass ich sie beim Winterfest nicht abgehalten hätte …

»Sechshundert! Bietet noch jemand mehr? Dann zum Ersten, zum Zweiten und zum Dritten. Verkauft! Ich mein natürlich, ein Date mit dem wunderbaren Maverick Campbell geht an die rothaarige Dame da hinten.« Das waren die Worte, während mein Herz schneller schlug. Schließlich waren rote Haare hier ziemlich selten. Es konnte doch nur Raelynn Brookner sein, die Frau, auf die ich stand, seit ich sie im Firehouse *gesehen hatte. Und die eine Frau, die ich nicht haben konnte, weil sie dummerweise nun für mich arbeitete.*

Aber als sie sich nach einem Job erkundigt hatte, wirkte sie so … na ja, so als bräuchte sie unbedingt einen – und da ich wusste, dass das Restaurant nicht gerade für seine angemessenen Löhne bekannt war, konnte ich nicht umhin, ihr einen anzubieten.

Und das hatte ich seitdem jeden Tag bereut. Mehrmals.

Aber jetzt … vielleicht hatte sie mich wirklich ersteigert.

Ich ging die Bühne hinab, blickte mich suchend um, als mir eine Helferin der Auktion einen Briefumschlag in die Hand drückte. Sie blickte mich verschwörerisch an, und ich riss ihn auf.

»Triff mich an der Garderobe.«

Ich eilte zum Treffpunkt und da stand sie. Wunderschön wie immer, aber irgendwie anders. Was wahrscheinlich an ihrem Kleid lag. Smaragdgrün, figurumschmeichelnd und an den richtigen Stellen eng.

»Wow«, sagte ich leise. »Du siehst fantastisch aus.«

»Danke«, antwortete sie, und ihre Wangen nahmen beinahe die Farbe ihrer Haare an.

Und dann dachte ich schnell nach. Ich konnte es mir nicht leis-

ten, mit ihr gesehen zu werden. Denn dann wüssten alle, dass sie ihren Chef ersteigert und ich mich drauf eingelassen hatte, was ganz und gar meinen moralischen Vorstellungen widersprach.

»Hängst du sehr am Firehouse?«, fragte ich sie.

Sie lachte ein wenig nervös auf. »Gar nicht.«

»Dann hab ich eine Idee.«

Ich brachte sie zu meinem Wagen, öffnete ihr die Tür, und fuhr dann zur Lodge. Ich schmuggelte sie durch einen Hintereingang hinein, bis in eine Suite, von der ich wusste, dass sie leer war. Ich ließ tolles Essen aus der Küche kommen, einen hervorragenden Wein.

Ich wusste nicht, was sie sich von diesem Abend erhoffte, aber wenn man sechshundert Euro für ein Date ausgab, dann hieß das schon was, oder? Und das konnte ich nicht zulassen.

Vielleicht war es unsensibel, aber diesen Zahn musste ich ihr ziehen, so leid es mir auch tat. »Raelynn, ich danke dir für die Ehre.«

Sie lächelte, wirkte so glücklich. »Es war so ein schöner Abend.«

»Das war er. Und du bist eine tolle Frau, wirklich.« Ich konnte beinahe zusehen, wie ihr Gesicht fiel. »Aber mehr kann zwischen uns nicht passieren. Ich bin dein Boss, du bist meine Angestellte ...« Ich bemühte mich, meine eigene Enttäuschung zu überspielen, was mir sehr schwerfiel. »Da kann niemals was anderes sein.«

Sie schluckte, bevor sie nickte. »Tut mir leid.«

»Da gibt es nichts, was dir leidtun muss. Wirklich nicht.«

Sie blickte sich um, als würde sie nach dem Fluchtweg suchen, bevor sie ihre Schultern straffte. »Danke für deine Ehrlichkeit.«

»Ich ... ich geb dir natürlich das Geld zurück.«

Sie lachte auf, aber was vor wenigen Minuten noch zauberhaft war, klang jetzt ganz anders. »Nein, das ist absolut nicht nötig. Wer zieht bei dieser Auktion denn auch schon das große Los? Das war doch klar.« Aber als ich drauf bestand, nahm sie es trotzdem an.

Ich wünschte, ich hätte ihr das Gegenteil beweisen können. Aber stattdessen musste ich zusehen, wie sie verschwand.
Und das fühlte sich so falsch an wie nichts zuvor in meinem Leben.

Ich seufze, als ich mal wieder an dieses Date denke. Wie eigentlich jeden verdammten Tag. Aber wie denn auch nicht? Schließlich war es das beste Date, das ich bisher erlebt habe. Aber es ist falsch. Nicht nur, weil sie meine Angestellte ist, sondern auch, weil sie halb so alt ist.

So bleiben mir nur die Erinnerungen und die Fantasien, wie es hätte sein können. Verdammt gut. Das ist mir bewusst. Und doch ändert es nicht das Geringste.

Ganz ehrlich: Ich wünschte, es wäre anders. Zwischen uns. Aber das ist nur ein Traum, der sich nie erfüllen darf ...

―――――

»Hab ich dich erwartet?«, frage ich überrascht, als plötzlich Lincoln in der Tür zu meinem Büro auftaucht.

Er grinst. »Nein, aber ich beehre dich trotzdem.«

»Wird sich noch zeigen, ob es eine Ehre ist.«

Er setzt sich auf einen der Stühle, beugt sich vor. »Erinnerst du dich ... Grandpa hat bei einem Familiendinner mal von seiner Goldsuche erzählt.«

»Vage.«

»Jedenfalls hat es sich so angehört, dass immer noch welches da wäre. Erinnerst du dich an die Geschichte mit seinem Bruder? Er hat gesagt, er hätte in einem anderen Abschnitt gesucht.«

»Und? Da war doch kein Gold, mein ich.«

»Ich weiß, aber Grandpa hat auch gesagt, dass er nur in einem Teil geschürft hat. Wenn der Claim so viel Gold enthielt, dass wir immer noch Geld haben, dann kann es doch sein, dass es auch in anderen Abschnitten noch was gibt.«

Ich seufze, als ich den Glimmer in seinen Augen sehe. Lincoln ist vom Goldfieber erfasst. »Es soll ja noch eine Menge Gold in Alaska liegen, aber das wird mit großen Maschinen rausgerissen. Es kommt kaum noch vor, dass jemand in einem Fluss siebt und auf irgendwas Signifikantes stößt.«

»Ich hab mich damit mal beschäftigt. Oft hat sich in den Flüssen jede Menge Sediment abgelagert und damit die natürlichen Becken verschüttet, in denen sich Gold abgelagert hat. Und durch den Campbell-Claim verläuft ein Fluss.« Er grinst mich an. »Hast du Lust, auf Goldsuche zu gehen?«

»Hast du dir eigentlich mal darüber Gedanken gemacht, was dann passiert? Obwohl es äußerst selten ist, dass noch viel Gold von Privatpersonen gefunden wird, kommen immer noch Schatzsucher, die auf den großen Wurf hoffen. Aber falls wir tatsächlich was finden, noch dazu in großer Menge, dann wird Whynot überrannt werden. Ist dir das klar?«

»Wir müssen es ja nicht an die große Glocke hängen.«

Ich lache auf. »Komm schon, Linc. Du würdest mit deinem neuen Reichtum prahlen.«

»Dann halt eben nicht.« Er verschränkt die Arme vor der Brust. »Lass es uns doch wenigstens versuchen. Kann sein, dass nichts daraus wird, aber vielleicht ja doch …«

»Und woher willst du wissen, welchen Abschnitt Grandpas Bruder abgesucht hat?«

»Vielleicht kann Grandpa uns das in einem klaren Moment noch verraten … Oder … na ja, vielleicht gibt es Aufzeichnungen.« Er sieht mich unsicher an. »Ich will nicht vorschlagen, seine Sachen zu durchsuchen, aber …« Er bricht ab, bevor er sich über die Haare streicht. »Aber vielleicht finden wir was.«

»Das ist keine gute Idee.«

»Wieso nicht?«

»Weil das Goldfieber die Menschen damals in den Wahnsinn getrieben hat.«

»Aber doch nur, weil sie all ihre Hoffnungen und Träume daran gehängt haben. Das würden wir ja nicht machen. Es wäre ja nur ein kleines Abenteuer.«

»Ich denk drüber nach, okay?«

Er steht auf. »Mehr will ich gar nicht.«

Als er gegangen ist, denke ich tatsächlich darüber nach. Nicht, weil ich es für eine gute Idee halte, aber … nun ja. Die Idee, auf Gold zu stoßen, ist schon nicht die schlechteste … Es würde vieles erleichtern. O Gott, jetzt klinge ich schon wie Lincoln. Ich denke doch nicht ernsthaft darüber nach!

Ich schüttele den Kopf. Es ist Unfug, eine verrückte Idee, die keinerlei Bezug zur Realität hat. Und doch …

Irgendwas nagt da an mir. Eine Erinnerung. Aber so ganz kann ich den Finger nicht drauf legen, was es genau ist … Hm.

10

RAELYNN

Am nächsten Tag stelle ich ihnen Frühstück auf den Tisch, bevor ich das Haus verlasse. Wieso auch immer ich denke, dass sie sich nicht selbst was zu essen machen können. Aber vielleicht haben sie alle Frauen zu Hause, die das übernehmen. Vielleicht auch Katies Mom.

Das Mädchen interessiert mich. Vor allem, weil ich dachte, dass es noch ewig dauern würde, bis ich Tante wäre. Ich wünschte, ich könnte eine gute sein. Eine, die ihre Nichte verwöhnt, mit ihr backt und die Welt erforscht. Aber Juneau ist nicht gerade um die Ecke, und dann ist da noch Jakob.

Wenn ich Katie will, dann muss ich auch Kontakt mit ihm haben. Aber er hat da nun mal das Eine, weswegen ich all meinen Stolz über Bord werfen würde.

»Hey, Raelynn«, begrüßt mich Millie. »Ich freu mich, dass du jetzt voll an der Rezeption arbeitest.«

»Nehm ich dir da nicht deinen Job weg?«

Sie grinst. »Ich wurde befördert.«

»Wow, und was heißt das?«

»Ich bin jetzt *Assistant Manager*. Im Grunde heißt das, dass ich Maverick den Arsch hinterhertragen soll.«

Ich lache auf. »Scheint eine lustige Stellenbeschreibung zu sein.«

»Die Campbells sind doch für ihren Humor bekannt.« Sie zwinkert mir zu. »Du weißt ja schon, wo die Spinde sind. Such dir einfach einen aus, der noch frei ist, und kleb deinen Namen dran. Wenn du so weit bist, komm wieder her. Solange Sally und Gabe krank sind, werde ich noch aushelfen, aber sobald das Team vollständig ist, werde ich mich den neuen Aufgaben widmen.«

Ich gehe nach hinten, nehme den Spind, den ich auch benutzt habe, als ich ausgeholfen habe. Aber dieses Mal ist es was anderes. Schließlich ist er jetzt wirklich meiner. Deswegen streiche ich über das Holz, ein bisschen ehrfürchtig. Mein neuer Vertrag sorgt für deutlich mehr Gehalt – wobei ich denke, dass Maverick einfach nur nett war –, weswegen ich Kay krankenversichern kann. Es wäre einfacher, wenn ich sein offizieller Vormund wäre, aber wenn Dad sich jetzt wirklich aufrafft ... Na ja, vielleicht ist er dann auch wieder ein richtiger Vater. Bei Carl, Jakob, Noah und mir sitzt er nur noch auf der Ersatzbank, aber für Kay könnte er noch ein echter Dad sein.

Wobei ich nicht weiß, wie dieser das finden würde ...

Seufzend ziehe ich meine Jeans aus und die schwarze Hose an, bevor ich meine Haare zu einem Pferdeschwanz zusammenbinde. Dann zupfe ich ein paar Strähnchen heraus, schaue in den Spiegel und hoffe, dass ich eine hervorragende Rezeptionistin sein werde. Eine, die der Lodge auch wirklich was bringt.

Ich trete nach vorne, lächele Millie und Roger an, die beide gerade im Gespräch sind. Zwar weiß ich nicht, was sie von mir erwarten, aber da in der Schlange noch jemand steht, rufe ich diese Person lächelnd zu mir.

»Guten Morgen«, begrüße ich sie, »was kann ich für Sie tun?«

»Guten Morgen. Ja, eigentlich hatten wir kein Frühstück mitgebucht, aber wenn es möglich ist, würden wir das noch nachholen. Das Buffet sieht einfach klasse aus.«

»Das ist absolut kein Problem. Nennen Sie mir nur Ihren Namen, dann erledige ich das für Sie.« Ich tippe den Namen ins System ein, bevor ich im Restaurant anrufe und die Änderung durchgebe. Sie stehen schließlich nicht auf der Liste, die dem Service jeden Morgen ausgedruckt wird.

»Dann wünsche ich Ihnen einen guten Appetit.«

Sie lächelt mich an, bevor sie in Richtung Restaurant verschwindet.

Da für den Moment keine Gäste mehr warten, drehe ich mich zu Millie um. »Also, Boss, was soll ich tun?«

―――――

Ich hasse Millie. Ganz eindeutig. Denn statt mich die Rezeption bewachen zu lassen, schickt sie mich doch tatsächlich zu Maverick! Dabei versuche ich mich ganz besonders von ihm fernzuhalten, damit endlich meine verrückte Verliebtheit abflaut.

Ich klopfe an die Tür.

»Ja?.«

Ich stecke vorsichtig den Kopf herein, aus Angst, dass ich ihn wieder in einer kompromittierenden Situation finden könnte. Wobei … ihn noch einmal halb nackt zu sehen, fände ich nicht allzu schlimm.

»Ah, Raelynn … Komm rein«, sagt er freundlich. »Ich weiß, du hast gerade erst deine neue Stelle angefangen, daher ist es vielleicht nicht fair, dich sofort wieder zu überfallen, aber … wie du weißt, haben wir im Juli unsere Betriebsfeier. Eigentlich organisiert sie Mom immer, aber in diesem Jahr ist es ihr zu stressig. Daher bitte ich dich, diese Aufgabe zu übernehmen.«

»Mich?«, frage ich fassungslos.

»Wenn du das machen willst. Du musst nicht. Es hat keinerlei Konsequenzen, wenn du es nicht tust.«

»Nein, klar, ich kann das machen.«

Er sieht mich erleichtert an. »Super. Danke dir.«

»Was muss ich beachten?«

Er reicht mir einen Ordner. »Mom hat immer alles gesammelt. Im Grunde musst du einfach für einen schönen Nachmittag für alle sorgen. Du warst letztes Jahr zum ersten Mal dabei. Da haben wir ja einfach ein Sommerfest gehabt, aber in den Jahren davor hatten wir auch mal Bootsfahrten oder einen Trip nach Anchorage oder was auch immer. Dir sind also keine Grenzen gesetzt. Außer die, dass wir trotzdem noch eine Rumpfbesetzung in der Lodge haben müssen. Schließlich können wir die Gäste nicht sich selbst überlassen.«

»Alles klar. Dann … denk ich mir erst mal was aus und stell es dir dann vor?«

»Hervorragend.«

»Okay, danke für die Aufgabe.«

Er grinst. »Keine Ahnung, ob du mir am Ende noch dankst oder mich verfluchst.«

Mein Herz flattert so sehr bei diesem Anblick. Wenn er grinst … Das ist noch mal so viel besser als ein Lächeln. Er wirkt dann so schelmisch, und das ist mein Kryptonit. Für einen schelmischen Mann würde ich alles tun.

Streich das. Für diesen Mann würde ich alles tun. Wie gut, dass er mich nicht bittet, über glühende Kohlen zu laufen …

―――

»Hey, Katie«, sage ich, als ich sie am Küchentisch sitzen sehe.

Sie zuckt zusammen, starrt mich mit großen Augen an, bevor sie kreischt: »Dad!«

Es dauert nicht lange, bis Jakob in die Küche stürzt. »Was ist passiert? Hast du dir wehgetan?«

Sie schüttelt stumm den Kopf und zeigt dann auf mich.

Jakob kneift die Augen zusammen, während ich mich frage, was ich Katie angetan habe, dass sie so verängstigt auf mich reagiert.

»Was ist mit Tante Rae?«, fragt Jakob verwirrt.

Er tritt näher an Katie heran, hockt sich neben sie. Sie beugt sich zu ihm und flüstert: »Sie schreit immer.«

Entsetzt lege ich mir die Hand auf die Brust, bin verletzt von dieser Aussage. Aber als ich drüber nachdenke … Ich habe ihren Dad ja tatsächlich im Krankenhaus angeschrien, und gestern … Nun, das war auch keine Sternstunde.

»Das meint sie nicht so«, erklärt Jakob. »Tante Rae macht sich nur Sorgen um Grandpa.«

Die Kleine glaubt ihm offensichtlich nicht, denn sie nagt an ihrer Unterlippe.

»Tut mir leid, Katie«, sage ich leise. »Ich war aufgewühlt, aber das wird nicht wieder vorkommen. Versprochen.«

»Was heißt aufgewühlt?«, fragt sie ihren Dad.

»Sauer.«

»Oh.« Sie blickt mich auf eine Art an, wie es nur ein fünfjähriges Kind vermag. Ich wünschte, der Boden würde sich auftun und ich würde mich in irgendeinem Mauseloch verstecken können.

»Tut mir leid, wenn ich dich erschreckt hab.« Ich lächele sie an, hoffentlich vertrauenswürdig. »Das wollte ich nicht.«

»Okay.«

Jakob sieht mich belustigt an, wozu ich die Augen verdrehe. »Tante Rae hat Temperament. Das liegt an den roten Haaren.«

Ich kneife die Augen zusammen, will schon was erwidern, aber dann sagt Katie: »Ich hab auch rote Haare.«

Jakob grinst. »Und du hast das Temperament deiner Tante geerbt.«

Das kann ich mir überhaupt nicht vorstellen, schließlich wirkt sie einfach nur süß.

»Morgen hab ich frei. Hast du Lust, mit mir zu den Wildpferden zu fahren?«

Katie reißt die Augen auf. »Hier gibt es Pferdchen?«

Ich nicke. »Man kann sie nicht anfassen, aber man kann sie ansehen und ihnen Futter bringen.«

Sie klatscht in die Hände. »O ja!«

Jakob lächelt auf diese zufriedene Art, die mich zur Weißglut treibt, aber wenn das meine Nichte erschreckt, dann beherrsche ich mich.

»Dann mal noch weiter, Süße«, sagt Jakob leise, streichelt ihren Kopf, bevor er zu mir tritt. »Du bist gestern gar nicht mehr runtergekommen und heute Morgen warst du auch schon weg.«

»Hm.«

»Kann es sein, dass du uns aus dem Weg gehst?«

Ich zucke mit den Schultern, befürchte, ich weiß, worauf er hinauswill, und bin immer noch nicht für dieses Gespräch bereit. »Jake, ganz ehrlich, in diesem Haus kann man das gar nicht.«

»Da du es trotzdem schaffst, bist du offensichtlich ganz besonders motiviert.« Er sieht mich aus den Augenwinkeln an. »Wir haben dich gestern alle gehört.«

»Oh.« Scheiße. Das wollte ich garantiert nicht. »Kay hasst mich jetzt bestimmt, weil ich seine heiligen Brüder angeschrien hab.«

Er grinst leicht. »Er hatte nicht gerade die nettesten Worte für dich übrig.«

»Und die hat er vor Katie gesagt?«

»Er hat ihr vorher die Ohren zugehalten.«

Und irgendwie ist das doch süß. Ich seufze. »Ich bin froh, dass ihr da seid. Und wenn der einzige Grund ist, dass es Kay glücklich macht.«

»Aber dich nicht?«

Ich zucke mit den Schultern. »Wenn ich nicht so eine Versagerin wäre, hätte ich garantiert nicht angerufen.«

»Wieso denkst du, dass du eine bist?«

»Weil ich es trotz allem Arbeiten nicht schaffe, für meine Familie zu sorgen.«

»Sag das nicht. Ich hatte keine Ahnung, wie es für dich war. Nicht die geringste. Aber was ich gestern gehört hab …«

»Ich will nicht drüber reden.«

»Aber das müssen wir.«

»Nein.«

»Du denkst, wir haben dich im Stich gelassen, aber die Wahrheit ist …«

»Ich will das nicht hören!«

»… Dad hat uns rausgeworfen.«

Ich stutze, als ich diese Worte höre. »Was?«

Er sieht mich an. »Dad hat uns rausgeworfen.«

»Das hätte er niemals getan.«

»Doch, hat er. Was hätten wir anderes machen sollen, als zu gehen?«

»Aber … ihr habt ja nicht nur Dad verlassen, auch Kay und mich. Wieso habt ihr euch bei uns nicht gemeldet? Wir wollten ja nicht, dass ihr geht.« Sagt er mir die Wahrheit oder will er die Geschichte umschreiben? Wieso hätte Dad sie rauswerfen sollen? Er hat sie geliebt, ebenso wie Kay und mich. Er hätte das nicht getan …

Außer … na ja, wenn das schon eine Ausprägung seiner Depression war. Aber kann das sein?

Hätte er auch Kay und mich rausgeworfen, wenn wir alt genug gewesen wären? Wieso hat er es nicht getan? Einfach nur, weil wir minderjährig waren oder was war da sein Plan?

Ich will es nicht glauben, aber irgendwie … Jakob wirkt nicht, als würde er lügen. Und auch Carl hat gestern mehrmals darauf hingewiesen, dass ich nicht alle Fakten kenne. Also scheinen sich zumindest die drei einig zu sein. Aber vielleicht haben sie sich auch darauf geeinigt, diese

Geschichte zu erzählen, um sich vor sich selbst zu rechtfertigen.

Früher waren sie keine Lügner. Im Gegenteil. Sie waren brutal ehrlich. Aber viele Dinge haben sich geändert und ich muss aufhören, sie immer mit damals zu vergleichen. Stattdessen muss ich sie als die Personen kennenlernen, die sie heute sind. Nur, das will ich eigentlich gar nicht.

Ich brauche zwar ihre Hilfe, aber mit ihnen will ich nichts zu tun haben.

Na ja, das ist auch gelogen. Ich sehne mich schon nach meinen Brüdern, nach meinen besten Freunden, aber ich habe nicht das Gefühl, dass ich ihnen verzeihen … ja, was? Darf? Kann? Ich weiß es nicht.

»Du hast dich nicht gemeldet.«

»Das ist deine Ausrede? Wow. Vergessen, dass ich ein Teenager war und du schon erwachsen?«

»Ja, ich war ja so erwachsen mit einundzwanzig.« Er klingt spöttisch, aber es ist auch bitter. »Wir haben dir einen Brief hinterlassen, in dem wir dir alles erklärt haben. Dass Dad uns rausgeworfen hat, dass wir noch nicht wissen, was wir tun werden, aber uns schon was einfallen wird. Und du … du hast dich nie gemeldet. Wenn wir es versucht haben, bist du nicht dran gegangen oder du hast die Nummer blockiert. Was weiß ich.« Auf seinem Gesicht sehe ich dieselbe Enttäuschung, die ich selbst fühle.

»Ich hab nie einen Brief bekommen.«

Jakob runzelt die Stirn. »Das kann nicht sein. Wir haben ihn auf dein Bett gelegt.«

»Da war kein Brief.« Panik steigt in mir auf, und ich weiß nicht mal weswegen. Ist es wirklich so? Hat Dad sie rausgeworfen und dann auch noch verhindert, dass ich Kontakt zu ihnen halten kann? Wenn es diesen Brief überhaupt gegeben hat, dann hat Dad ihn weggenommen. Nicht nur das ... Mein Handy ist ebenfalls verschwunden. Ich war mir sicher, dass ich es in meinem Zimmer hatte. Aber dann konnte ich es nicht mehr finden. Dad hat mir anstandslos ein Neues gekauft. War das vielleicht ein Hinweis? Schließlich war Dad immer sehr knauserig. Und dann plötzlich kauft er mir einfach ein Neues?

Wieso habe ich das nie hinterfragt?

Weil ich sechzehn war und mich in einer unmöglichen Situation wiedergefunden habe. Denn kaum waren meine Brüder weg, ist Dad nur noch selten aus dem Bett gekommen. Stattdessen musste ich mich um Kay kümmern. Musste lernen zu kochen. Musste dann schließlich das Internat verlassen und arbeiten. Die ersten Jobs waren Mist. Aushilfe im Supermarkt und putzen im *Denali Inn*.

»Ich schwöre. Wir haben dir einen Brief dagelassen.«

Ich suche in seinen Augen und sehe nichts als Ehrlichkeit. »Aber wieso ... wieso hat Dad ... oder vielleicht ist er verloren gegangen. Ein Windstoß. Ein räuberisches Rothörnchen ...«

Er sieht mich sanft an. »Ich denke, dass es Dad war.«

»Aber ... aber wieso?«

Seine Augen werden weich, er verzieht den Mund, als würde es ihn quälen, das zu sagen. »Weil er nicht wollte, dass du erfährst, was er gemacht hat. Und er hat dich ja auch auf seine Seite gezogen. Sonst wärst du ja mal an dein Handy gegangen.«

Ich spüre, wie mir Tränen in die Augen steigen. Was

hat er getan? Wieso hat er das getan?« »Mein Handy ging irgendwie verloren …«

»Irgendwie?«

»Es war weg. Ich war mir sicher, dass es in meinem Zimmer war, aber da war es nicht. Dad hat mir ein Neues gekauft.«

Jakob sieht zu Katie, die sich nicht von unserem Gespräch stören lässt und enthusiastisch weitermalt. Auf dem Blatt, aber auch auf dem Tisch. Niemand stoppt sie.

»Ich kann mir nicht vorstellen …«

»Wie naiv bist du eigentlich?«, fragt er mich. »Du hast jetzt alle Beweise, dass Dad uns alle manipuliert hat, willst es aber immer noch nicht glauben? Lieber denkst du, dass Carl, Noah und ich schlecht sind? Dass wir dich einfach so allein gelassen haben? Ganz ehrlich, Rae, wenn ich es gewusst hätte, gewusst hätte, wie sehr du kämpfst, wäre ich sofort zu dir gekommen. Scheiß aufs Studium. Scheiß aufs neue Leben.«

»Daddy hat Scheiß gesagt.« Katie kichert vor sich hin.

»Dafür muss er einen Dollar ins Fluchglas stecken«, kommentiere ich.

»Was ist das?«, fragt sie neugierig.

Ich hole ein Einmachglas aus dem Schrank, stelle es auf den Tisch. »Jedes Mal, wenn jemand böse Worte sagt, muss er oder sie einen Dollar in das Glas stecken.«

Sie sieht mich mit leuchtenden Augen an. »Dann wird Daddy viel zahlen.«

Ich schaue zu Jakob, dessen Wangen ein wenig rot werden. »Hol zwei Dollar.«

»Ich dachte einen.«

»Aber du hast das böse Wort zweimal gesagt.«

Er seufzt, bevor er in den Flur geht, mit seiner Geldbörse wiederkommt. »Ich hab nur fünf. Dann bezahl ich die nächsten drei auch schon mal.«

Sie nickt, öffnet das Glas. »Das reicht wahrscheinlich nur heute.«

Jakob grinst. »Damit könntest du recht haben.«

»Wir müssen das Glas noch verzieren. Sollen wir Fluchglas draufschreiben?«

»Kannst du das machen?« Sie sieht mich abwartend an.

Ich fühle mich geehrt, dass sie mich fragt. »Selbstverständlich.«

Ich hole einen Permanent-Marker aus der Schublade im Wohnzimmer, bevor ich geschwungen das Glas beschrifte. »So?«

»Sieht toll aus.«

»Wollen wir noch ein paar Verschönerungen draufmachen?«

»Was denn?«

»Warte kurz.« Ich gehe noch einmal ins Wohnzimmer, hole ein paar Sticker, die noch von Kay sind, bevor ich mich zu Katie setze. »Was magst du am liebsten?«

Sie sieht mich mit großen Augen an. »Kann ich die alle haben?«

»Klar, wenn du willst.«

Sie grinst, bevor sie nach einem Bogen greift, und Einhörner auf das Glas klebt.

»Sehr gute Wahl«, sage ich.

Als sie das ganze Glas beklebt hat – und meine Finger –, nimmt sie es in die Hand. »Das zeig ich Onkel Carl und Onkel Noah.«

Am liebsten würde ich ihr sagen, dass sie mich nicht mit ihrem Dad allein lassen soll, aber das wäre ja albern.

Außerdem weiß ich jetzt ja auch schon, was er mir sagen wollte.

Jakob setzt sich mir gegenüber. »Du kannst gut mit Kindern.«

»Sie ist süß.«

»Das weiß sie auch.« Er sieht mich spitzbübisch an. »Sie hat ihren Dad um ihren kleinen, entzückenden Finger gewickelt.«

»Wo ist ihre Mom?«

Sein Gesicht bewölkt sich. »Sie verwirklicht sich selbst in Kalifornien.«

»Oh. Dann bist du alleinerziehend?«

»Genau. Sie hat sie seit drei Jahren nicht gesehen, schickt aber Geschenke zum Geburtstag und zu Weihnachten.«

»Vermisst Katie sie?«

»Ich glaub nicht, dass sie sich noch so gut an sie erinnert …«

»Hm. Das kann auch nicht leicht gewesen sein. Ich mein, Studium und Single Dad.«

»Lara, ihre Mutter, ist geblieben, bis ich mit dem Studium fertig war. Danach hatten wir eine Nanny.«

»Trotzdem.«

Er nickt. »War nicht leicht. Aber bei dir ja auch nicht.«

»Du versprichst, bei allem, was dir heilig ist, dass es genau so war, wie du sagst?«

»Versprochen.«

»Wer ist auf diese verfluchte Idee mit dem Glas gekommen?«, fragt Carl und tritt in den Raum.

Jakob zeigt auf mich. »Das war wohl Tante Rae.«

Er funkelt mich an. »Willst du, dass ich arm werde?«

Ich lache auf. »Wird an der Zeit, dass du deinen schmutzigen Mund mal auswäschst.«

»Pff.« Dann runzelt er die Stirn. »Was ist hier los?«

»Ich hab Rae erzählt, wie es wirklich war.«

Carl setzt sich hin, starrt mich an. »Und?«

»Nichts und.«

Jakob seufzt. »Es war eine Aneinanderreihung unglücklicher Umstände. Rae wusste nicht, dass Dad uns rausgeworfen hat. Und wir wussten nicht, wieso Dad es getan hat.«

»Und wieso ist das so?«, fragt Carl.

»Weil er keine Zeugen haben wollte.«

Ich lasse mir Jakobs Worte einen Moment durch den Kopf gehen, bevor ich sage: »Eins versteh ich nicht. Wenn Dad euch rausgeworfen hat, wieso seid ihr dann jetzt hier? Wieso hat niemand von euch gezögert? Und wieso übernehmt ihr die Kosten für seine Behandlung?«

Carl beugt sich vor, sein Blick laserscharf auf mich fokussiert. »Glaubst du, wir tun das für ihn? Meine kleine Schwester hat nach zehn Jahren endlich angerufen. Was denkst du, was ich da mache?«

11

MAVERICK

Ich muss ein echter Trottel sein, dass ich mich von Lincoln habe überreden lassen, mit zum Claim zu fahren. Wie doof kann man sein?

Wir nehmen die Straße aus der Stadt heraus, und es dauert tatsächlich einen Moment, bis mir klar wird, dass wir an Raelynns Haus vorbeifahren werden. Die Wahrscheinlichkeit, sie zu sehen, ist nicht besonders groß, aber hoffen darf man ja wohl. Vor allem, wenn sie einen freien Tag hat und ich sie daher in der Lodge vermisst habe.

Ich fahre langsamer, als wir uns dem Haus nähern, und manchmal werden Wünsche auch wahr, weswegen sie mit einem kleinen Mädchen auf der Wiese neben dem Haus steht, wo sie versuchen, einen Drachen steigen zu lassen.

Ich trete auf die Bremse und fahre an den Rand.

»Warum halten wir?«, fragt Lincoln, bevor sein Blick auf Raelynn fällt. Dann grinst er und sagt: »Ach so.«

Ich hasse, dass er eine Ahnung hat. Dieser kleine Drecksack.

Obwohl ich weiß, dass er mich damit aufziehen wird, steige ich aus, laufe auf Raelynn zu. Sie winkt, als sie mich erkennt.

»Hey«, sage ich.

»Hallo.« Sie strahlt mich an, und ich kann nicht verhindern, dass es sich anfühlt, als würde die Sonne aufgehen. Verdammt. Wieso noch mal ist sie meine Angestellte? »Was führt dich hierher?«

»Linc hat mich zu einer absoluten Dummheit überredet.«

Sie grinst mich an. »Das kann er wohl gut. Und was ist es?«

»Er hat die Idee, dass wir im Campbell-Claim nach Gold suchen.« Vielleicht sollte ich das für mich behalten, aber was soll sie machen? Illegal auf unserem Land Gold schürfen?

»Ach, ist der Claim noch nicht ausgebeutet?«

Ich zucke mit den Schultern. »Keine Ahnung. Grandpa meint, da wäre noch was drin.« Ich nicke zu der Kleinen. »Deine?«

Sie lacht auf. »Könnte man denken, oder? Die roten Haare verraten die Familienzusammengehörigkeit. Aber nein. Sie ist Jakobs Tochter.«

»Ist er auch hier?«

»Sie sind alle drei gekommen.«

Zufrieden sage ich: »Dann hast du Hilfe.«

Ein junger Mann kommt aus dem Haus, Vollbart, Mütze in die Stirn gezogen. Wenn ich es nicht besser wüsste, könnte ich denken, dass es sich dabei um Hudson handelt. Ich mein natürlich, bevor er sich für Juniper einem Makeover unterzogen hat.

»Noah, erinnerst du dich an Maverick Campbell?«, stellt Raelynn uns vor.

Ich halte ihm meine Hand hin, die er auch ergreift. Sein Händedruck ist warm, fest und ich kann Schwielen fühlen, die mir sagen, dass er ein hart arbeitender Mann ist. Auch das finde ich gut.

»Wer bist du?«, fragt mich das kleine Mädchen und zieht am Saum meiner Jacke.

»Maverick. Und du?«

»Ich bin Katie. Was machst du?«

Und keine Ahnung, was mich da reitet, aber ich sage: »Ich geh auf Schatzsuche.«

Ihre Augen leuchten auf. »Nimmst du mich mit?«

Ich schaue zu Raelynn, die unschlüssig mit den Schultern zuckt. »Du kannst auch mitkommen.«

Sie sieht zu Noah. »Was meinst du?«

»Was für Schätze?«, fragt dieser.

»Gold.«

Ich sehe Interesse in seinem Gesicht aufflackern, als er sagt: »Ich kann sie begleiten.«

Er kann auch mitkommen, das ist okay, aber eigentlich will ich, dass Raelynn ihre Nichte begleitet, auch wenn ich weiß, dass Lincoln mich bis in alle Ewigkeit aufziehen wird.

»Kommt doch alle drei mit.«

»Ich frag Jakob«, meint sie, bevor sie zum Haus läuft.

»Echtes Gold?«, fragt mich Katie.

»Hoffentlich. Das ist ja das Problem mit der Suche. Man weiß nie, ob man auch was findet.«

»Und wenn ich Gold finde, bin ich dann eine Prinzessin?«

Noah grinst, was ihm ein weniger griesgrämiges Aussehen verleiht. »Bist du doch eh.«

»Onkel Noah, glaubst du, wir finden Gold?«

»Kann man nicht wissen. Aber es soll noch viel Gold in Alaskas Boden geben.«

»Krieg ich dann ein Pony?«

»Das musst du deinen Daddy fragen.«

»Der sagt, erst, wenn ich älter bin.« Sie zieht eine absolut herrliche Schnute. Wie süß kann ein Mädchen sein? Und das finde ich nicht nur, weil sie Raelynn wie aus dem Gesicht geschnitten ist.

»Jakob sagt, wir können mitfahren«, sagt Raelynn, blickt dann zu Noah. »Aber nur, wenn du auch mitkommst.« Sie verzieht das Gesicht ein wenig, wobei ich mich frage, was ihr durch den Kopf geht.

Noah zuckt mit den Schultern. »Wenn das okay ist?«

»Klar«, sage ich, weil ich auch zu einem Sack Flöhen Ja gesagt hätte, solange Raelynn mit von der Partie ist. Erbärmlich.

Lincoln sieht mich fragend an, als wir alle in den Wagen steigen. »Wir gehen auf Schatzsuche«, verkünde ich, wozu Katie jubelt.

Lincoln dreht sich zu ihr um. »Du willst also Juwelen finden?«

»Gold!«

Grinsend hält er ihr seine Hand hin, damit sie einschlagen kann. Aber offensichtlich kann sie da noch nichts mit anfangen, weil sie beide Handflächen gegen seine schlägt. »Ich auch! Dann bist du mein Gold-Buddy. Und weißt du was? Ich glaub, du bringst mir Glück.«

Die Fahrt zu unserem Claim dauert etwa eine Stunde. Ich bin schon oft hier gewesen, aber das letzte Mal ist eine Weile her. Die Gebäude, die Grandpa errichtet hat, sehen nicht mehr ganz stabil aus, aber sonst erinnert es mich an viele Sommer, die wir hier verbracht haben. Nicht, um Gold zu schürfen, sondern als Familienausflug. Unweigerlich kommen auch Gedanken an Dad auf. Er war es, der da im Fluss stand, mit einer Goldwaschpfanne in der Hand, um uns zu zeigen, wie man wäscht. Und wenn wir auch nur ein winziges Fitzelchen gefunden haben, war der Jubel groß.

Ich schlucke, als ich an diese wunderbaren Momente denke. Wie schade, dass ich sie nie wieder erleben werde. Aber vielleicht … Na ja, vielleicht können Kinder wie Katie oder Hudsons Baby sie irgendwann erleben. Alaska ist ein toller Ort, um Kinder großzuziehen, zumindest sechs Monate im Jahr.

»Und wo willst du jetzt suchen?«, frage ich Lincoln.

Er deutet auf den Fluss. »Wir müssen schauen, wo es diese Becken im Fluss gibt.«

»Und wie willst du das machen?«, frage ich. »Du hast doch gesagt, dass sie von Sediment verschüttet sind. Außerdem wechseln Flüsse doch auch mal ihr Bett.«

Er sieht mich schulterzuckend an. »Ich dachte, wir würden was sehen, wenn wir hier sind.«

Ich verdrehe die Augen. »Das ist wieder typisch. Ideen, aber keine Ahnung von der Umsetzung.«

»Gibt es keine alten Karten von dem Gebiet?«, fragt Noah. »Dann könnten wir zumindest damals und heute vergleichen.«

Lincoln grinst. »Gute Idee. Grandpa hat doch bestimmt so was. Kennst du dich damit aus?«

Noah zuckt mit den Schultern. »Ich bin Tiefbohringenieur auf einer Ölplattform.«

Lincoln klatscht in die Hände. »Das ist doch perfekt!« Er sieht zu mir. »Glück muss man haben.«

Lincoln ist so ein verdammtes Glückskind, das ist manchmal schon unheimlich. Irgendwie schafft er es immer, aus seinem Chaos etwas Magisches zu erschaffen. Als ich zu Raelynn schaue, hat sie einen merkwürdigen Gesichtsausdruck aufgelegt, den ich in keiner Weise deuten kann.

»Okay, Noah, wo würdest du anfangen?«

Und dann marschiert Linc mit seinem neuen besten Freund zum Fluss. Ich trete zu Raelynn, die Katies Hand hält, sehe zu dem kleinen Mädchen. »Soll ich uns mal eine Goldpfanne besorgen?«

Sie nickt aufgeregt, weswegen ich in eines der halb verfallenen Gebäude gehe und die Schüssel raushole. Ebenso wie eine Schaufel und einen Eimer. Es ist zu kalt, als dass ich ein kleines Mädchen in den Fluss stellen kann. Daher muss ich improvisieren.

Mit meiner Ausbeute gehen wir ans Ufer.

»Was muss ich machen?«, fragt sie aufgeregt und sieht mich mit großen Augen an.

Ich lege die Pfanne auf den Boden. »Ich schippe ein bisschen Schlamm aus dem Fluss hier hinein. Dann müssen wir beide sieben, während deine Tante Wasser hineingießt.«

»Okay.«

»Bereit?«

Sie grinst mich an. »Bereit.«

Ich schaue zu Raelynn, die ihre Nichte mit Herzen in den Augen ansieht. Einen Augenblick will ich was sagen, aber dann lasse ich sie in ihrem Moment.

Stattdessen trete ich an den Rand, hole mit der Schaufel Matsch aus dem Flussbett und kippe diesen in die Pfanne. Dann ziehe ich noch einen Eimer Wasser heraus, reiche diesen Raelynn.

Sie lacht auf. »Das sieht nach einer Sauerei aus.«

»Aber stell dir vor, wir finden Gold«, scherze ich.

»Okay, dann mal los. Ich will ein riesiges Nugget.«

Katie klatscht bei den Worten ihrer Tante in die Hände, bevor sie nach dem Kunststoffsieb greift.

Ich merke, dass ich ein bisschen zu viel Schlamm eingefüllt habe, aber ich glaube sowieso nicht ernsthaft daran, dass wir was finden. Wobei … als Kinder haben wir in diesem Fluss so einige Goldflakes entdeckt. Nichts, was in irgendeiner Weise substanziell gewesen wäre, aber es hat doch geschimmert und geglitzert und wir waren mächtig stolz auf uns. Wenn ich das für Katie erreiche, dann bin ich froh.

»Schütt langsam Wasser dazu«, weise ich Raelynn an, als ich Katie helfe, die Waschpfanne zu schwenken.

Das Gold soll sich in den Riefen sammeln, während man den Schlamm einfach auskippt. Da ich blöderweise zu viel hineingefüllt habe, wird der erste Versuch nicht besonders gut werden.

Außerdem ist das hier auch nur die zweitbeste Methode des Goldwaschens. Eigentlich muss man dafür im Fluss stehen, damit man genug Wasser hinzufügen kann. Aber das ist ja mehr Spaß als alles andere.

»Gold ist fast zwanzigmal so schwer wie Wasser und siebenmal so schwer wie Gestein. Es ist hinter Platin das schwerste Edelmetall. Wenn wir die Pfanne jetzt ein bisschen kippen, fließt Wasser raus und wir können auch den Schlamm loswerden, aber weil Gold so schwer ist, sinkt es zu Boden und kann nur noch raus, wenn wir die Pfanne auf den Kopf drehen.«

Die Kleine nickt ernsthaft, starrt auf das Gemisch in unseren Händen und versucht alles so umzusetzen, wie ich es ihr gesagt habe.

»Noch ein bisschen Wasser.«

»Alles klar, Boss«, scherzt sie und schüttet es hinein, wobei sie mir die Hälfte über den Arm kippt, aber wenn einer von uns nach diesem Abenteuer noch sauber ist, würde ich mich wundern.

Katie und ich schütteln und schütteln, bis wir nur noch feinsten Schlamm in der Pfanne haben. Und da ... da glitzert es.

»Schau mal da«, sage ich leise und deute auf eine Stelle.

Katies Augen werden so groß, dass es schon beinahe komisch wirkt. »Ohhh! Das ist Gold!«

»Das ist es«, sage ich anerkennend. »Du bist eine sehr erfolgreiche Schatzsucherin. Direkt beim ersten Mal hast du was gefunden.«

Ich wische meine Hand an meiner Hose trocken, picke dann das winzige Goldflitter auf. Eigentlich brauchen wir ein Gläschen, um es sicher aufzubewahren, aber da ich nicht auf meine süße Begleitung vorbereitet gewesen bin, muss ich auch jetzt improvisieren. Ich ziehe ein Taschentuch heraus, hoffe, dass es da festklebt.

»Wie schön!«, ruft Katie und klatscht in die Hände, bevor sie zu ihrer Tante blickt. »Hab Gold gefunden.«

»Das hast du ganz hervorragend gemacht«, erklärt diese und lächelt stolz.

»Noch mal!«

Dieses Mal schippe ich weniger Schlamm hinein, denn wenn man viel nimmt, verliert man auch viel.

Wir finden noch sieben winzige Stückchen, aber Katie könnte nicht begeisterter sein, wenn sie eine ganze Unze gefunden hätte.

RAELYNN

Ich hatte nicht damit gerechnet, ihn heute an meinem freien Tag zu sehen. Umso glücklicher bin ich, dass er aus irgendeinem Grund plötzlich vor mir stand. Und jetzt, beim Goldwaschen, beobachte ich ihn. Sein dunkler Kopf und Katies roter sind ernsthaft über die Goldwaschpfanne gebeugt, und er erklärt ihr alles ganz genau. Nimmt sich Zeit, meckert nicht, wenn ihre Ungeschicktheit dafür sorgt, dass seine Jacke und seine Hose ziemlich nass und schlammig werden. Stattdessen lacht er.

Maverick Campbell wäre ein richtig guter Vater, und bei dem Gedanken zieht es in meinen Eierstöcken und in meinem Herzen. Ich hatte keine Ahnung, dass meine biologische Uhr schon zu ticken angefangen hat. Aber den Stich ins Herz verstehe ich.

Es ist nicht leicht, wenn man ein halbes Leben lang den besten Vater der Welt hatte, und der sich dann so verändert, dass man sich manchmal fragt, ob man überhaupt noch einen hat. Aber Maverick … er macht den Eindruck, als würde er sich lieber die Hand abhacken, als seinen Kindern Schaden zuzufügen. Klar, vor Depressionen ist niemand gefeit, aber es gibt viele Menschen, die trotz dieser Krankheit noch am Leben teilnehmen.

Ich schüttele mich, will diese trüben Gedanken vertreiben.

Nachdem sie sieben winzige Flocken gefunden haben, hat Katie keine Lust mehr. Ich schaue mich nach Noah und Lincoln um, kann sie aber nicht sehen.

Tiefbohringenieur. Keine Ahnung, was ich mir gedacht habe, aber das nicht. Wenn ich ehrlich bin, habe ich erwartet, dass er ein ganz normaler Arbeiter auf einer der Ölplattformen ist. Aber Ingenieur … Also hat er auch studiert.

Ich muss meinen Neid runterschlucken, mich für ihn freuen, doch ganz so leicht fällt mir das nicht. Leider nicht.

Aber wenn es wirklich so ist, wie Jakob gesagt hat … Wenn Dad sie rausgeworfen und dann auch noch verhindert hat, dass ich jemals wieder Kontakt mit ihnen haben kann, ändert das alles. Dann kann ich ihnen nicht neiden, dass sie das Beste aus der Situation gemacht haben.

Dann müssen wir uns einfach darauf verständigen, dass keiner von uns böse Absichten hatte. Dass wir alle fünf manipuliert wurden.

»Was denkst du?«, fragt mich Maverick, als er neben mich tritt. »Deine Stirn ist ganz runzelig.«

Ich reibe sie mir, versuche, die Denkfalten rauszubügeln. »Glaubst du, dass es manchmal einfach ganz anders ist, als wir es je gedacht haben? Dass wir nicht alle Fakten hatten und deswegen Dinge geglaubt haben, die eigentlich nicht stimmen?«

»Klar. Das Leben wäre einfach, wenn man immer alles vorher weiß. Aber so leicht ist das nicht.« Er sieht mich so aufmerksam an, dass ich ihm mein Herz ausschütten will. »Was bedrückt dich?«

Ich seufze, schaue zu Katie, die sich über die ersten Blüten freut. »Ich hab meine Brüder zehn Jahre nicht gesehen.«

»Wieso nicht?« Dieses Mal ist er es, der die Stirn krauszieht.

»Sie sind nach dem Tod unserer Mutter gegangen und nicht mehr zurückgekommen.«

Empörung schleicht sich in seinen Blick. »Wichser.«

Ich lache auf, bevor ich sage: »Gestern hat mir Jakob erzählt, dass es nicht an ihnen lag. Dass …«, und ich weiß nicht, wieso ich ihm das erzähle, wenn ich es noch nicht einmal Alex gesagt habe, »na ja, dass Dad sie rausgeworfen hat.«

»Wieso hätte er das tun sollen?«

Ich zucke ziemlich hilflos mit den Schultern, weil ich mir den Teil auch nicht erklären kann. »Vielleicht, weil er gemerkt hat, dass er depressiv wird, und wusste, dass sie … keine Ahnung, dass sie versuchen würden, ihm zu helfen? Ich weiß es nicht.«

»Aber denkst du, dass es stimmen kann, oder meinst du, sie wollen einfach nur nicht die Bösen in der Geschichte sein?«

»Ich weiß es nicht.« Ich schaue zu Katie, die sich hingehockt hat. So sollten Kinder sein. Schmutzig, lachend, neugierig. »Aber wenn es stimmt … dann … ich mein, dann hab ich mich doch nicht so sehr in ihnen getäuscht. Dann sind sie vielleicht immer noch die tollen Brüder, die sie damals waren. Dann gibt es noch Hoffnung, dass wir wieder eine Familie werden.«

Ich hatte es gar nicht gemerkt, aber plötzlich zieht

mich Maverick an sich, und ich verberge mein Gesicht an seiner breiten Brust, spüre die Tränen, die mir über die Wangen rollen.

»Ich weiß nicht, wie es bei Jakob und Noah ist, aber zumindest Carl bleibt ja eine Weile in Whynot. Du musst nichts überstürzen, aber du hast die Chance, ihn noch mal neu kennenzulernen.«

Ich nicke, bin hin- und hergerissen von dem Tumult in meinem Herzen und der Freude, in seinen Armen zu sein. Ich habe doch einen Schaden. Ehrlich. »Aber weißt du ... das würde bedeuten, dass ich mich total in Dad getäuscht hab.«

Maverick drückt mich fester an sich, streichelt über meine Haare. »Du weißt, dass er eine Krankheit hat. Das war vielleicht einfach nur eine Ausprägung davon. Vielleicht eine, für die er sich schämt.«

»Das kann sein.« Ich klammere mich an seiner Jacke fest, will ihn nicht gehen lassen. Wenn er meiner wäre, dann würde ich mich nie wieder verloren fühlen ...

»Du musst sofort in die Wanne«, sage ich zu Katie, als wir aus Mavericks Auto gestiegen sind.

»Erst muss ich Daddy erzählen, was ich gefunden hab!«

»Okay, aber dann. Du bist kalt und schmutzig, und ich will nicht, dass du dich verkühlst.«

»Okay.«

Ich öffne die Haustür, und sie stürmt hinein. »Daddy!«, ruft sie durch den Flur, während ich versuche, sie einzufangen, damit sie ihre schmutzigen Schuhe und den Mantel auszieht.

Jakob kommt aus der Küche. »Hey, Spätzchen.«

»Daddy, ich hab Gold gefunden!«, kräht sie glücklich.

»Wirklich?«, fragt dieser, bevor er sie in die Arme schließt.

»Sieben Stück.«

Es ist vielleicht ein wenig übertrieben, die kleinen Flocken als Stück zu bezeichnen, aber es ist Gold.

»Zeig mal.«

Sie wendet sich an mich. »Zeig es ihm.«

Ich hole das Taschentuch heraus, dass Maverick mir gegeben hat, öffne es, und da … sieben Körnchen, die im Schein der Lampe glitzern.

»Wow! Du bist ja eine echte Schatzsucherin!« Jakob klingt ziemlich stolz.

»Bin ich. Und Maverick hat gesagt, dass ich noch mal mitkommen kann. Wenn es wärmer ist und wir in den Fluss können.«

»Das hört sich hervorragend an.« Jakob wirft mir einen Blick zu. Vielleicht will er abchecken, ob ich es okay fände, wenn sie im Sommer noch mal wiederkommen. Oder immer noch hier sind?

Und irgendwie fühlt sich das beides ziemlich gut an.

»Katie muss in die Wanne«, erkläre ich, bevor ich in die Küche trete, und Carl am Tisch sitzen und Pilze schneiden sehe.

»Hey«, sagt er, lächelt mich an.

Ich setze mich zu ihm, schaue ihm in die Augen. »Ist es wirklich wahr? Es ist nicht schlimm, wenn es nicht so ist, aber ich muss es wissen.«

Er sieht mich fest an. »Es ist wahr.«

Ich nicke, will nicht zu viel Hoffnung haben, kann es aber auch nicht verhindern. »Heißt das … nun ja … ist es möglich, dass wir dann wieder … eine Familie werden?«

Er greift über den Tisch, legt seine riesige Hand auf meine. »Es gibt nichts, was ich mir mehr wünschen würde.«

Wieso fließen mir schon wieder diese blöden Tränen über die Wangen?

Und dann befinde ich mich plötzlich in einer festen Umarmung, die nicht unwesentlich schlechter ist als die andere, die ich heute schon hatte.

»Es tut mir so leid. Wenn ich gewusst hätte …, wenn ich es nur geahnt hätte, dann wäre ich zurückgekommen. Es tut mir so unglaublich leid.«

Ich nicke lediglich, klammere mich an meinem großen Bruder fest, während mein Herz jubiliert. Noch viel mehr als Maverick wollte ich immer nur meine Brüder.

Und jetzt habe ich sie zurück.

Es gibt kein besseres Gefühl als dieses.

Carl küsst mich auf die Wange, zieht mich so eng an sich, wie es geht. »Ich bin so froh, dass ich dich wieder hab.«

Und damit öffnen sich alle Schleusen. Jede Träne, die ich in den letzten Jahren nicht geweint habe, weil ich stark sein wollte, fließt aus meinen Augenwinkeln. Jeder Schluchzer, der mir in der Kehle stecken geblieben ist, bricht sich Bahn. Ich muss sie nicht einsam und allein vergießen, sondern bei ihm, der mich festhält, während ich um die sechzehnjährige Raelynn weine, die viel zu schnell erwachsen werden musste, während ihr doch noch das Herz so unglaublich schmerzt hat.

»Es wird alles gut, Süße«, flüstert er mir immer wieder ins Ohr, hält mich so lange, bis das Zittern aufgehört hat, bis ich in der Lage bin, meinen Kummer hinter mir zu lassen.

Und als ich den Kopf hebe und in sein Gesicht blicke, sehe ich sein Strahlen und weiß, dass es schon gut ist.

Er wischt mir die Tränen von den Wangen. »Bist ein tolles Mädchen, Rae.«

Ein wenig verlegen setze ich mich wieder an den Tisch, warte, bis er sein Pilzschneiden erneut aufgenommen hat. »Was wird das eigentlich?«

»Jakob behauptet, das soll Boeuf Stroganoff werden.«

»Wusste nicht, dass er kochen kann.«

Carl grinst. »Das erzählt er zumindest. Bisher habe ich dafür auch noch keine Beweise gesehen.«

»Was muss noch gemacht werden?«

»Weiß ich nicht. Ich wurde zum Pilze- und Zwiebelschneiden abgestellt.«

Da ich letztere nicht sehe, hole ich zwei und beginne, sie zu schälen. »Hast du auch studiert?«, frage ich ihn.

Er schüttelt den Kopf. »Nein. Als wir nach Fairbanks gegangen sind, haben wir alle erst mal ein paar Monate gearbeitet. Dann wollten die beiden aufs College, und irgendjemand musste das ja finanzieren.«

Ich blicke ihn an, überrascht, dass unsere Entscheidungen so ähnlich waren. »Aber hättest du es gern getan?«

Er lacht auf. »Ganz sicher nicht. Die Highschool hat mir gereicht.«

Ich schneide die Zwiebeln klein. »Ich will schon die ganze Zeit ein Fernstudium anfangen.«

»Du hast also deinen Highschool-Abschluss nachgeholt?«

»Hab ich. War nicht leicht, aber irgendwie hab ich es hinbekommen.«

Stolz blickt mir aus seinem Gesicht entgegen. »Und was willst du studieren?«

Ich zucke mit den Schultern. »Keine Ahnung. Bisher hab ich mir nie erlaubt zu träumen.«

»Aber jetzt kannst du es. Ich bin auf jeden Fall die nächsten paar Monate hier, und wenn ich für dich übernehmen soll … Dann kannst du nach Anchorage zum Studieren, oder in die *Lower-48*. Oder wohin auch immer. Du kannst tun, was du tun willst.«

»Das würdest du für mich tun?«

»Ich würd alles für dich tun.«

Und mein Herz schmilzt beinahe.

12

MAVERICK

Weil Lincoln nicht aufgibt – und in Noah Brookner einen Komplizen hat –, schließe ich den Lagerraum auf, in dem Grandpa seine ganzen Goldgräbersachen deponiert hat.

»Wow«, meint Linc, als er eintritt. »Das ist ja wie eine Zeitkapsel.«

Noah zieht sich die ewige Mütze vom Kopf, streicht sich durch die wirren Haare. Ganz eindeutig ein Hudson. Ich grinse vor mich hin.

»Wenn es irgendwelche Aufzeichnungen gibt, dann hier.«

Lincoln nickt. »Alles klar, dann wühlen wir uns mal durch den ganzen Kram.«

»Sagt Bescheid, dann schließ ich wieder ab.«

Aber da sind die beiden schon in ihre Suche vertieft.

So ganz gefällt es mir nicht, dass wir in Grandpas

Sachen stöbern. Nicht, weil ich denke, dass er was dagegen hat, aber weil man das doch nach dem Tod eines Familienmitglieds machen muss, und ich will nicht darüber nachdenken, dass Grandpa irgendwann von uns gehen wird.

Natürlich weiß ich, dass es passieren wird. Aber noch geht es ihm gut. Noch ist nicht daran zu denken. Und wenn es nach mir ginge, würde er ewig leben.

Auch wenn er immer mehr den Bezug zur Realität verliert. Aber er wirkt damit nicht unglücklich, sondern scheint ganz zufrieden in seiner Welt zu sein. Einer Welt, in der sein Sohn nicht gestorben und seine große Liebe noch bei ihm ist.

Seufzend trete ich aus dem Flur, sehe Raelynn an der Rezeption stehen. Ein Lächeln stiehlt sich auf meine Lippen. Ich habe in den letzten Jahren keinen schöneren Moment erlebt als den, als sie in meinen Armen lag. Der Anlass war traurig, aber das Gefühl war … unbeschreiblich. So unbeschreiblich, dass ich ihr am liebsten auf der Stelle gekündigt hätte. Aber da ich weiß, dass sie auf den Job angewiesen ist, habe ich meine selbstsüchtigen Wünsche zurückgestellt. Vor allem weiß ich nicht mal, ob sie mich überhaupt will.

Klar, sie hat ein Date mit mir ersteigert, aber das heißt ja noch lange nichts. Das ist auch schon fast ein halbes Jahr her und Gefühle können sich ändern.

»Hey«, sage ich, als ich bei ihr angekommen bin.

Sie dreht sich um, sieht mich und schenkt mir eins ihrer strahlenden Lächeln, die mich einfach umhauen. »Hallo.«

»Hast du Lust, beim Mittagessen über das Betriebsfest

zu reden?« Und wieso frage ich das denn? Da spiele ich doch mit dem Feuer!

Sie sieht mich so glücklich an, dass mein Herz schneller klopft. »Sehr gern. Allerdings hab ich noch nicht so viele Ideen, aber die, die ich hab, stell ich dir gern vor.«

»Super. Dann um eins in meinem Büro?«

Nachdem ich seine Schwester auf ein Nicht-Date eingeladen habe, fällt es mir ganz besonders schwer, Carl unter die Augen zu treten. Aber wir haben den Vertrag unterschrieben, weswegen ich da durchmuss.

»Wir können am Montag loslegen. Tim Stark wird bei der Elektrik helfen, und ich hab auch ein paar Männer aus Whynot angeheuert.«

»Hoffentlich keine Moores. Grandpa kriegt einen Herzinfarkt, wenn die auf seinem Grund auftauchen«, scherze ich.

»Rae hat mich in die Feinheiten von Whynot eingeweiht.« Er grinst. »Aber mit diesem Jason Moore hätte ich auch noch das ein oder andere Hühnchen zu rupfen.«

»Falls du dich als Campbell erklärst, hast du willige Komplizen.«

Er lacht auf. »Da komm ich vielleicht drauf zurück. Noah ist ja schon beinahe hier eingezogen.«

Ich nicke. »Lincoln freut sich, dass er jemanden hat, der ebenso verrückt ist wie er.«

»Hey, die Brookners können auf jeden Fall mit den Campbells mithalten, wenn es um Verrücktheiten geht.«

»Hab ich nie bezweifelt.«

Er blickt sich um. »Ich hab mir deine Pläne angesehen. Sie sind schon von einem Architekten abgesegnet, oder?«

»Sie sind von einem erstellt worden.«

Er rollt einen aus. »Ich hätte ein paar Dinge anders gemacht.«

»Und welche?« Ich bin neugierig, aber gleichzeitig auch ein wenig in Sorge, dass neue Ideen das Projekt verzögern könnten.

Doch was er mir dann erzählt, hat alles so viel Hand und Fuß, dass ich nicht umhinkann, den Architekten zu verfluchen, weil er mir eine Nullachtfünfzehn-Lösung verkauft hat und es so viel besser hätte sein können.

»Wenn dir das gefällt, nehm ich die Änderungen vor. Ich fahr heute sowieso noch nach Anchorage zu Dad, da kann ich die Pläne dann auch absegnen lassen.«

»Meinst du, das geht so schnell? Der Architekt«, ich deute auf den Plan in seiner Hand, »hat Monate gebraucht.«

»Ich kann ziemlich überzeugend sein, wenn es sein muss.« Er grinst. Raelynn und er sehen sich nicht sehr ähnlich, aber in dem Moment erkenne ich die Familienzugehörigkeit. Sofort habe ich ein schlechtes Gewissen, weil ich sie eingeladen habe. Rein beruflich, natürlich nur. Zumindest ist es das, was ich mir einrede.

Nachdem sich Carl verabschiedet hat, gehe ich in die Küche, um zwei Gedecke zu bestellen. Ich weiß, dass sie die *Pasta all'arrabbiata* mag, weswegen ich die für sie bestelle. Dazu noch eine Vorspeise und ein Dessert.

Und nein, es ist kein Date. Obwohl es mir nichts ausmachen würde. Aber eigentlich trifft man sich ja auch nicht zum Lunch. Also kann man das gar nicht missverstehen.

Nachdem ich mir das eingeredet habe, gehe ich in mein Büro, arbeite mich durch meine E-Mails, schaue mir die Dienstpläne an, die die Leitung der jeweiligen Bereiche selbstständig erstellt, mir dann aber zur Ansicht vorlegt. Aber das sieht gut aus. Die Krankheitswelle, die jeden Winter eintrifft, scheint abzuklingen, weswegen wir keine Probleme mehr haben sollten.

Als es an die Tür klopft, kann ich es gar nicht fassen, dass bereits mittags ist.

»Herein«, rufe ich, versuche mein schneller schlagendes Herz zu beruhigen, aber als sie eintritt, ist sie so wunderschön und strahlend, dass ich schlucken muss. Scheiß auf Relaxen.

»Sorry, dass ich zu spät bin, aber ich wurde noch aufgehalten.«

»Gar kein Problem. Das Essen sollte auch gleich da sein.« Ich erhebe mich, deute auf die kleine Sitzecke.

Sie lässt sich auf der Couch nieder. Ich weiß, dass ich mich auf den Sessel setzen sollte, aber irgendwie ist mir heute danach, mit dem Feuer zu spielen.

Sie sieht mich überrascht an, bevor sie lächelt. »Du warst wirklich gut mit Katie«, sagt sie dann.

»Ich mag Kinder.«

»Willst du eigene?«, fragt sie, bevor sie sich die Hand vor den Mund schlägt. »Sorry, das ist übergriffig.«

»Ach, was. Doch nicht unter …« Aber ich kann das Wort *Freunde* nicht sagen. Es fühlt sich einfach so falsch an. »Das ist okay. Und ja. Aber ich werd vierzig … Ich denke, bald ist der Zug abgefahren.«

»Hast du nie jemanden getroffen, mit dem du es dir vorstellen könntest?«

Ganz dünnes Eis. Ich rede mir ein, dass sie einfach

nur neugierig ist, dass es nichts zu bedeuten hat. »Doch, einmal.« Mit ihr.

»Und was ist geschehen?«

»Hat sich einfach nicht ergeben.«

»Das tut mir leid.«

Ich zucke mit den Schultern. »Willst du Kinder?«

Ihre Augen strahlen. »Ich hab es immer geliebt, in einer großen Familie aufzuwachsen. Also, ja, gern viele.« Sie lacht auf. »Aber dazu fehlt mir der passende Mann.«

Bevor ich antworten kann, klopft es an die Tür.

»Herein.«

Ein Kellner tritt ein, schiebt einen kleinen Servierwagen vor sich her. »Hey, Maverick. Hier kommt das Mittagessen.«

Er stellt die Teller auf den Tisch vor uns, bevor er sich wieder verabschiedet.

»Hm, ich hätte wohl sagen sollen, dass wir es als Gänge serviert haben wollen. So sind die Nudeln kalt, wenn wir die Vorspeise gegessen haben.«

Sie winkt ab. »Dann essen wir sie eben als Erstes.« Lächelnd greift sie nach dem Besteck.

»Wenn es dir nichts ausmacht.«

»Gar nicht. Ich liebe *all'arrabbiata*.«

Und das gibt mir ein gutes Gefühl. Für eine Weile essen wir und kommentieren nur die vorzügliche Qualität, aber dann frage ich: »Wie geht es deinem Dad?«

»Ich hab vorhin im Krankenhaus angerufen, und sie meinten, es gehe ihm gut. Carl und Jakob fahren nachher hin. Vielleicht sind sie schon los.«

»Und Katie?«

»Sie fährt mit. Zwar nicht ganz ideal, aber Jakob meinte, er würde mit ihr ins Kino gehen.«

»Du hättest auch freinehmen können. Das Angebot steht immer noch.«

Sie grinst. »Danke, aber es ist ganz gut, wenn ich ab und zu rauskomme. Auch wenn wir die Dinge geklärt haben, müssen wir uns doch aneinander gewöhnen.«

Ich nicke, bevor ich sage: »Die Hilfe ist doch bestimmt eine Erleichterung.«

»Momentan bringen sie erst mal jede Menge Herausforderungen in mein Leben«, scherzt sie. »Ich hatte vergessen, wie schnell ein fünfjähriges Kind ein aufgeräumtes Wohnzimmer in pures Chaos verwandeln kann.« Sie lacht auf. »Und wie sehr es wehtut, wenn man auf einen Legostein tritt.«

Ich grinse. »Kann ich mich gar nicht dran erinnern.«

»Das ist auch so eine Sache ... Kinder können gefühlt auf tausend Steine treten, ohne dass sie Schmerzen empfinden, aber Erwachsene? Das sind Todesqualen.« Sie legt ihr Besteck weg. »Das war gut.«

»Das war es«, bestätige ich.

»Also, wegen der Firmenfeier ... Ich hab mir den Ordner deiner Mom angesehen, und dabei ist mir aufgefallen, dass das Budget immer wieder ein anderes war. Wie viel hast du für dieses Jahr vorgesehen?«

»Wir haben da nie einen festen Betrag vereinbart, das war den Ideen geschuldet. Das letzte Jahr ist zwar gut gelaufen, aber der Anbau wird teuer, daher muss es dieses Mal nichts Extravagantes sein.«

»Alles klar. Dann würde ich wieder ein Sommerfest vorschlagen. Wir könnten grillen. Ich kann mal Megan vom *Firehouse* fragen. Sie verdient sich mit Catering was dazu. Ich weiß nicht, ob der Umfang nicht zu groß ist, aber ich kann fragen.«

»Tu das. Ansonsten wäre es aber auch okay, wenn die Küche das übernimmt.«

»Wobei das ja dann keine richtige Feier für sie wäre, wenn sie arbeiten müssen. Aber wie es dir lieber ist.«

Ich lächele. »Nein, nein, verfolg deine Idee. Ich wollte nur sagen, dass wir das auch anders geregelt bekommen.«

»Super.«

Sie erzählt mir noch ein paar Dinge, die sie sich überlegt hat, bevor es keinen Grund mehr gibt, dieses Nicht-Date noch zu verlängern.

»Wieso hast du mich damals ersteigert?« Und wieso zum Teufel frage ich das?

Sie sieht mich überrascht an. »Wieso willst du das wissen?«

Ich zucke mit den Schultern, schaue zur Seite, bevor ich mir sage, dass ich kein Feigling sein will. Aber Angelegenheiten des Herzens … nun ja, da fällt es mir schwer, mutig zu sein. Vielleicht, weil ich es nicht gewohnt bin, mich zu öffnen. Weil ich meine Gefühle immer in Fort Knox aufbewahrt habe.

Nicht meiner Familie gegenüber, wobei … Bei fünf Jungs kommen Emotionen eindeutig zu kurz. Mom hat sich bemüht, keine Frage. Aber gegen die sturen Campbells kam sie nicht an. Selbst Grandma war nicht der gefühlsduselige Typ, weswegen sie von der Front auch keine Hilfe erwarten konnte.

»Hab ich drüber nachgedacht.«

Sie blickt mich an, forschend, als wollte sie in mein Inneres sehen. Aber ich … ich bin nicht bereit dazu. Schon gar nicht, wenn sich doch unsere Situation nicht geändert hat. Vielleicht wäre es anders, wenn da ein Funke Hoffnung wäre … Aber ich kann einfach nicht mit einer Angestellten zusammenkommen. Das geht einfach nicht.

»Nun ja«, sagt sie dann. »Du sahst aus, als könntest du einen Freund gebrauchen.«

RAELYNN

Die Frage hat mich überrascht und ich wünschte, ich wüsste, was er hören wollte. Aber sein Gesicht war so verschlossen, dass ich keine Ahnung hatte. Sich zu offenbaren, wenn man Sorge haben muss, dass die Gefühle nicht erwidert werden, ist unglaublich mutig. Und das ... keine Ahnung. Dafür bin ich momentan nicht gefestigt genug.

Vielleicht wäre es vor ein paar Wochen noch anders gewesen, aber mit Dad und meinen Brüdern und dieser elenden Heulerei, die mich zwischenzeitlich ergriffen hat, ist mein Herz sowieso schon verwundet. Könnte sein, dass es sich von einer Maverick-Abfuhr nicht mehr erholen würde.

Wahrscheinlicher ist es allerdings, dass ich Dinge sagen würde, um mich zu schützen, die ich nie wieder werde zurücknehmen können. Und dann hätte ich nicht nur einen Freund – wie ich dieses Wort hasse! – verloren, sondern eventuell auch meinen Job und damit mein Auskommen.

Daher sage ich: »Du sahst aus, als könntest du einen Freund gebrauchen.« Und das ist nicht gelogen. Sah er wirklich, so als würde er jemanden anflehen, ihn zu ersteigern, damit es nicht die alte Mrs. Packardt tut oder eine durchgeknallte Irre.

Aber natürlich habe ich es auch getan, weil *er* es war.

Der Mann, in den ich schon viel zu lange heimlich verliebt war.

Ich wünschte, ich wäre mutig. Aber ich muss wohl einsehen, dass ich beizeiten eine Löwin und in anderen Momenten nur eine kleine Feldmaus bin, die vor allem wegrennt, was passieren könnte.

Einen Augenblick sieht er mich an, aber sein Gesicht zeigt immer noch nicht, was er denkt. Ob er enttäuscht ist. Ob er erleichtert ist. Keine Ahnung. Dann sagt er mit seiner tiefen, oh-so-sexy Stimme: »So schlimm, ja?« Er schmunzelt auf so eine charmant-freche Art, die dafür sorgt, dass Lava durch meine Adern fließt.

»War ziemlich offensichtlich, dass du Hilfe brauchtest. Und das ist, was ich tue. Jungen Männern in Nöten zu helfen.«

Er grinst, und wenn ich dachte, dass er vorher schon heiß war, werde ich nun eines Besseren belehrt. Wie verdammt unwiderstehlich kann ein Mann eigentlich sein?

»Dann muss ich meiner Ritterin in weißer Rüstung danken, dass mein Date sich nach dem Essen nicht das Gebiss herausgenommen hat.«

Ich lache auf, während mein Herz ein wenig schwer wird, weil er diese Halbwahrheit – oder ist es weniger als halb? – geglaubt hat. »Hey, ich tu, was ich kann.«

»Dann danke ich dir sehr für die Rettung.«

»Jederzeit.«

Er kneift die Augen ein wenig zusammen. »Ist das so?«

Ich schlucke, weil sein Blick plötzlich mit voller Intensität auf mich gerichtet ist. »Das tut man doch für seine Freunde.«

»Tante Rae!«, ruft Katie, als ich in die Küche trete.

»Hey … du.« Wie soll ich sie nennen? Jakob nennt sie Spätzchen. Noah und Carl sagen Prinzessin, aber wie kann ich sie nennen? Diese Frage taucht plötzlich in meinem Kopf auf und sorgt dafür, dass ich du sage. Wie absolut dumm.

Jakob grinst mich an, während er am Herd steht und was rührt. Das Boeuf Stroganoff war ziemlich gut, weswegen ich kaum erwarten kann, was er da wieder kreiert. Als Köchin des Hauses finde ich die Idee, dass das mal jemand anderes übernimmt, reichlich ansprechend.

Ich streichele Katie über den Kopf. »Was malst du da?« Ich schaue auf das Bild mit den Strichmännchen.

»Das bin ich.« Sie deutet auf eine kleinere Figur mit roten Haaren. »Das ist Daddy.« Er ist das größte Männchen, allerdings unterscheidet er sich in keiner Weise von den anderen Gebilden. »Das sind Onkel Carl, Onkel Noah und Onkel Kay.« Sie deutet nacheinander auf sie, und ich muss schon schlucken. Blöde Emotionen. »Und das bist du.«

Und da möchte ich am liebsten heulen, weil sie mich in ihr Bild eingeschlossen hat. »Das sieht hervorragend aus«, sage ich leise, versuche, meine Rührung zu verbergen.

»Und das da ist die Katze.«

»Die Katze?«

»Ich wünsch mir eine, aber Daddy sagt Nein.« Und das klingt so anklagend, dass ich grinsen muss.

»Wusstest du, dass Whynot, also dieser Ort hier, eine

Katze als Bürgermeister hat?«, frage ich sie und setze mich neben sie.

»Was ist ein Bürgermeister?«

Okay, ich hatte nicht bedacht, dass sie das Wort vielleicht nicht kennt. »Ein Bürgermeister ist … na ja, also, er …«

»Ein Bürgermeister ist so was wie ein König«, hilft mir Jakob aus. »Er regiert die Stadt.«

»Und das ist eine Katze?« Sie lacht sich auf eine solch übertriebene Weise kaputt, dass ich mitlachen muss. »Eine Katze kann doch gar nicht sprechen!«

»Das stimmt. Er kann nicht sprechen, aber sein Betreuer Herman meint, er könnte ihn verstehen.«

Sie runzelt die Stirn. »Ich würd auch gern mit Katzen sprechen können.«

»Das wäre gut, oder?«

»Oder mit Pferdchen.«

»Oh, wir wollten doch noch zu den Wildpferden! Das haben wir bei all der Goldgräberei ganz vergessen.«

Sie schlägt sich die Hände vor den Mund. »Oh nein!«

Jakob dreht sich zu uns um. »Das könnt ihr immer noch.«

Ich blicke ihn überrascht an. »Aber ich hab erst am Sonntag wieder frei.«

Er lächelt. »Ich schätze, wir bleiben noch ein paar Tage.«

Und irgendwie ist das die beste Info, die ich in der letzten Zeit überhaupt bekommen habe.

»Dann besuchen wir die Pferde am Sonntag, okay?«

Katie nickt enthusiastisch, bevor sie das Papier zu mir schiebt. »Das ist für dich.«

Ich drücke ihr einen kleinen Kuss auf den Kopf.
»Danke. Das bekommt einen Ehrenplatz.«
»Jetzt mal ich noch eins für Onkel Kay.«
Als sie in ihre Aufgabe vertieft ist, frage ich Jakob: »Wie geht es Dad?«
»Er fragt, wann du das nächste Mal vorbeikommst.« Er sieht mich an. »Mit uns redet er nicht so wirklich.«
»Hat er nicht mal angesprochen, wieso ihr hier seid?«
Er schüttelt den Kopf. »Er hat keinen Ton von sich gegeben.« Dann wird ihm bewusst, was er gesagt hat. Verlegen fügt er hinzu: »Ich mein, na ja, im übertragenen Sinne.«
»Hm. Will er das einfach alles totschweigen?«
»Ist das nicht seine Spezialität?«
Überrascht blicke ich ihn an. »Wie meinst du das?«
»Na ja, er ist ja nicht gerade der kommunikativste Mensch aller Zeiten. Wenn es Unstimmigkeiten zwischen ihm und Mom gab, hat er sie tagelang ignoriert, bis sie sich dann entschuldigt hat, auch wenn der Fehler gar nicht bei ihr gelegen hat.«
»Wirklich?« Ich versuche mich zu erinnern, aber es fällt mir zunehmend schwer, mir Mom zu vergegenwärtigen.
»Dauernd. Er hat sich immer damit rausgeredet, dass er zwangsweise still ist, aber er hat Probleme einfach ignoriert, bis sie dann keine mehr waren. Aber natürlich nur, weil Mom panisch versucht hat, alles auszuräumen.«
Und irgendwie ... Ja, so ist er auch mit mir. Allerdings habe ich das bisher immer auf die Depression geschoben, wenn er sich tagelang zurückgezogen hat. Vielleicht ist das auch einfach seine Taktik gewesen.
»Es ist alles so verwirrend.«

Er nickt mitfühlend. »Das kann ich mir vorstellen. Ich will auch gar nicht all deine Erfahrungen mit ihm in ein schlechtes Licht rücken. Das ist ganz sicher nicht meine Absicht.«

»Vielleicht hab ich einfach nicht alles mitbekommen, weil ... na ja, weil ich genug damit zu tun hatte, dass wir alle überleben.«

Sein Gesicht sieht plötzlich ganz bekümmert aus. »Ich wünschte, es wäre alles anders gelaufen.«

Ich nicke langsam. »Das wünschte ich auch.«

13

RAELYNN

Als Kay am Freitagabend zur Tür hereinkommt, funkelt er mich wütend an und zischt mir zu: »Das werd ich dir nie verzeihen!« Dann begrüßt er Carl, Jakob und Katie fröhlich, während Noah, der ihn abgeholt hat, ebenfalls in die Küche tritt.

Er sieht mich stirnrunzelnd an, aber ich zucke nur mit den Schultern. Am Montag hatten Kay und ich uns schon in den Haaren, weil ich ihn zurück ins Internat geschickt habe, obwohl er doch lieber Zeit mit seinen Brüdern verbracht hätte. Deswegen hat er mir auch die ganze Woche nicht geantwortet, wenn ich ihm Nachrichten geschickt habe.

Jetzt, da ich weiß, dass Dad das auch so macht, bin ich ein wenig erschrocken, dasselbe destruktive Verhalten bei meinem Bruder zu sehen. Das geht nicht. Man kann sauer aufeinander sein, man kann sich streiten, aber dieses komplette Ausschließen ist so zerstörerisch für Beziehungen, dass ich da unbedingt in einem ruhigen Moment mit ihm reden muss. Damit macht er nicht nur die Beziehung zu mir schwer, sondern sorgt dafür, dass auch zukünftige zum Scheitern verurteilt sind, und das will ich auf keinen Fall. Alles, was ich in den letzten Jahren getan habe, war, damit er eine Chance hat. Ich lasse nicht zu, dass er sich selbst sabotiert.

»Wie war es in der Schule?«, fragt Carl.

»Ich wär viel lieber hier gewesen, um mit euch *Call of Duty* zu zocken.« Er wirft mir einen ziemlich wütenden Blick zu. »Aber jemand konnte mir ja nicht den kleinen Gefallen tun.«

Ich schüttele den Kopf, trete an den Kühlschrank, um die Dinge herauszuholen, die ich schon für *Burger Friday* vorbereitet habe. Kay liebt das, weswegen ich es extra für heute geplant habe, aber jetzt bereue ich es ein bisschen, dass ich versuche, ihm eine Freude zu machen. Oder ist es ein Bestechungsversuch gewesen?

»Kay, komm mal mit«, sagt Carl ruhig.

Überrascht drehe ich mich um, sehe seine gerunzelte Stirn, will ihm schon sagen, dass er sich in unsere Beziehung nicht einmischen soll, aber Kay ist bereits aufgesprungen, folgt ihm aus der Küche.

Als ich Anstalten mache, hinterherzugehen, hält Noah mich auf. »Aber ...«, fange ich an.

Er schüttelt den Kopf. »Er kann dich nicht so behandeln.«

Ich schlucke, weil ich es ja selbst weiß, aber ich sollte es sein, die ihm das sagt.

»Und du hast zu viele Schuldgefühle, weil du denkst, dass du ihm nicht gerecht geworden bist, dass du zu nett bist.«

Überrascht blicke ich meinen schweigsamen Bruder an. Solche Einsicht hätte ich ihm nie im Leben zugetraut.

»Trotzdem ...«, sage ich dann, »ich muss meine Kämpfe selbst ausfechten.«

»Das musstest du viel zu lange. Jetzt hast du Hilfe.«

»Und für wie lange?«, frage ich ein wenig aufgebracht, weil es Sinn ergibt, was er sagt, aber ich es einfach nicht gewohnt bin, dass irgendjemand etwas für mich tut. »Carl bleibt vielleicht für seinen Auftrag, aber ihr beide? Eure Zeit hier ist doch endlich. Wieso soll ich also anfangen, mich auf euch zu verlassen, wenn es nur für kurz ist?«

Noah sieht mich ruhig an. »Ich bleib 'ne Weile.«

»Was?«, frage ich überrascht.

»Lincoln Campbell und ich wollen nach Gold suchen.«

Ich lache ungläubig auf. »Das ist doch eine Schnapsidee.«

Er zuckt mit den Schultern. »Mag sein, aber sein Großvater hat ziemlich gute Dokumentationen angelegt. Da steckt noch viel im Boden.«

Ich starre ihn an. »Ist das dein Ernst?«

»Hab gerade keinen Grund, zu meinem alten Job zurückzukehren.«

Und ich falle ihm um den Hals. Überrascht fängt er mich auf, bevor er dann aber seine Arme so eng um mich schließt, dass ich weiß, dass es okay ist. Und große Brüder geben doch die besten Umarmungen.

»Heißt das, ich kann in meinem Kinderzimmer schlafen?«, scherzt er.

»Solange du willst.« Ich löse mich von ihm, lächele ihn an. »Ich freu mich.«

Jakob drückt meine Schulter, als ich zurück zum Kühlschrank gehe, um die Tomaten zu schneiden und dann die Pfanne anzustellen. Aber auch wenn ich ähnliche Aufgaben schon vor fünf Minuten erledigt habe, bin ich jetzt ein ganz anderer Mensch. Ich bin so glücklich, dass Carl und Noah bleiben. Vielleicht nicht für immer, aber doch für eine Weile. Wenn Jakob mir jetzt noch Katie schenken würde ... Ich werde den kleinen Goldschatz so dermaßen vermissen, dass es mir jetzt schon bang ums Herz wird.

»Könnt ihr schon mal den Tisch decken?«, frage ich meine Brüder, will mich nicht in meinen Gedanken verlieren.

Ich höre das Klappern von Tellern und das Klimpern von Besteck, und es fühlt sich alles so heimelig an, dass ganz viele kleine Schnitte heilen, die in den letzten Jahren aufgerissen wurden. Und das fühlt sich verdammt gut an.

Ich toaste die Burgerbrötchen, stelle dann alles auf den Tisch, gerade in dem Moment, in dem Carl und Kay wieder in die Küche kommen. Letzterer weicht meinem Blick aus, weswegen ich meinen anderen Bruder anfunkele. Er schenkt mir aber nur ein charmantes Lächeln, der Arsch.

»Essen ist gleich fertig. Aber es wird auch Salat gegessen.« Und dazu höre ich Stöhnen. Mal fünf.

Grinsend schaue ich zu Katie. »Salat ist gut für uns.«

Sie verzieht das Gesicht. »Ich glaub, da hat dich jemand angelogen, Tante Rae. Er ist ekelig.«

Zu allgemeinem Gelächter stelle ich die Schüssel trotzdem auf den Tisch. »Ihr seid solche Banausen«, stelle ich fest, bevor ich noch die Burger-Pattys hole und mich dann ebenfalls setze.

»Das mag sein«, meint Carl, »aber wir haben Geschmack.«

Ich schüttele amüsiert den Kopf. »Ich erinnere mich an deinen Vokuhila, daher Nein. Hast du ganz sicher nicht.«

»Den Vokuhila hatte ich ganz vergessen«, ruft Jakob lachend. »Bro, der war ganz sicher keine gute Idee.«

Carl wirft mir ein Burgerbrötchen zu, allerdings zielt er ziemlich auf meinen Kopf, daher halte ich es nicht für eine nette Geste. »Dass du alle wieder daran erinnern musstest … Aber weißt du, was mir da einfällt?«

»Nein, keine Ahnung.« Aber ich kann das Grinsen kaum verbergen.

»Das eine Halloween, als du als …«

»Wag es nicht, das auszusprechen!«

Seine Augen funkeln. »Als du als Karotte gegangen bist!«

»Oh, jetzt hast du dir dein eigenes Grab geschaufelt.« Ich blicke zu Noah. »Carls dicke Brille.«

Noah grinst. »Das waren Glasbausteine.«

Carl kneift die Augen zusammen. »Ihr zwei seid auf meiner *Shitlist!*«

»Du musst einen Dollar bezahlen!«, kräht Katie und will vom Tisch aufstehen.

Carl lacht auf, bevor er einen Fünfer in die Mitte legt. »Wahrscheinlich brauch ich Kredit.«

Katie nickt gewissenhaft. In den letzten Tagen hat sie schon erfahren, was das Wort bedeutet, nachdem sich ihr

Dad und ihre Onkel schon mehrmals welchen geben lassen mussten, wenn sie keine Dollarscheine mehr hatten.

Kay sieht verwirrt aus. »Was hat das auf sich?«

Katie sieht ihn ernsthaft an. »Ich hab jetzt ein Fluchglas. Jedes schlimme Wort ein Dollar.«

»Das ist doch Wucher! So viel Taschengeld hab ich nicht mal.« Er blickt mich an, zum ersten Mal nach dem Gespräch mit Carl. »Ich verlange eine Erhöhung.«

Ich zucke mit den Schultern. »Ich zwing dich doch nicht, böse Worte zu verwenden.«

»Was gilt denn eigentlich?«, fragt er. »Es muss ja irgendwelche Regeln geben.«

»Was immer ich entscheide«, meint Katie, was zu Gelächter führt.

»Alles klar, wir haben einen kleinen Diktator hier«, zieht Kay sie auf.

Katie runzelt die Stirn, weiß offensichtlich nicht, ob es ein Schimpfwort ist oder nicht. Sie sieht mich an. »Was ist ein Diktator?«

»Das ist der Boss.«

Sie nickt. »Bin ich.«

Ich streiche ihr über den Kopf. »Du bist der süßeste kleine Boss von allen.«

»Ich weiß.«

Jakob sieht seine Tochter liebevoll an. »Aber erinnert ihr euch, als Carl versucht hat, sich einen Schnurrbart wachsen zu lassen?«

Ich lache auf, als die Erinnerung zurückkommt. »O Gott. Das waren nur Flusen.«

Carl streicht sich grinsend über seine Bartstoppeln.

»Hey, es ist ja noch nachgewachsen.« Er nickt zu Noah. »So viel Gestrüpp kann ich wahrscheinlich nicht züchten, aber mehr als du hab ich allemal.«

Empört blicke ich ihn an, als er mit dem Finger gegen die Stelle an seiner Oberlippe tippt, an der auch ich ein paar Schnurrhaare habe. Dass sie sich an alles erinnern müssen! Unmöglich!

Noah fährt sich über den Bart. »Nur kein Neid, Mann. Deine Wangen sehen gar nicht mehr wie ein Babypopo aus.«

Katie sieht von einem zum anderen, versucht, die bösen Worte herauszufiltern, aber momentan sind wir alle ein wenig vorsichtig. Nicht nur, weil es teuer werden könnte, sondern weil wir auch noch ausloten müssen, was für die anderen akzeptabel ist.

Aber es fühlt sich so verdammt normal an, dass ich juchzen möchte. Es ist bestimmt nicht alles vergeben und vergessen, aber wir sind schon meilenweit von dem Ort entfernt, an dem wir vor fast einer Woche angefangen haben. Und das macht mich glücklich.

MAVERICK

»Hey«, sage ich, als ich Raelynn im Supermarkt treffe.

»Hallo.« Sie strahlt mich an, und es zieht in meinem Herzen. Wieso muss ich mich in die eine Frau verlieben, die tabu ist? Und wieso musste ich ihr einen Job geben, in dem Wissen, dass sie dann tabu sein würde?

Auf meinem Grabstein wird wohl irgendwann mal stehen: *Hier ruht Maverick Campbell, der größte Trottel von allen.*

»Sag mal, weißt du, wo die Wildpferde momentan

sind? Ich hatte Katie versprochen, sie ihr zu zeigen, aber hab ehrlich keine Ahnung, wo sie zu finden sind.«

Ich lächele. »Wenn du willst, bring ich euch hin.«

»Das wäre ganz großartig!«

»Wann wollt ihr fahren?«

»Irgendwann heute. Wir richten uns nach dir.«

Ich schaue auf meinen Einkaufswagen. »Ich bring die Einkäufe in die Lodge und komm dann zu euch, ja?«

»Perfekt.«

Und damit hat sie so was von recht. Es ist absolut perfekt, dass ich die Chance bekomme, noch einen Tag mit ihr zu verbringen.

Raelynn ist noch nicht zu Hause, als ich an die Tür klopfe. Noah öffnet mir, und ich bin nur halb verwundert, als ich Lincoln am Küchentisch sitzen sehe. Ich wusste doch, dass die beiden was aushecken.

»Ihr wollt mir nicht ernsthaft erzählen, dass ihr nach Gold grabt?«, frage ich, als ich mich neben meinen kleinen Bruder setze.

»Doch«, meint dieser grinsend. »Noch kannst du einsteigen.«

Ich schüttele den Kopf. »Das bringt nur Kummer.«

»Aber Grandpa hat notiert, wo noch Gold zu finden ist.«

»Wo er Gold vermutet, meinst du.«

»Ja, okay, aber niemand kennt den Claim so gut wie er.«

»Ich versteh den Reiz, ganz sicher. Aber wie viele dieser Abenteurer sind denn wirklich erfolgreich?«

Noah legt den Kopf schief. »Wenn wir nichts finden, finden wir nichts. Dann kehren wir in unsere Leben zurück. Aber wir haben hier eine Chance.« Er beugt sich nach vorn. »Und die haben wir, weil wir wissen, dass der Claim voller Gold ist.«

Lincoln sieht mich an. »Du legst mir doch keine Steine in den Weg?«

»Natürlich nicht. Das ist unser Familienclaim. Wenn du da schürfen willst, kannst du da schürfen.«

Grinsend nickt er. »Dann ist ja alles okay. Dachte schon, du würdest Nein sagen.«

»Wenn, dann kann das nur Grandpa, und irgendwie denke ich nicht, dass er diese Entscheidung noch treffen kann.« Ich seufze.

Die Haustür wird aufgerissen, und Raelynn ruft: »Ich bin spät dran! Sorry! Wo ist Katie? Der heiße Maverick Campbell bringt uns gleich zu den ...« In diesem Moment kommt sie in die Küche, sieht mich und bricht ab.

Lincoln tritt mich unter dem Tisch, als wollte er sagen: Wusste ich es doch.

»Hi«, sage ich, will aufstehen, um ihr die Tüten abzunehmen, aber ihr Bruder ist schneller.

Sie streicht sich die Haare aus der Stirn. »Wenn das mal nicht peinlich ist«, sagt sie lächelnd, sieht aber gar nicht so peinlich berührt aus. »Wo ist Katie?«

»Sie spielt im Wohnzimmer«, sagt Noah.

Sie findet mich heiß. Sie findet mich heiß. Sie findet mich heiß.

Raelynn verlässt die Küche auf der Suche nach Katie, und sowohl Lincoln als auch Noah grinsen mich auf eine

Art an, die bei mir den Wunsch weckt, ihnen kräftig in die Fresse zu schlagen.

»Kein Wort«, befehle ich, was sie auflachen lässt. Da haben sich zwei gesucht und gefunden.

»Ich sag doch gar nichts«, meint Lincoln. »Du?« Er sieht Noah an.

Dieser zieht den Reißverschluss vor seinen Lippen zu, zuckt mit den Schultern.

»Ihr zwei seid echte Komödianten«, kommentiere ich.

Und währenddessen ist mein Kopf immer nur von dem Satz *Sie findet mich heiß* gefüllt. Und ich? Ich finde sie auch so verdammt heiß, dass ich befürchte, mir die Finger zu verbrennen.

―――

»Die sind so hübsch!«, ruft Katie aus, als wir sie endlich gefunden haben. Wir mussten beinahe eine Stunde laufen. Die meiste Zeit saß sie dabei auf meinen Schultern und hat meine Haare als Zügel benutzt.

Aber da sie gelacht hat, wenn ich so getan habe, als würde ich galoppieren, ist alles in Ordnung.

»Das liegt nur daran, dass deine Haare momentan so lang sind«, hat Raelynn kommentiert.

Und das mag sein, aber ich habe keine Zeit, zum Friseur zu gehen, was ich ihr auch gesagt habe. Sie hat einfach nur was von Prioritäten gemurmelt.

Aber kaum, dass wir die Herde entdeckt haben, sind all diese profanen Dinge vergessen. Sie sind einfach majestätisch. Ich kann auch nach all den Jahren nicht fassen, dass irgendjemand so kaltherzig sein konnte, sie zurückzulassen, aber da es eine Familientradition ist, sich um sie zu kümmern, gehören sie zu meinen liebsten Erinnerungen.

»Das da ist die Leitstute«, sage ich, deute auf einen Buckskin – eine Art dunkles Beige mit dunkler Mähne –, deren Ohren nervös spielen. Schließlich ist sie für die Sicherheit der ganzen Familie verantwortlich.

»Wie heißt sie?«, will Katie wissen.

»Weil sie niemandem gehören, haben sie keinen Namen.«

»Kann ich ihr einen geben?«

»Wenn du möchtest.«

»Dann heißt sie … hm … sie heißt … Taylor.« Sie kichert.

»Wieso Taylor?«, fragt Raelynn.

»Weil ich ihre Musik liebe.«

»Das ist ein guter Grund. Also, dann ist sie jetzt Taylor.«

Raelynn sieht mich auf eine Weise an, die dafür sorgt, dass Schmetterlinge in meinem Bauch hochfliegen. Ich weiß, dass wir langsam, aber sicher eine Grenze überschreiten, mit jedem Blick, jedem Anstrahlen, mit jedem privaten Treffen und jedem unangemessenen Gespräch. Aber ich weiß auch nicht, wie ich es stoppen kann. Und vor allem, ob ich es will.

»Schau mal, die da. Die Schwarze. Sie ist trächtig.«

»Was heißt das?«, fragt Katie mit ihrer lieblichen Stimme.

»Dass sie bald ein Baby bekommt.«

Sie klatscht in die Hände. »Babypferde!«

»Das dauert aber noch ein paar Monate.«

»Können wir dann wieder herkommen?«

»Natürlich.« Allerdings weiß ich gar nicht, ob sie dann noch hier ist. Irgendwann werden sie doch wieder nach Hause müssen.

»Tante Rae, welches findest du am schönsten?«

Raelynn zieht die Stirn in Falten, sieht ganz konzentriert aus. »Das da.« Sie deutet auf eine Palomino-Stute, die gerade in unsere Richtung schaut.

»Sie ist wirklich hübsch«, gibt Katie zu, zeigt aber auf einen Pinto. »Ich mag das da.«

»Wie soll das heißen?«, fragt ihre Tante.

»Hm ... Meredith.«

»Wieso das?«, frage ich.

»Weil Taylors Katze so heißt.« Logisch. Sie sieht zu Raelynn. »Wie soll deins heißen?«

»Hm, da muss ich mal nachdenken, ob mir ein Name einfällt.«

»Ich weiß einen.«

»Und der wäre?«

»Olivia.«

Raelynn schmunzelt. »Lass mich raten. Das ist Taylors andere Katze.«

Sie nickt grinsend, greift nach meiner Hand. »Kann man auf ihnen reiten?«

Ich schüttele den Kopf. »Nein, sie sind wild und wissen gar nicht, wie das geht.«

»Kann man es ihnen beibringen?«

»Das könnte man, aber schau mal, wie schön sie es hier haben. Sie sind wild und frei und können hingehen, wo sie wollen.«

»Aber andere Pferde reitet man doch.«

»Das stimmt, aber die meisten Reitpferde haben es nicht so schön wie die hier.«

»Wieso nicht?«

»Weil es praktisch ist, wenn man sie in kleine Boxen stellt, in denen sie sich nicht schmutzig machen können, in denen man sie nicht einfangen muss, wenn man reiten will.«

Sie runzelt die Stirn. »Diese Pferde sind ganz schön schmutzig.«

Ich lächele. »Aber sie sind glücklich.«

Katie nickt. »Und das ist wichtiger als sauber zu sein.«

Ich drücke ihre Hand. »Viel wichtiger.«

Eine Weile betrachten wir die Wildpferde noch, die eine solche Ruhe ausstrahlen, dass ich mich jedes Mal wieder geerdet fühle, nachdem ich hier gewesen bin. Alaska ist einfach so ein schönes Fleckchen. Ich kann nur dankbar sein, dass meine Vorfahren den Weg hierher gefunden haben.

Auf dem Rückweg sitzt Katie wieder auf meinen Schultern. »Wenn du im Winter mal in Whynot bist, können wir sie füttern.«

»Was fressen sie?«

»Im Sommer fressen sie hauptsächlich Gras, aber im Winter, wenn die Schneedecke so dick ist und nichts mehr wächst, fressen sie am liebsten Heu und Mineralfutter.«

»Du kennst dich mit Pferden aus«, meint Raelynn.

»Ein bisschen. Ich will nicht behaupten, dass ich ein Cowboy bin, aber ich mag sie.«

»Es ist so ein bisschen eine Familientradition, nicht wahr? Ich mein, dass ihr euch um sie kümmert.«

»So ist es. Den Winter können sie sonst nicht überstehen.«

»Hü-Hott!«, ruft Katie, zieht an meinen Haaren und trommelt mit ihren Füßen gegen meine Brust.

Ich stoße einen Laut aus, der vielleicht entfernt an ein Wiehern erinnert, wozu sie lacht, und galoppiere an. Und Raelynns Gelächter zu hören, lässt ein ganzes Schmetterlingsgeschwader in mir schwärmen.

14

RAELYNN

JULI

Ich besuche Dad einmal in der Woche in seiner therapeutischen Einrichtung. Jedes Mal beschwert er sich, dass ich nicht öfter komme. Mein schlechtes Gewissen meldet sich regelmäßig, aber der Weg nach Anchorage ist weit, und ich habe noch andere Dinge zu tun. Arbeiten. Das Betriebsfest organisieren. Zeit mit meinen Brüdern verbringen.

Jakob und Katie – die er einfach nicht bei mir lassen wollte – sind zurück nach Juneau gefahren, was mir das Herz gebrochen hat. Aber dass Carl und Noah hiergeblieben sind, lässt es wieder zusammenwachsen.

Es ist wie früher.

Nur, dass wir jetzt alle älter sind.

Kay freut sich, dass die Sommerferien angefangen

haben, denn dann kann seine blöde Schwester ihn nicht mehr von seinen verherrlichten Brüdern fernhalten. Aber er bemüht sich. Nach dem Gespräch mit Carl vor ein paar Monaten – von dem sie mir beide nicht erzählen wollten – hat er aufgehört, mich für alles verantwortlich zu machen, was in seinem Leben nicht so läuft, wie er es sich wünscht. Natürlich hat auch geholfen, dass sie ihn nicht alle wieder verlassen haben. Ich wette, das wäre meine Schuld gewesen …

Aber mit diesen leichten Eintrübungen bin ich tatsächlich so glücklich wie noch nie in meinem Erwachsenenleben.

Mrs. Campbell sieht mich an. »Und wenn es regnet?«

Ich seufze. »Ich studiere beinahe obsessiv den Wetterbericht, und bisher soll es trocken bleiben. Es gibt keinen Plan B.«

Sie lächelt. »Wenn es regnen sollte, bleiben wir in der Lodge. Das wird schon gehen.«

Ich nicke. »Dann gibt es doch einen Plan B.«

»Ansonsten hört sich das alles fantastisch an. Das haben Sie sehr gut gemacht.«

Ich spüre, wie meine Wangen rot werden. »Vielen Dank.«

»Nein, der Dank gebührt Ihnen.« Dann sieht sie mich ein wenig kalkulierend an. »So ein hübsches Mädchen wie Sie verdreht den Männern doch bestimmt den Kopf, oder?«

»Ähm.«

Sie lacht auf, tätschelt meinen Arm. »Das brauchen Sie nicht beantworten. Das seh ich auch so. Aber sind Sie in festen Händen?«

Ich bin so perplex von dieser Frage, dass ich ehrlich bin. »Nein.«

»Das ist aber schade.« Allerdings sagt ihr Gesicht was ganz anderes als ihre Worte. Sie dreht den Kopf, bis sie Maverick im Blick hat. »Wissen Sie, vier meiner Söhne sind ja bereits vergeben.«

»Ach, wirklich?«, frage ich, weil ich keine Ahnung habe, was ich sonst machen soll. Jeder in Whynot weiß, dass Grayson, Hudson, Nash und Lincoln Campbell die große Liebe gefunden haben.

»Ja, und ich liebe all meine Schwiegertöchter.« Sie lacht auf. »Ich nenn sie einfach schon alle so.«

»Das ist ein großes Glück«, sage ich zögerlich.

»Ist es. Aber Maverick … Ich fürchte, er ist mit seinem Job verheiratet.«

»Ähm, das kann sein.«

Sie nickt fröhlich. »Wissen Sie, was ich denke? Er bräuchte eine Frau wie Sie.«

Ich verschlucke mich an meiner eigenen Spucke und huste mir erst mal die Seele aus dem Leib. »Wie bitte?«

Sie grinst mich an. »Hab ich sie erschreckt?«

»Ein bisschen.«

»Ich will mich ganz sicher nicht einmischen.« Nee, ist klar. »Aber ich denke, er braucht einen Stups in die richtige Richtung.«

»Aha.« Dieses Gespräch ist ganz und gar unangebracht, und doch kann ich nicht umhin, auch ein wenig fasziniert zu sein, wie manipulativ Mrs. Campbell sein kann.

»Und er ist ein wirklich guter Fang.«

»Daran zweifele ich nicht.«

»Dann ist es entschieden.«

»Entschieden?«, frage ich überrascht.

»Sie müssen ihn zu einem Date einladen.« Sie sieht mich so begeistert an, dass ich mich frage, ob wir beide am selben Gespräch teilgenommen haben.

»Was?«

»Das ist doch ganz einleuchtend.«

»Ich versteh nur Bahnhof.«

»Er sieht doch sehr gut aus.«

»Ähm.«

Sie lacht auf. »Das wissen Sie doch. Und er ist nett.«

»Hm.«

»Und ein guter Fang.«

»Kann sein.«

»Also, Sie sollten ihn einladen.« Sie zwinkert mir zu, bevor sie mich ganz verdattert stehen lässt. Dann dreht sie sich noch mal kurz um. »Fragen Sie ihn während der Feier.«

Ich starre ihr hinterher, bin mir nicht sicher, was ich davon halten soll. Hat sie mir jetzt ihren Segen gegeben? Und brauche ich den überhaupt?

Zwei Tage später renne ich aufgeregt auf der Wiese am Fluss hin und her, um noch die letzten Dinge zu regeln, bevor gleich meine Kollegen kommen, um ihre alljährliche Betriebsfeier zu genießen.

Megan hat sich wirklich selbst übertroffen. Das Essen sieht fantastisch aus. Es gibt eine Grillstation, eine Salatbar – nein, ich habe nicht darauf bestanden –, eine Beilagenstation und eine Candybar. Hier gibt es nicht nur Süßigkeiten, sondern auch grandiose Desserts.

»Und? Alles okay?«, fragt mich Megan, als ich endlich mal stehen bleibe.

»Es ist perfekt, aber das wusste ich auch schon vorher.«

Sie lächelt mich an. »Das freut mich.«

»Wie hast du das nur geschafft?« Ich bin immer noch nicht sicher, wie eine einzelne Frau so was auf die Beine stellen kann.

»Ich hab meine ganze Familie verpflichtet.« Sie grinst. »Diesen Auftrag wollte ich mir einfach nicht entgehen lassen. Danke für die Chance.«

»Sehr gern.«

»Kommt Carl heute eigentlich auch?«, fragt sie ganz und gar nicht unauffällig.

Ich grinse sie an. »Er überlegt, ob er spontan vorbeikommt, aber eigentlich ist er noch in der Lodge beschäftigt.« Die Bauarbeiten sind in vollem Gange, und ich bin verwundert, dass man schon was vom Gebäude erkennen kann.

»Nicht, dass mich das interessieren würde ...«, murmelt sie.

»Nein, gar nicht«, ziehe ich sie auf.

»Nur, damit ich ihm aus dem Weg gehen kann.«

»Sicher.« Ich lache und stoße sie mit der Schulter an. »Und das ist auch die einzige Verteidigung. Ehrlich. Sobald man ihn lässt, wurmt er sich irgendwie wieder rein.«

»Er war schon immer ein charmanter Arsch.«

»Wem sagst du das.«

Sie seufzt. »Dann ist zwischen euch wieder alles in Ordnung?«

Ich nicke langsam. »Der Anfang ist auf jeden Fall

gemacht. Es braucht Zeit, um verlorenes Vertrauen wieder aufzubauen, aber da niemand von uns den anderen absichtlich verletzt hat, ist es nicht so schwer.« Ich blicke sie an. »Nicht so wie bei dir.«

»Manchmal frage ich mich, ob ich nicht selten dämlich bin, dass ich nach all den Jahren immer noch nicht über ihn hinweg bin. So toll ist doch kein Mann.« Aber die Sehnsucht in ihrer Stimme besagt, dass für sie doch ein Mann so toll war.

Ich drücke ihren Arm. »Hat dich nie jemand anderes interessiert?«

»Leider nicht. Er war meine erste große Liebe. Die vergisst man nicht so leicht.«

Ich denke an Maverick, für den ich ja auch schon tausend Jahre schwärme, und weiß, dass sie richtig liegt. Der Erste ist schwer zu vergessen.

»Und wenn du ihm noch eine zweite Chance gibst?«

Ihr Gesicht verhärtet sich. »Auf gar keinen Fall. Eher friert die Hölle ein.«

Ich weiß nicht, was genau zwischen ihnen vorgefallen ist. Für mich wirkte es so, dass sie am einen Tag superglücklich waren, und am nächsten herrschte Eiszeit. Carl, der normalerweise ziemlich offen ist, war so verschlossen, wie ich ihn noch nie erlebt hatte. Und nur wenige Wochen danach waren meine Brüder aus meinem Leben verschwunden. Vielleicht hat Carl das auch als Ausweg genutzt, um Megan nicht mehr unter die Augen treten zu müssen.

»Dann hoffe ich, dass hier ein wirklich heißer Mann auftaucht, der dich von den Socken haut.«

Sie lacht auf. »Heiße Männer kommen doch nicht

nach Whynot, und die hiesigen Hotties, aka Campbells, sind doch fast alle schon vergeben.«

»Das ist auch mein Dilemma.«

Grinsend drückt sie meine Hand. »Dann müssen eben zwei sexy Fremde kommen.«

»Deal.« Ich lache auf, auch wenn ich weiß, dass mein Herz jemand ganz anderen will.

MAVERICK

Ich laufe über die Wiese, sehe mich um. Eine Band spielt auf einer kleinen Bühne, am Rand ist eine Hüpfburg aufgebaut, es gibt einen mechanischen Bullen, Pooltische laden zum Spielen ein. Raelynn hat sich selbst übertroffen. Und der strahlend blaue Himmel macht alles perfekt. Zufrieden trete ich zu Mom, die mich anlächelt.

»Das hat sie ganz wunderbar gemacht. Du hast eine würdige Nachfolgerin gefunden.«

»Find ich auch.«

»Ist sie eigentlich Single?«

»Mom«, stöhne ich.

»Was denn? Ich bin doch nur neugierig.« Aber in ihren Augen sehe ich, dass sie auf Verkupplungsmission ist. Und das ist ganz sicher kein gutes Zeichen.

»Ist klar.«

»So eine hübsche Frau kann doch nicht allein bleiben. Vielleicht …«, sie dreht sich um, als würde sie etwas suchen, »oh, was ist denn mit Tim Stark? Er ist auch Single.«

Und ein Stich wie von einem brennenden Dolch stößt mir ins Herz. »Äh, lass meine Angestellten in Ruhe.«

Aber dieses Wort, dieses *Angestellte* … das fühlt sich wie das schlimmste Schimpfwort von allen an.

»Ach, Junge, ich will doch nur, dass sie glücklich ist.«

Dagegen kann ich schlecht was sagen, auch wenn ich ihr verbieten will, Raelynn zu verkuppeln. Ich kann sie nicht haben, das weiß ich, aber dass sie jemand anderes haben könnte … Nun, das passt mir auch nicht. Ganz sicher nicht.

Bevor ich noch was antworten kann, sagt Raelynn hinter mir: »Hallo.«

Ich drehe mich um, lächele sie an. »Hey, das sieht alles hervorragend aus.«

Ihre Wangen werden ein wenig rot. »Ja, oder? Ich war so aufgeregt, ob alles klappen wird, aber das hat es.«

»Ganz toll, Liebes, Sie haben sich selbst übertroffen. Ich bin sehr stolz auf Sie«, sagt Mom und legt ihre Hand auf ihren Arm. »Aber Sie sollten das Fest auch genießen. Kennen Sie eigentlich Tim Stark?«

»Sorry, Mom, Raelynn hat noch was zu tun«, mische ich mich ein.

»Was denn?«, fragt Mom irritiert, während Raelynn die Stirn runzeln.

»Nun, da vorne, die … die Tischdecken. Da stimmt was nicht.«

Sie beide schauen in die Richtung.

»Ich denke, da ist alles perfekt«, erklärt Mom und sieht mich an, als wären mir plötzlich drei Köpfe gewachsen.

»Nein, nein. Ich hab da was gesehen.«

Raelynn sieht zwar verwundert aus, sagt dann aber: »Ich schau mir das mal an.«

»Danke.«

Und weil ich nicht mit Mom sprechen will, nachdem ich mich wie der letzte Trottel aufgeführt habe, laufe ich zu einem der Pooltische, an dem ich Grayson und Nash stehen sehe. Da ist es vielleicht weniger peinlich.

»Coole Party«, meint Nash, »allerdings … wieso hast du diesen Arsch eingeladen?«

Ich runzele die Stirn. »Er ist unser Bruder.«

»Ja, aber so muss Autumn im Pub sein.« Er grinst, während Grayson ihm einen Stoß versetzt.

»Du Penner.«

Ich verdrehe die Augen. »Okay, daran hatte ich nicht gedacht. Aber Grayson hätte den Pub auch einfach schließen können.«

»Spinnst du? Das sind verlorene Einnahmen.«

Ich lache auf. »Ah, verstehe. Du schließt nur, wenn es dir passt.«

»Das ist das Recht eines Ladenbesitzers.« Grayson grinst, was mich immer noch ein bisschen irritiert. So lange war er ein Griesgram, dass ich ganz vergessen hatte, dass er früher auch mal anders war.

»Das ist Ausbeutung der Angestellten«, scherzt Nash. Und irgendwie fühle ich mich dabei viel zu angesprochen.

Wieso habe ich Raelynn zu irgendwelchen imaginären Fehlern geschickt, obwohl sie alles so perfekt organisiert hat? Ich bin ein Trottel. Aber so richtig.

»Kommen Hudson und Linc eigentlich auch?«

»Sie sind eingeladen, aber ich denke, Hudson und Juniper werden nicht kommen. Und Lincoln ist im Goldrausch.«

»Was meinst du mit Goldrausch?«, fragt Grayson.

»Er sucht in Grandpas altem Claim nach Gold.«

»Was? Wieso? Ist da überhaupt noch was?«, fragt Nash.

»Laut Grandpas Aufzeichnungen ist da noch eine ganze Menge. Ob das stimmt oder nur Wunschdenken gewesen ist? Keine Ahnung. Aber er hat sich mit einem Bohringenieur zusammengetan, also mal sehen, ob er uns bald einen Riesen-Nugget auf den Tisch legt«, scherze ich.

»Der Kleine«, meint Grayson kopfschüttelnd. »Immer irgendwelche Flausen im Kopf.«

»Ist aber schon ein cooles Abenteuer«, erklärt Nash.

»Nicht du auch noch«, stöhne ich.

»Quatsch, ich hab genug mit meiner eigenen Goldgrube zu tun.«

Grayson nickt. »Autumn hat erwähnt, dass es bei dir so richtig abgeht. Fuck, das hört sich falsch an.«

Nash grinst. »Natürlich geht's bei mir voll ab, was denkst du denn?«

»Keine Bilder«, rufe ich aus.

Mein Bruder lacht, bevor er sagt: »Lemon ist echt ein Glücksgriff gewesen. Sie organisiert das alles für mich und ich muss nur backen.«

»Aber sie bekommt ja auch ihren Anteil, oder?«, will ich wissen.

»Klar, aber sie ist jeden Penny wert. Wirklich. Ich hab nicht mal Lust, mich mit dem Scheiß zu beschäftigen. Da ist es echt gut, dass sie das tut. Sonst sähe ich alt aus.«

Grayson deutet mit dem Kinn in Richtung Fluss. »Was macht Raelynn denn da?«

Ich drehe mich um, sehe sie am Ufer entlanglaufen, und dann ... dann setzt sie einen Fuß ins Wasser.

Früher haben die Kinder von Whynot hier Mutproben abgehalten. Sie sind von der Eisenbahnbrücke in die Fluten gesprungen, und das, obwohl diese ziemlich reißerisch sein können. Vor nicht allzu langer Zeit ist ein Tourist ertrunken, weil er genau das getan hat, allerdings alkoholisiert. Seitdem achten die Eltern der Stadt darauf, dass ihre Kinder das nicht nachmachen.

Aber als sie plötzlich in die Fluten watet, bin ich so alarmiert, dass ich losrenne. Sie wird doch nicht ...

Als ich ankomme, ist sie schon bis zur Taille im Wasser.

»Raelynn! Komm sofort raus!«

Sie dreht ihren Kopf, aber macht keine Anstalten, meinen Worten zu folgen. Stattdessen konzentriert sie sich auf einen Punkt, auf den sie zustrebt.

»Das ist zu gefährlich! Komm raus! Sofort!«

Ich ziehe meine Schuhe und Socken aus, als sie plötzlich verschwunden ist. Mein Herz bleibt stehen, aber dann kommt sie prustend wieder hoch. Offensichtlich ist das die Stelle, ab der man nicht mehr stehen kann. Sie schwimmt, streckt den Arm aus, ergreift etwas. Dann dreht sie sich um, will zurückkommen.

»Maverick, da!«, ruft Grayson, und ich schaue in die Richtung.

Ein riesiger Ast kommt auf sie zu.

»Fuck!«, stöhne ich, wate ins Wasser, aber noch bevor ich überhaupt richtig drin bin, erreicht sie der Ast, überrollt sie geradezu, drückt sie unter Wasser. »Nash! Besorg ein Boot!«, rufe ich noch, bevor ich mich in die Fluten werfe.

Ich bin ein starker Schwimmer, aber selbst ich werde von der Strömung erfasst, die im Sommer zwar schwächer ist, aber trotzdem an mir zieht und zerrt. Wo ist die Stelle, an der sie untergegangen ist?

Fuck. Fuck. Fuck.

Hier, oder? Ich blicke mich um, ob ich sie irgendwo sehe, bevor ich tauche, schaue, ob ich sie irgendwo finde. Der Sog muss sie mitgerissen haben. Oder vielleicht ist sie an dem Ast hängen geblieben. Wo ist er?

Da hinten. Mit schnellen Schwimmzügen lasse ich mich in die Richtung treiben, beobachte die Wasseroberfläche, suche nach ihr. Panik beginnt in mir aufzusteigen. Wo ist sie? Sie ist schon viel zu lange unten. Sie wird das nicht durchhalten.

Ich erreiche den Ast, halte mich fest. Taste unter Wasser herum, aber finde sie nicht. O Gott. Ich bin zu langsam. Nein, nein, nein. Das darf nicht sein.

Wo ist sie?

Da ... Ich versuche auf die andere Seite zu gelangen, an die Stelle, wo ein Stofffetzen zu hängen scheint. Da spüre ich ihren Körper, fühle sie um sich schlagen, bin so erleichtert. Aber bevor ich die Stelle erreiche, an der sie festhängt, werden ihre Bewegungen schwächer.

»Nein!«, schreie ich, obwohl ich weiß, dass sie mich nicht hören kann. »Gib jetzt nicht auf! Ich bin gleich da!«

Aber es ist schwierig, sich durch das Gewirr der kleinen Zweige zu kämpfen. Ich versage. Dieser Gedanke schießt mir durch den Kopf, sorgt dafür, dass ich mich noch mehr anstrenge. Endlich bin ich bei ihr, reiße an dem Stoff ihres Kleides, ziehe sie an die Oberfläche.

Wir müssen von diesem Ast weg, das ist mir klar.

Sie hat etwas Kleines an ihre Brust gedrückt, was ich für den Moment nicht beachten kann, während ich versuche, uns in Sicherheit zu bringen.

Als wir endlich befreit sind, kann ich ihr ins Gesicht blicken. Ihre Lippen sind blau, ihre Lider geschlossen. Sie atmet nicht.

Sie atmet nicht!

Die Erleichterung weicht, als mir bewusst wird, dass sie vielleicht schon zu lange unter Wasser gewesen ist. Vielleicht bin ich zu spät gekommen.

»Maverick!«, höre ich Nash rufen, bin so erleichtert, dass mir die Knie weich werden, was einfach ein echt schlechtes Timing ist.

Und dann taucht das Boot neben uns auf. Grayson greift nach Raelynn, zieht sie hinein, bevor er mir die Hand reicht.

Nash fährt das Boot so schnell es geht an den Steg, während ich nach einem Puls taste, den ich nicht finde. Grayson und ich heben sie auf den festen Untergrund.

Ich ziehe ihren Arm von ihrer Brust, erkenne das kleine Fellknäuel. Ein Hundebaby. Ich reiche es Grayson, drücke dann kräftig auf ihren Brustkorb, fange mit den Wiederbelebungsmaßnahmen an. Sie darf nicht sterben. Das darf sie nicht. Ich weiß nicht, wie ich ohne sie leben kann.

Diese Erkenntnis trifft mich wie eine Wucht.

Nash kniet sich neben mich. »Ich übernehme. Du beatmest sie.«

Ich rutsche zu ihrem Kopf, lege ihren Kopf in den Nacken, halte ihre Nase zu, drücke meinen Mund auf ihren.

»Mach besser Mund zu Nase«, ruft Nash, »das geht leichter.«

Ich nicke, warte, bis Nash fünfzehnmal auf ihre Brust gedrückt hat, atme zweimal in ihre Nase.

»Komm schon, komm schon«, murmele ich. Ich will mir nicht ausmalen, dass ich vielleicht zu spät sein könnte … aber was, wenn doch?

Und da hustet sie plötzlich.

15

RAELYNN

Ich huste, spucke Wasser aus, werde auf die Seite gedreht. Jemand streichelt meinen Rücken. Als ich die Augen öffne, liege ich auf dem Steg, erkenne das alte Holz, während ich mich bemühe, zu Atem zu kommen.

Sobald ich aufblicke, sehe ich als Erstes in Mavericks grüne Augen, die mich besorgt anschauen. Er hat mich gerettet. Er.

»Wo ist der Welpe?«, krächze ich, als mir einfällt, was passiert ist.

Ich habe das Hundebaby im Wasser treiben sehen, wusste, ich muss es retten, und dann war da dieser Ast … Er hat mich runtergezogen, und dann hing ich fest und kam nicht mehr hoch. Vielleicht wäre es leichter gewesen, wenn ich den Hund losgelassen hätte, aber stattdessen habe ich versucht, ihn an der Wasseroberfläche zu halten, damit wenigstens er noch Luft bekommt. Ich wäre untröstlich, wenn all das jetzt umsonst wäre.

»Hier«, sagt eine andere tiefe Stimme, drückt mir einen etwas erschöpften, aber lebendigen Welpen in die Hand.

Ich setze mich auf, presse ihn an mich. »Gott sei Dank«, flüstere ich immer und immer wieder.

»Ich bring dich nach Anchorage zum Arzt«, sagt Maverick.

Ich schüttele den Kopf. »Mir geht es gut.«

»Du bist fast ertrunken.«

»Aber es geht mir gut.«

Maverick sieht aus, als würde er gleich einen Schlaganfall bekommen, während Nash sagt: »Der Kleine muss zum Tierarzt. Der ist auch in Anchorage.«

Im ersten Moment will ich Nein sagen, aber wie kann ich das? Schließlich habe ich dieses kleine Wollknäuel gerettet, da bin ich doch jetzt für ihn verantwortlich. Und weil es so ist, lasse ich es zu, dass Maverick uns beide auf den Arm nimmt – einen hinter meinen Schultern, einen unter meinen Knien – und uns zu seinem Auto trägt.

»Ach, mein Kleiner«, murmele ich, als ich angeschnallt bin, streichele sein Köpfchen. »Ich bin so froh, dass du lebst.«

Ich zittere, weswegen Maverick eine Decke aus dem Kofferraum nimmt, sie mir um die Schultern schlingt. Dann steigt er selbst ein, dreht die Heizung auf und fährt viel zu schnell an.

Ich bin so müde. Nachdem sich das kleine Wesen auf meinem Schoß eingerollt hat, lehne ich den Kopf an, schließe die Augen.

»Nicht einschlafen«, sagt Maverick leise.

Ich drehe ihm den Kopf zu, sehe seine Sorge an der Art, wie er seinen Kiefer zusammenpresst, wie er das Lenkrad umklammert, seine Stirn runzelt. Und das gibt mir ein gutes Gefühl.

»Du hast mich gerettet.«

»Natürlich hab ich das.«

»Danke.« Ich strecke zögerlich meine Hand aus. Er ergreift sie, zieht sie an seine Lippen, küsst den Handrücken, bevor er sie auf seinem Oberschenkel ablegt und sie nicht mehr loslässt.

Und irgendwie … fühlt sich das so richtig und perfekt an, dass ich lächeln muss.

―――――

Ich bestehe darauf, dass wir als Erstes zum Tierarzt fahren – natürlich! –, was dazu führt, dass eine Ader an seiner Stirn zu pochen anfängt. Aber er fügt sich dann doch, als ich verspreche, dass ich mich danach ins Krankenhaus bringen lasse.

Der Doc checkt das kleine Wesen, gibt ihm eine Spritze, weil er dehydriert – welch Ironie! – und unterernährt ist, gibt uns Futterproben mit. Maverick bezahlt die stattliche Rechnung, weil er sein Portemonnaie im Handschuhfach liegen hatte, während meine Handtasche noch am Fluss liegt. Hoffentlich.

Ich würde ihn ja bitten, zu einem Tierbedarfsladen zu fahren, aber da er dann wahrscheinlich explodieren würde, lass ich es lieber. Weil wir den Welpen nicht im Auto lassen können, da würde es zu heiß, und er im Krankenhaus nicht willkommen ist, steckt ihn Maverick in sein T-Shirt. Er grinst jedes Mal, wenn das kleine Mäuschen ihm den Hals leckt.

Es war gut, dass er darauf bestanden hat, dass ich herkomme, erfahre ich, denn es gibt trockenes Ertrinken, das meist Stunden oder Tage später auftritt. Meine Lungen sind frei, was schon mal ein gutes Zeichen ist, aber ich soll die nächste Zeit nicht allein sein, damit im Notfall jemand da ist.

Da Carl, Noah und Kay im Haus sind, sollte das kein Problem sein. So bin ich nicht allein. Auch diese Rechnung begleicht Maverick, bevor er zu einem Tierladen fährt, damit wir Leine, Geschirr, ein Körbchen, viel zu viel Spielzeug und Leckerchen einkaufen können.

Ich weiß gar nicht, wie ich all das wiedergutmachen kann, aber als ich das anspreche, sagt er mir, dass ich die Klappe halten soll. Dann greift er nach meiner Hand, verflicht unsere Finger, legt sie wieder auf seinem Oberschenkel ab und fährt uns zurück nach Whynot.

Anstatt mich nach Hause zu bringen, fährt er zur Lodge.

Verwirrt schaue ich ihn an. Sein Blick wird hart.

»Du bleibst bei mir, damit ich sicher gehen kann, dass es dir gut geht.«

»Aber …«

»Raelynn, ich bin so kurz davor, dich einfach über die Schulter zu werfen und in meine Höhle zu zerren, also überleg dir gut, wie du mich jetzt reizen willst.«

Ich grinse, was ihn verwundert. »Fein. Dann bring mich halt in deine Höhle.«

Und das macht er auch. Allerdings entpuppt sich

seine Höhle als ziemlich luxuriös. Ich hatte bisher keine Vorstellung, wie sein Apartment in der Lodge aussehen könnte, und als ich jetzt eintrete, sehe ich mich neugierig um, setze dann den Welpen auf den Boden, der erst mal Pipi macht, obwohl wir doch draußen eine kleine Runde gegangen sind.

Maverick seufzt, bevor er einen Lappen holt. »Du steigst jetzt in die Wanne.«

»Ich weiß nicht … Von Wasser hab ich erst mal genug.«

Er sieht zu mir auf und sieht dabei so sexy aus, obwohl er gerade Hundepipi aufwischt, dass ich nicht anders kann. Ich trete zu ihm, fahre ihm durch die zu langen Haare.

Er schluckt, weswegen ich meine Finger über seine Wange gleiten lasse.

»Danke, dass du mich gerettet hast.«

Er steht auf, ist mir plötzlich viel zu nah, sieht mir in die Augen. Dann umfasst er mein Gesicht so zärtlich mit beiden Händen, dass ich erbebe. »Immer.«

Und dann sind seine Lippen auf meinen.

Nie habe ich zu träumen gewagt, dass dieser Moment kommen würde, aber da ist er. Er küsst mich. Maverick Campbell küsst mich. Wirklich mich! Ich trete näher, fasse in sein T-Shirt, will ihn nie wieder loslassen. Niemals wieder.

Seine Zunge leckt über meine Lippen, und ich öffne sie. Der Moment, in dem sie meine berührt, ist der beste in meinem Leben. Ganz eindeutig.

Aus einem zärtlichen, vorsichtigen Kuss wird so viel mehr. Er streicht von meinen Wangen bis zu meinen Schultern, umarmt mich, zieht mich eng an sich. Dann unterbricht er den Kuss, nur um zu murmeln: »Ich dachte, ich hätte dich verloren. Und das hätte ich nicht ertragen können.«

Bevor ich antworten kann, küsst er mich erneut, was ich sogar noch besser finde.

»Raelynn«, murmelt er gegen meine Lippen. Es ist kein Sprechen, kein Reden, kein Lachen. All das habe ich von ihm bereits gehört. Nein, es ist ein Flehen, ein Seufzen, mit einer Sehnsucht, die sich in meiner eigenen spiegelt.

Auf einmal weiß ich, dass Maverick Campbell auf mich steht. Es ist nicht einseitig. Ganz und gar nicht. Er verzehrt sich auch nach mir. Vielleicht sogar ebenso sehr wie mich nach ihm.

Und das lässt in mir eine solche Courage aufflammen, dass ich meine Finger über seine kräftigen Schultern, seine ausladende Brust und seinen muskulösen Bauch streichen lasse, nur um dann unter den Saum des T-Shirts zu fahren und seine samtige Haut zu berühren.

Ich spüre die Gänsehaut, die ihn überzieht, keuche auf, bevor ich ihn mit der gleichen Leidenschaft küsse, die er mir zeigt.

Ich bin im Himmel! Das ist alles, was ich noch denken kann. Im Maverick-Campbell-Himmel. Und da will ich nie wieder weg. Nie wieder.

Aber dann ... dann löst er sich, streichelt noch einmal zärtlich über meine Wangen. Und sieht mich mit einem Bedauern an, das mein Herz bricht.

»Es geht nicht.«

»Wieso nicht?«, frage ich verwirrt, will wissen, wo er falsch abgebogen ist, denn ich bin immer noch auf dem

Highway der Lust unterwegs, der dafür sorgt, dass ich vielleicht nicht so klar denke.

»Du musst dich ausruhen. Du wärst fast gestorben.«

Und das ist wie ein kalter Guss. Der zweite an diesem Tag. In den letzten Stunden habe ich erfolgreich verdrängt, dass ich wirklich in Gefahr gewesen bin. Aber jetzt bricht es über mich herein.

O Gott. Ich hätte sterben können …

Plötzlich finde ich mich auf dem Fußboden wieder, schlage die Hände vors Gesicht und beuge mich vornüber. Ich hätte sterben können. Sterben können. Sterben!

Aber bevor ich auseinanderfallen kann, schlingen sich starke Arme um mich. Während ich schluchze, werden beruhigende Worte in mein Ohr gemurmelt. Das Gefühl der totalen Einsamkeit umfasst mich, doch Maverick ist da, leiht mir seine Wärme und Stärke und sorgt dafür, dass ich mich geborgen fühle, obwohl ich gerade dieses traumatische Erlebnis hatte.

Aber erst, als ich kleine Pfoten auf meinem Oberschenkel fühle, eine feuchte Nase, die sich gegen meinen Arm drückt, seidiges Fell, das meine Haut berührt, verschwindet dieses ohnmächtige Gefühl, weil ich mich erinnere. Ich war nicht leichtsinnig. Ich war nicht feige. Nein, ich habe ein Leben gerettet. Mein eigenes dabei aufs Spiel gesetzt – und im Grunde auch Mavericks –, aber jetzt sind wir alle hier. Hier auf dem Holzboden von Mavericks Apartment.

Ich löse mich ein wenig von meinem Retter, um die kleine Hündin – wie uns der Tierarzt mitgeteilt hat – an mich zu drücken. Sie leckt die Tropfen von meiner Nasenspitze, was mich zum Lachen bringt.

»Ach, du kleiner Schatz. Du bist ein Mittel gegen Traurigkeit, was?«

Ich drücke mein Gesicht gegen ihr Fell.

»Was wirst du mit ihr machen?«, fragt Maverick, streicht über ihre weichen Ohren, wird ebenfalls mit einem kleinen Küsschen bedacht.

Ich zucke mit den Schultern. »Behalten, wenn sie niemandem gehört.« Aber die Tatsache, dass sie jemandem gehören könnte, fühlt sich ganz, ganz falsch an. So falsch, dass ich nicht einmal drüber nachdenken will. »Ich mein, keine Ahnung, was ich tagsüber mit ihr machen soll, wenn ich arbeite, aber irgendwas wird mir da schon einfallen.« Vielleicht kann sich Dad um sie kümmern, wenn er wieder zu Hause ist.

Das steht zwar noch nicht ganz fest, aber er macht Fortschritte, das wurde mir in der Klinik versichert. Vielleicht wäre so ein kleiner Hund ja auch gut für sein Herz. Für meines ist sie es auf jeden Fall jetzt schon.

MAVERICK

Ihr Kummer tut mir in der Seele weh, aber sie lächeln zu sehen, als sie den kleinen Hund hält, schenkt auch mir ein wenig Frieden. Bevor ich noch was sagen kann, hämmert jemand an meine Tür.

Stirnrunzelnd – und äußerst widerwillig – stehe ich auf, öffne sie, und sehe mich einem wütenden Stier gegenüber.

»Wo ist sie?«, knurrt Carl, bevor er mich einfach zur Seite schiebt, zu seiner Schwester eilt und vor ihn in die Hocke geht.

»Rae? Ist alles okay?«

Sie blickt auf, lächelt ihn an. »Alles gut.«

»Ich hab mir solche Sorgen gemacht. Und dann hast du dich nicht mal gemeldet!« Er schaut zu mir, funkelt mich an. »Und du übrigens auch nicht, Campbell.«

Ein schlechtes Gewissen erfasst mich, weil ich ja wirklich nicht an ihre Familie gedacht habe, dabei wäre ich ebenfalls fast verrückt geworden, wenn es sich um einen meiner Brüder oder Autumn gehandelt hätte.

»Tut mir leid«, sage ich zerknirscht. Er hat alles Recht, auf mich wütend zu sein.

Aber Carl hört mir schon gar nicht mehr zu, sondern hat nur Augen für seine Schwester. »Geht es dir gut?«

Sie nickt. »Alles okay. Ich soll nur nicht allein sein, sagt der Arzt.«

»Klar, das kriegen wir hin. Ich bring dich nach Hause.«

Sie sieht zu mir, irgendwie mit Bedauern, das ich ebenfalls spüre. Aber es ist besser so. Zum einen ist sie ja wirklich schwach und muss sich ausruhen. Und zum anderen ist sie immer noch meine Angestellte, da kann ich einfach nicht aus meiner Haut. Ich finde es ganz schlimm, wenn Menschen so ein Machtgefälle ausnutzen. So jemand will ich nie sein.

Eine kleine Stimme sagt mir, dass ich es ja nicht ausnutze, wenn sie es auch will. Aber es gibt immer noch das Risiko, dass sie sich irgendwie gezwungen fühlen könnte. Und das ... das könnte ich nicht ertragen.

»Und wer ist das hier?«, fragt Carl, lächelt auf das kleine Hundebaby hinab.

»Sie hat noch keinen Namen. Aber ich schätze ...«, und da lächelt sie so verzückt, dass mein Herz schneller pocht, »sie gehört mir.«

Carl seufzt zwar, sagt dann aber: »Dann lasst uns euch beide mal nach Hause bringen.«

Und bevor ich was sagen kann, hat er sie auf den Armen, wogegen sie protestiert, aber nicht allzu sehr. Ich folge ihnen, bringe all den Kram, den wir für den Welpen gekauft haben, zu seinem Wagen.

Er setzt sie vorsichtig auf dem Beifahrersitz ab, bevor er sich vor mir aufbaut. Ich spanne den Kiefer an, weiß, dass er mir jetzt eine reinhauen wird, und das habe ich auch verdient, weil ich ihm nicht sofort Bescheid gegeben habe.

Stattdessen hält er mir seine Hand hin. »Danke, dass du sie gerettet hast.«

Überrascht schüttele ich sie. »Immer.« Es ist dasselbe Versprechen, das ich Raelynn gegeben habe.

Er sieht mich forschend an, bevor er nickt. »Nicht, dass sie meinen Segen braucht, aber den hat sie.«

Ich starre ihm hinterher, als er die Frau von mir wegbringt, die seit Jahren meine Gedanken beherrscht. So offensichtlich?

Als ich in die Lodge trete, kommt mir Mom entgegen. Sobald sie mich sieht, beschleunigen sich ihre Schritte, bevor sie ihre Arme um mich schlingt.

»Du dummer, dummer Junge!«, schluchzt sie. »Ich bin so wütend, weil du dich in Gefahr begeben hast. Und so stolz, weil du sie gerettet hast. Aber noch mehr wütend.«

Grinsend halte ich sie. »Ist das eine Art, einen Helden zu begrüßen?«, scherze ich.

Sie gibt mir einen Klaps gegen die Brust. »Schöner

Held bist du, dass du deiner Mutter einen Herzinfarkt bescherst.«

»Das war tatsächlich nicht meine Absicht.«

»Wäre ja auch noch schöner«, sagt sie, bevor sie zurücktritt, mich von Kopf bis Fuß mustert. »Noch alles dran?«

»Kein Haar gekrümmt.«

»Na, wenigstens etwas.«

»Sorry, Mom.«

»Das will ich auch meinen.« Sie schüttelt den Kopf. »Ich dachte, mittlerweile seid ihr aus dem Gröbsten raus, aber nein. Große Kinder. Große Probleme.«

»Ach, komm schon, Mom. Du lebst doch für das Drama.«

Sie kneift die Augen zusammen, aber nur, um zu verbergen, dass ihr Mundwinkel zuckt. »Du bist so ein Lausebengel.« Dann seufzt sie erleichtert. »Ich bin nur froh, dass alles gut gegangen ist. Raelynn geht es doch auch gut?«

»Tut es. Ihr Bruder hat sie gerade abgeholt.«

»Gott sei Dank.« Dann wird ihr Gesicht weich. »Und das alles für ein Hundebaby.«

»Für ein ziemlich entzückendes«, gebe ich zu.

»Das sind sie doch alle. Wo ist es?«

»Sie hat es mitgenommen.« Als Mom ein bisschen traurig aussieht, runzele ich die Stirn. »Mom, wünschst du dir einen Hund?«

Sie zuckt mit den Schultern. »Vielleicht. Aber vielleicht auch nur Enkelkinder.«

»Du hast doch schon eins.«

»Aber sie weigern sich, in die Stadt zu ziehen, damit ich es jeden Tag sehen kann.« Sie schnaubt. »Die anderen drei sollen sich mal beeilen.« Dann sieht sie mich kritisch an. »Du vor allem.«

Ich hebe meine Hände. »Also, das ist ganz sicher nicht meine Aufgabe. Ich hab nicht mal eine Partnerin.«

Sie schenkt mir einen Blick, den ich schon so oft gesehen habe. Es ist ein Mom-Blick. »Nur, weil du den Kopf nicht aus dem Hintern ziehst.«

»Was soll das heißen?«

»Dass du die Richtige schon gefunden hast. Du hast sie gerade mit ihrem Bruder gehen lassen.« Sie tätschelt meine Wange. »Manchmal bist du nicht so schlau, was?«

»Danke, Mom«, sage ich trocken, habe aber das Gefühl, dass sie recht haben könnte.

―――

Am nächsten Tag sitze ich mit dem Tablet auf dem Sofa. Normalerweise mag ich mein Apartment sehr. Meine kleine Oase im Chaos der Lodge. Heute allerdings fühlt sie sich leer und einsam an. Ich mache mir keine Illusionen, dass es einen anderen Grund geben könnte als die Tatsache, dass sie dagewesen ist. Raelynn hat in den wenigen Minuten, die sie hier war, die Atmosphäre des Raums verändert.

Als sie gegangen ist, hat sie auch dieses Gefühl mitgenommen. Dieses Gefühl von zu Hause.

Ich seufze, klicke auf Kaufen und schaue mir dann die erste Lektion des Onlinekurses an. Seit Nash selbst einen digitalen Workshop anbietet, wurde ich auf das endlose Angebot aufmerksam. Bisher habe ich zwar noch nichts genutzt, aber jetzt dachte ich, dass es vielleicht eine gute Idee wäre.

Also schaue ich mir die Lektionen an, versuche, sie umzusetzen, und hoffe einfach nur, dass ich mich nicht lächerlich mache. Wie schwer kann das schon sein?

Seufzend schaue ich auf die Uhr, sehe, dass ich gleich in die Lodge muss, und rappele mich auf. Nach einer kurzen Dusche ziehe ich mir Hose und Hemd an, fluche mal wieder über meine zu langen Haare, die länger zum Trocknen brauchen, schwöre mir, jetzt aber mal wirklich einen Termin zu machen, und verlasse dann mein Refugium.

Mein erster Weg führt mich zur Rezeption, wo ich, wie erwartet, Millie finde.

»Hey, hast du kurz Zeit?«, frage ich sie.

»Ja, klar.«

Sie folgt mir in den Privatbereich, sieht mich fragend an.

»Wie ist die Feier noch gelaufen? Alles gut gegangen? Wurde alles aufgeräumt?«

Sie nickt. »Ja, klar. Alles war super. Megan vom Catering war total professionell und auch die anderen Dienstleister haben ihre Sachen wie vereinbart abgeholt.« Lächelnd nickt sie erneut. »Es war eine sehr gute Idee, Raelynn diese Aufgabe zu übertragen. Alle waren begeistert.«

»Das beruhigt mich.«

»Wie geht es ihr denn?«

»Den Umständen entsprechend gut. Ich denke, sie wird ein paar Tage freinehmen.«

Millie nickt. »Sie hat schon angerufen, dass sie heute nicht kommt. Aber morgen wäre sie wieder da.«

Ich verdrehe die Augen. »Diese Frau kann auch nicht einmal Pause machen.«

Millie lacht auf. »Hört sich nach jemand anderem an, den ich kenne.«

»Keine Ahnung, von wem du redest.«

»Klar.«

Ich fahre mir durch die Haare, erinnere mich, dass ich einen Termin machen will, und bedanke mich für die Arbeit meiner Cousine. Dann gehe ich ins Büro, aber bevor ich da ankomme, denke ich, dass es eine sehr gute Idee wäre, Raelynn einen Krankenbesuch abzustatten.

16

RAELYNN

Ich schüttele schmunzelnd den Kopf. »Du bist eine echte Glucke«, beschuldige ich meinen Bruder, als er die Decke auf der Couch feststeckt.

»Schuldig«, stimmt er zu, hört aber nicht auf, um mich herumzustreichen.

»Mir geht es gut.«

»Das sagst du nur so.«

Kay und Noah stehen vor dem Couchtisch, bereit, zu springen, wenn ich irgendeinen Wunsch äußern sollte. Uns allen ist der Schreck in die Glieder gefahren. Nur einer nicht. Die kleine Miss Marple wuselt um uns herum, beschnuppert jeden Flecken in ihrem neuen Zuhause. Gott sei Dank haben meine Brüder sofort angeboten, dass wir uns alle um sie kümmern können.

Sonst hätte ich nicht gewusst, wie ich meinem Job und

einem Welpen gerecht werden soll. Aber sie hat sie alle drei sofort um ihre kleine, entzückende Pfote gewickelt.

»Ich verspreche, dass es mir gut geht. Wirklich.«

»Okay, dann will ich dir das mal glauben.«

»Brauchst du noch was zu trinken?«, fragt Kay, dem die Sorge ins Gesicht geschrieben steht.

Vielleicht bin ich ihm doch nicht ganz lästig.

Ich deute auf den Tisch, auf dem diverse Flaschen, Tassen und Gläser stehen, und schüttele den Kopf. »Ich bin versorgt, danke.«

»Vielleicht noch eine Wärmflasche?«, fragt Noah.

Es stimmt, dass ich letzte Nacht halb erfroren war. Die Kälte des Flusses ist mir in die Glieder gekrochen und hat sich eine ganze Weile nicht vertreiben lassen. Aber mittlerweile bin ich wieder aufgetaut.

»Nein, danke.«

»Willst du was essen?«, fragt Carl. »Ich bin zwar nicht so ein Pro in der Küche wie Jakob, aber auch nicht ganz schlecht.«

Das ist auch so eine Sache. Carl hat heute Morgen als Erstes Jakob angerufen, damit er herkommt und mich untersucht. Ich meine, ich freue mich total, dass ich Katie wiedersehen werde, aber das ist nun wirklich übertrieben. Jakob hat sein eigenes Leben in Juneau, da kann er nicht immer alles stehen und liegen lassen und nach Whynot jetten, um seine Schwester zu verarzten, der es hervorragend geht. Aber er hat sich nicht davon abhalten lassen. Keiner von beiden.

»Alles gut. Ich bin noch satt vom Frühstück.«

Als es an der Tür klingelt, bin ich beinahe erleichtert, weil das bedeutet, dass einer der drei mal für ein paar Sekunden den Raum verlassen muss und sich das wie eine

Atempause anfühlt. Aber dann kommt Kay mit Jakob zurück, und ich weiß, dass es nochmal so schlimm wird. Wenn die drei schon rumglucken, wie soll das dann mit allen vieren werden?

Aber bevor Jakob auch nur Hallo sagen kann, kreischt Katie auf.

»Hündchen!«, ruft sie und eilt zu Miss Marple, die ihr freudig entgegen hüpft.

Und dann ist es wie in so einem Film, wenn die beiden verliebten Hauptfiguren in Slow Motion aufeinander zu rennen, und man weiß, das ist die große Liebe. So ist es zwischen Katie und Miss Marple. Kaum sitzt das Mädchen auf dem Boden, fängt das Hundebaby an, an ihr hochzuspringen und sie abzulecken. Während Katie ihr Glück gar nicht fassen kann. Sie vergräbt ihre Hände in dem weichen Fell, drückt tausend Küsse auf ihren Kopf und quietscht immer wieder vergnügt.

Ich gebe es zu: Wir alle fünf starren auf diese entzückende Szene, und ich sehe nicht nur einen meiner großen Brüder, der sich diskret durchs Gesicht wischt. Solche Softies.

Jakob räuspert sich, bevor er zu mir sieht. »Was machst du denn für Sachen?«

»Irgendjemand musste ja die große Liebe deiner Tochter retten.«

Er grinst, bevor er sich neben mich setzt, nach meiner Hand greift und erst mal den Puls misst. »Der ist regelmäßig.«

Ein wenig unwirsch ziehe ich mich zurück. »Mir geht es gut. Wirklich. Es gab keinen Grund für dich, sofort hierherzukommen.«

»Du bist nicht die Ärztin«, erklärt er, legt mir die Hand an den Hals. »Hast du Fieber?«

»Jakob, ich hab hier schon drei Glucken. Ich brauch nicht noch eine.«

»Das trifft sich gut, schließlich bin ich Arzt und keine Glucke.« Er grinst mich an. »Je schneller du es über dich ergehen lässt, desto schneller lass ich dich in Ruhe.«

»Versprochen?«

»Klar, wenn ich mich davon überzeugt habe, dass du gesund bist, bin ich zufrieden.«

Daher seufze ich und lasse seine Untersuchungen über mich ergehen. Wie gut, dass ich immer wieder auf die beiden Zuckerstücke schauen kann, die noch nicht aufgehört haben, einander zu beschmusen. Das macht es ein wenig erträglicher.

»Und?«, frage ich, nachdem er endlich zufrieden ist.

»Alles okay. Du wirst wohl überleben.«

»Da sagst du mir ja jetzt was ganz Neues.«

»Vorsicht ist besser als Nachsicht.«

Ich verdrehe die Augen, frage dann: »Bekommst du keine Probleme mit deinem Job, wenn du einfach so hier auftauchst?«

Er zuckt mit den Schultern. »Was das angeht ...«

»Ja?«

Er seufzt, sieht zu Carl und Noah. »Wir haben geredet.«

»Über mich?«

»Über uns alle.«

»Ohne mich?«

Carl setzt sich auf meine andere Seite, als er mitbekommt, worüber wir reden. »Rae, ich würd gern meine Firma von Fairbanks nach Whynot verlegen.«

Ich starre ihn an. »Wieso?«

»Das sollte doch offensichtlich sein.«

Jakob grinst. »Ja, weil du scharf auf deine Ex bist.«

Carl wirft ihm einen bösen Blick zu. »Das tut gar nichts zur Sache und hat keinen Einfluss auf meine Entscheidung.«

Und das bringt uns alle zum Lachen. Carl hat keinen Hehl daraus gemacht, dass er immer noch auf Megan steht.

Er fährt sich durch die Haare, bevor er meint: »Es war nicht fair, dass du die ganze Verantwortung für Dad und Kay übernehmen musstest. Wir hatten alle drei die Chance, uns selbst zu verwirklichen. Jetzt bist du dran.«

Ich schlucke, als ich von einem zum anderen schaue und in allen drei Gesichtern dieselbe Entschlossenheit sehe.

»Ich muss auch nicht mehr aufs Internat«, beginnt Kay.

Noah gibt ihm einen Stoß gegen die Schulter. »Keine Option, Bro.«

»O Mann! Ihr seid ebensolche Tyrannen wie Rae!«

Carl zeigt mit dem Finger auf ihn. »Du machst deinen Highschool-Abschluss.«

Und ich bin auf einmal so froh, dass ich nicht mehr allein bin. Es ist wie eine ganze Geröllladung, die mir vom Herzen fällt. Zu wissen, dass ich mich auf andere verlassen kann, erleichtert mich ungemein. Ich hoffe einfach, dass ich ihnen auch wirklich vertrauen kann. Aber so, wie sie mich ansehen, habe ich das Gefühl, dass ich es kann.

»Und was hat das mit dir zu tun?«, frage ich Jakob.

»Katie und ich ziehen wieder nach Whynot und ich

mach hier eine Praxis auf. Hab schon alles mit dem Katzenbürgermeister besprochen.«

»Und wie ist das gelaufen?«, scherze ich.

»Hab ihm einen halben Lachs vorbeigebracht, da war das geritzt.«

Ich will lachen, aber gleichzeitig rührt es mich auch so sehr, dass sie alle drei ihre Leben aufgeben, um mir zur Seite zu stehen. Und irgendwie heilt das die ganzen Wunden, die mir in den letzten zehn Jahren das Leben schwer gemacht haben. Ich bin so dankbar, dass sie jetzt bei mir sind.

»Du kommst also zurück nach Whynot«, sage ich leise. Dann sehe ich Noah an. »Aber deine Goldsucherei wird doch nur ein Zwischenstopp sein?«

Er zuckt mit den Schultern. »Keine Ahnung. Hängt wohl davon ab, was wir finden.«

»Aber das ist doch mehr eine fixe Idee, oder?«, frage ich ihn verwirrt.

»Laut den Aufzeichnungen von Lincolns Grandpa nicht. Kann natürlich sein, dass er sich total geirrt hat, das will ich nicht ausschließen. Aber erst mal gehen wir davon aus, dass zumindest noch etwas im Boden sein muss.«

Ich schaue Carl und Jakob an, ob sie diese Idee unseres Bruders nicht auch für total bescheuert halten, aber sie machen beide nicht den Eindruck.

»Was?«, fragt Carl, als er mich ungläubig starren sieht.

»Das ist doch Quatsch. Du musst es ihm doch ausreden.«

Er grinst mich an. »Erst mal geht es mich nichts an, was er mit seinem Geld und Leben anstellt. Und dann find ich alles gut, was dafür sorgt, dass wir alle an einem Ort sind. Das ist auch für uns das erste Mal seit Jahren.« Sein Gesicht wird weich. »Und dann auch noch mit euch …« Er sieht zu Kay, der vor lauter Glück kaum an sich halten kann.

»Aber …« Ich schaue zu Jakob. »Sag du doch was.« Er deutet auf Carl. »Was er gesagt hat.«

Als mein Blick wieder Noah findet, grinst er mich an. »Sieht so aus, als müsstest du damit leben, dass du einen verrückten Goldgräber zum Bruder hast.«

Ich tue zwar so, als würde es mich wahnsinnig nerven, aber sage: »Mich macht alles stolz, was dich glücklich macht.«

»Daddy! Ich will auch einen Hund«, ruft Katie, bevor es zu sentimental werden kann. »Nein, ich will diesen Hund!«

Jakob grinst. »Da musst du wohl mit deiner Tante Rae verhandeln.«

Daraufhin kommt sie zu mir, sieht mich aus ihren blauen Augen an, faltet ihre Hände und fragt flehentlich: »Darf ich ihn haben?«

Ich gebe Jakob einen Stoß, weil er doch ganz genau weiß, dass ich diesem Engel nicht widerstehen kann. Während er lacht, sage ich zu meiner Nichte: »Wir können sie uns teilen.«

»Er ist ein Mädchen?«, fragt sie mit leuchtenden Augen, die roten Löckchen tanzen auf ihrem Kopf auf und ab.

»Sie heißt Miss Marple.«

»Ohhh, Missss Marple«, Katie hat eine neue Zahnlücke, weswegen sie ein wenig lispelt, »wie schön!«

»Sag mal, Spätzchen«, fängt Jakob an, bekommt die

ganze Aufmerksamkeit seiner Tochter und fragt: »Bist du gern hier? Also bei Tante Rae?«

Sie nickt enthusiastisch. »Vor allem mit Missss Marple und den Pferdchen.«

Klar, von pelzigen Freunden ausgestochen … Das muss mein Herz erst mal verkraften. Aber Miss Marple ist auch supersüß, daher kann ich das schon verstehen.

»Wie fändest du es, wenn wir hier einziehen?«

Überrascht sehe ich ihn an. »Hier?«

Er nickt. »Kostenlose Babysitter.« Grinsend wartet er auf Katies Antwort.

»Für immer?« Ihre Stimme, die immer sehr hell ist, steigt noch ein wenig an.

»Ich nehm nicht an, dass du für immer bei deinem alten Dad leben wollen wirst, aber ja.«

Sie klatscht begeistert in die Hände. »Dann gehört Missss Marple wirklich mir!«

Carl lacht auf. »Da hat die kleine Töle uns wohl allen den Rang abgelaufen. Na, so was.«

Als ich mich umschaue, sehe ich nur zufriedene Gesichter. Und ganz genauso empfinde ich auch.

MAVERICK

Ich klingele an ihrer Tür, aber niemand öffnet, obwohl mehrere Autos, unter anderem auch ihres, vor dem Haus stehen. Vielleicht ist es ein bisschen übergriffig, aber ich drehe den Knauf, öffne die Tür ein Stück.

»Hallo?«, rufe ich, als ich Stimmen höre, die daraufhin verstummen.

Dann tritt Noah in den Flur, sieht mich, winkt mich herein. »Hey, Mann.«

»Hey, ich wollte mich nach Raelynn erkundigen«, sage ich, was ja der Wahrheit entspricht, aber doch auch so viel weniger ist.

»Sie ist im Wohnzimmer. Komm rein.«

Als ich eintrete, sind sie alle dort versammelt. Inklusive des kleinen Hundemädchens und der entzückenden Katie, mit der ich schon Gold geschürft habe. »Hey, Leute«, sage ich.

Carl wirft mir einen finsteren Blick zu, während die anderen mich freundlich begrüßen. Raelynns Wangen glühen, als sie mich sieht. »Hey.«

»Ich wollte nur mal schauen, wie es dir geht.« Und jetzt wünschte ich, dass sie allein leben würde, damit ich nicht unter den Blicken ihrer vier Brüder mit ihr sprechen muss.

»Alles gut. Dank dir.« Und sie sagt das auf eine Weise, die alle vier aufhorchen lässt. Plötzlich sind die Blicke gar nicht mehr so freundlich.

Ich wünschte, ich wüsste, ob sie mehr die Sorte *Bellende Hunde beißen nicht* oder echte Gefahren sind, aber dafür kenne ich die Brookner-Boys einfach nicht gut genug. Es wäre wahrscheinlich besser, erst einmal auf Nummer sicher zu gehen. »Und wie geht es der Kleinen?«

»Missss Marple gehört jetzt mir«, erklärt Katie.

»Miss Marple?«, frage ich und muss mich bemühen, nicht die ganze Zeit Raelynn anzustarren.

»So heißt sie.«

»Wer hat sie so genannt?«

Die Kleine deutet auf die Person. »Tante Rae.«

»Und wieso das?« Puh, jetzt kann ich vollkommen unverfänglich wieder zu Raelynn schauen.

»Weil J.B. Fletcher schon belegt ist«, sagt sie grinsend.

Damit spielt sie auf unsere stadteigene Klatschkolumnistin an, die aus irgendeinem Grund immer bestens informiert ist. »Ich wusste gar nicht, dass du ein Fan alter Krimis bist.«

Sie zuckt mit den Schultern. »Alt, neu … Da mach ich keinen Unterschied.«

»Verstehe.« Ich blicke auf das Hundebaby, das gerade versucht, in Noahs Hosenbein zu beißen. »Dann wird sie uns schon wieder verlassen?«

Raelynn schüttelt den Kopf. »Nein, sie bleibt hier.«

»Aber wenn sie doch Katie gehört …«

Das Mädchen springt auf und ab. »Wir wohnen auch hier!«

Überrascht schaue ich zu Jakob, der mich angrinst, aber es ist nicht besonders freundlich. »Ab sofort wirst du dich mit uns allen rumschlagen müssen, wenn du zu Rae willst.«

Diese gibt ihm einen Stoß, der ihn aber nicht in geringster Weise stört. »Ihr habt gerade noch gesagt, dass es euch nichts angeht, was Noah mit seinem Leben macht. Das gilt auch für mich.«

Carl grunzt dazu nur, während die anderen drei – ja, einschließlich des Teenagers – nicht den Eindruck machen, als würden sie ihr überhaupt zuhören. Nicht, dass ich vorhabe, über meine moralischen Bedenken hinwegzusehen, aber leichter machen sie mir die Situation kein bisschen. Allerdings habe ich auch nicht den Eindruck, als wollten sie es …

Ich verstehe, wenn ich nicht so ganz erwünscht bin. Wie gut, dass sie in der Lodge arbeitet. Da kann ich dann allein mit ihr sprechen, ohne ihre Wachhunde.

»Ich bin sehr froh, dass es dir gutgeht. Aber bitte, nimm dir ein paar Tage frei, bis du dich erholt hast.«

»Ich komm morgen wieder«, sagt sie.

»Nein«, ertönt es aus drei Kehlen, während Kay unsicher aussieht, ob er seiner Schwester Anweisungen geben darf.

Raelynn verdreht die Augen. »Sieht so aus, als müssten wir ein paar Regeln aufstellen, wenn ihr hier wohnen wollt. Sonst werf ich euch raus.«

Carl will was sagen, aber hält wohlweislich den Mund, was mich zum Grinsen bringt.

»Dann gute Besserung.«

»Ich bring dich zur Tür«, erklärt sie und steht auf. Ihre Brüder wollen was sagen, aber ihre Blicke können offensichtlich gestandene Männer zum Schweigen bringen.

»Tut mir leid«, flüstert sie im Flur, drückt ihre Hand gegen die Stirn. »Sie sind so peinlich.«

Ich grinse. »Quatsch, sie passen auf dich auf. Und ehrlich: Das kannst du auch gebrauchen. Also, nicht das Aufpassen, aber dass jemand für dich da ist.«

Sie zuckt mit den Schultern. »Aber sie müssen ja nicht in so unpassenden Momenten mit ihrem Beschützerinstinkt ankommen. Ich mein, du bist ein ziemlich cooler Boss, aber bei einem anderen wär ich doch jetzt meinen Job los.«

Ich hasse, dass sie uns beide daran erinnert, wieso zwischen uns nie was passieren kann. »Ich will ganz sicher nicht für dich entscheiden, aber überleg doch, ob du nicht vielleicht morgen noch frei nimmst. Nach so einem Ereignis kannst du Ruhe gebrauchen.«

»Ich befürchte, sie werden mich so sehr in den Wahnsinn treiben, dass ich lieber arbeiten geh.«

Ich lache auf. »Brüder können manchmal nervig sein.«

»Wem sagst du das.«

Und dann starre ich sie eine Weile an. Sie ist so wunderschön. Ich wünschte, es wäre alles anders, als es ist. Meine Finger zucken, weil ich ihr die Locken, die ihr ins Gesicht gefallen sind, wegstreichen will. Doch ich habe mit dem Kuss sowieso schon viel zu viele Grenzen überschritten. Besser ist es, wenn ich nicht noch weitere einreiße. Aber ich bedaure es. Bedaure, dass ich sie nicht einfach in die Arme ziehen kann, um sie zu halten, sie zu spüren und niemals wieder loszulassen. Bedaure, dass ich ihre vollen Lippen nicht auf meinen spüre. Bedaure, dass ich ihren Körper nicht an meinen ziehen kann.

Bevor ich einen Fehler mache, von dem wir uns beide nicht mehr erholen können, räuspere ich mich, trete zur Tür und öffne diese. »Wenn ich irgendwas für dich tun kann, inklusive dich aus dem Gefängnis zu befreien«, scherze ich, »lass es mich wissen.«

»Danke«, sagt sie, sieht aber ziemlich enttäuscht aus. Und das fühle ich so sehr.

Allerdings befürchte ich, dass ich zu mehr einfach nicht den Mut habe.

———

»Wie geht es Raelynn?«, fragt Nash mich, als er abends in die Küche tritt. Da die Betriebsfeier an einem Freitag war, hat Mom das Familiendinner auf heute verschoben, und das, obwohl fast alle gestern schon anwesend waren. Aber dieser Frau sind die Familienessen einfach heilig.

Grandpa sitzt neben mir auf einem Stuhl, knibbelt an einer Stoffserviette herum. Nash wirft einen Blick auf ihn, runzelt die Stirn. »Kein guter Tag«, sage ich leise.

Er nickt, bevor er sich setzt. »Und Raelynn?«

»Ihr geht es gut.« Das weiß er eigentlich auch schon, weil ich ihm gestern, nachdem Carl sie entführt hat, geschrieben habe.

»Das erleichtert mich.« Er lächelt freundlich.

»Kommt Autumn?«

»Der Tyrann gibt ihr nicht frei.«

Mom lacht auf. »Aber doch nur, weil Grayson selbst herkommt.«

Nash zuckt mit den Schultern. »Wenn ich mich zwischen Autumn und Gray entscheiden muss ...«

Grinsend sage ich: »Versteh ich nur allzu gut.«

Mom legt ihre Hand auf meine Schulter. »Ich freu mich immer, wenn all meine Jungs kommen.«

»Der Geizhals soll einfach jemanden einstellen.«

»Das hab ich gehört«, erklärt Grayson, als er plötzlich im Raum steht.

»Woher weißt du, dass sie über dich sprechen?«, fragt Jess grinsend.

»Weil Nash schon seit Monaten jammert, dass Autumn mehr Abende freihaben soll.«

»Ist ja auch so«, meint dieser grinsend. »Ist nicht immer einfach, wenn wir so unterschiedliche Arbeitszeiten haben.«

»Du morgens, sie abends?«, frage ich.

»Ganz genau. Da sehen wir uns nicht unbedingt häufig.«

Grayson küsst Mom auf die Wange, bevor er Grandpa begrüßt, der aber nicht reagiert. Ich weiß nicht, wo er ist, aber nicht bei uns, das steht fest. Es zerreißt mir das Herz, wenn ich ihn so sehe.

»Selbst wenn ich jemanden einstellen würde, hätte Autumn nicht mehr frei. Der Pub ist nun mal nur abends geöffnet, und sie wird sich bedanken, wenn ich ihr die Stunden kürze.«

Jessica nickt. »Das stimmt allerdings.«

Nash seufzt. »Fein, dann finde ich es eben blöd, ohne dass es eine Lösung dafür gibt.«

»Sei doch nicht so ein Baby«, zieht ihn Grayson auf. »Apropos … Kommen Hudson und Juniper mit dem Kleinen?«

Mom schüttelt den Kopf. »Hudson meint, dass Juniper immer schon um sieben einschläft. Und junge Mütter haben es nicht leicht, da will ich sie nicht auch noch stressen.«

»Wow, Mom! Du zeigst Gnade?«, necke ich sie.

»Ich bin ja nicht ganz herzlos«, entgegnet sie lachend. »Und Babys sind ein guter Grund, auch wenn ich nicht genug von dem süßen Fratz bekomme.«

»Ray war auch so ein süßes Baby«, meint Grandpa plötzlich.

Wir alle schauen überrascht zu ihm.

»Wirklich?«, frage ich. »Ich dachte, er wäre schon haarig auf die Welt gekommen.«

Grandpa stößt ein krächzendes Lachen aus. »Nein, nein, das kam erst später. Er hatte runde Wangen, Beinchen, in die man reinkneifen wollte. So ein properer Junge.« Er sieht sich um. »Wo ist Ray?«

Die Hoffnung weicht aus uns wie Luft aus einem

Ballon. Mom sagt: »Er kommt bestimmt gleich. Du weißt doch, wie sehr er in der Lodge eingebunden ist.«

Grandpa nickt. »Er ist ein guter Junge.«

Er wendet sich ab, knibbelt wieder an seiner Serviette. Seine Bewegungen sind fahrig, schwach. Vielleicht ist es besser für Grandpa, dass er nicht mehr so viel mitbekommt. Es wäre für ihn bestimmt nicht einfach, sein Altwerden live zu verfolgen.

»Hat der Kleine denn mittlerweile einen Namen?«, fragt Grayson, nachdem wir eine Weile geschwiegen haben.

»Paul Raymond«, sagt Mom, was uns alle zum Schlucken bringt. Ihre Augen schimmern auch verdächtig feucht.

»Ein guter Name«, meint Nash mit belegter Stimme.

»Find ich auch.« Und dann dreht sich Mom ganz schnell um, tut so, als würde sie was am Herd machen.

Ich stehe auf, trete zu ihr, schlinge meine Arme um sie.

»Schon gut«, flüstert sie. »Es rührt mich einfach nur.«

»Dass wir alle Dad lieben?«

»Dass ihr ihn nicht vergessen habt.«

17

RAELYNN

Ich straffe die Schultern, setze ein fröhliches Gesicht auf, weiß aber nicht, was mich erwartet. Ich klingele, warte, dass er mir die Tür öffnet. Die Klinik hat ihm eine optische Klingel installiert, um ihm Privatsphäre zu bieten. Wenn man sie betätigt, ertönt kein Laut, sondern ein Lichtsignal. Es dauert einen Moment, bis er die Tür öffnet.

Als sein Blick mich findet, lächelt er. »Hallo, mein Mädchen«, gebärdet er. Es ist schon eine Weile her, dass er mich so genannt hat, weswegen ich schlucken muss.

»Hey, Dad.« Ich trete zu ihm, drücke ihm einen Kuss auf die Wange. »Wie geht es dir?«

Die letzten Wochen war es nicht immer einfach, hierherzukommen. Seine Stimmung war schwankend. Manchmal war sie gut, dann wieder zu Tode betrübt. Seine Ärztin hat mir immer wieder mitgeteilt, dass das der Prozess ist, dass man nach Jahren mit Depressionen keine Wunder erwarten kann. Aber es war trotzdem hart.

»Gut, gut.« Er geht zu dem kleinen Tisch mit den beiden Stühlen und lässt sich auf der einen Seite nieder. Ich setze mich ihm gegenüber hin, damit er meine Hände gut sehen kann.

»Wie läuft es mit der Therapie?« Anfangs hatte Dad so seine Probleme mit dem Format der Gruppentherapie. Vor allem, weil er sich gesorgt hat, dass er durch seine Unfähigkeit, mit gesprochener Sprache zu kommunizieren, anecken würde. Aber Carl hat auf einen Gebärdendolmetscher bestanden, sodass Dad hier gut zurechtkommt. Die anderen Patienten hatten keinerlei Probleme, sich daran zu gewöhnen. Im Gegenteil. Dad hat erzählt, dass viele interessiert waren, weswegen er ihnen Begriffe und einfache Sätze beigebracht hat. Wenn wir durch den Garten der Anlage schlendern, sehen wir häufig jemanden, der »Hallo, Joseph«, gebärdet. Selbst in düsteren Momenten heitert ihn diese Kameradschaft auf.

»Die Ärztin will dich sprechen.«

»Hast du einen Eintrag ins Klassenbuch bekommen?«, ziehe ich ihn auf.

Er grinst. »War ganz brav.«

»Das kann ich ja kaum glauben.«

»Was gibt es Neues?«, fragt er.

»Wir haben jetzt einen Hund. Miss Marple.« Ich gebärde jeden einzelnen Buchstaben, bevor Dad die Gebärde für Frau und Krimi macht, was dann ab sofort unsere Kurzform für Miss Marple ist.

»Ich wollte schon immer einen Hund. Kannst du sie reinschmuggeln?« Er grinst mich an.

»Vielleicht können wir bald einen Ausflug machen.«

Er nickt. »Das wäre schön.«

Die Lichtblitze der Klingel leuchten auf, und Dad geht zur Tür, dann nickt er, dreht sich zu mir und gebärdet: »Die Ärztin will dich jetzt sehen.«

Ich stehe auf. »Alles klar. Ich komm danach noch mal.«

Er nickt, sieht mich neugierig an. Ich drücke seinen Arm beruhigend. Schließlich wird es nichts Schlimmes sein.

Ich folge der Ärztin zu ihrem Büro. »Bitte, setzen Sie sich«, sagt sie lächelnd und schließt die Tür hinter uns.

»Ist was passiert?«, frage ich, noch bevor mein Hintern den Stuhl berührt hat.

»Nein, alles ist in Ordnung. Ihr Vater ist auf einem sehr guten Weg. Auf einem so guten, dass er bald entlassen werden kann.«

»Oh, wirklich?« Ich bin mir nicht sicher, was ich davon halten soll. Auf der einen Seite freue ich mich, auf der anderen habe ich Angst, dass er wieder abstürzt, wenn er nicht mehr hier ist.

»Ja.« Sie lächelt. »Ich weiß, dass es gerade nach einem Suizidversuch schwierig ist, wieder Vertrauen zu haben, aber Ihr Vater macht sich sehr gut. Wie Sie wissen, ist er auf eigenen Wunsch länger geblieben, wahrscheinlich, weil er sich ebenso Sorgen gemacht hat. Aber ich denke, es ist an der Zeit, dass er sich seinen Ängsten stellen muss. Und Sie sich auch.«

Ich nicke. »Natürlich, wenn Sie sagen, dass er so weit ist.«

»Wir lassen Sie nicht allein. Ich habe für Ihren Vater einen Online-Therapieplatz gefunden, mit einem Psychologen, der die Gebärdensprache beherrscht. Sie würden anfangs dreimal pro Woche miteinander zoomen, später dann nach Bedarf. Natürlich, wenn Sie das wollen.« Sie lächelt kurz. »Es ist ja auch eine finanzielle Frage.«

Ich weiß, dass meine Brüder den Kosten zustimmen werden, und das, obwohl Dads Rolle vor zehn Jahren noch nicht geklärt ist. Ich hatte mit ihnen besprochen, dass wir das irgendwann mal thematisieren müssen, aber das soll erst passieren, wenn es Dad besser geht.

»Wenn er das braucht, schaffen wir das finanziell«, sage ich deswegen.

»Gut. Wenn es Ihnen passt, können Sie ihn jederzeit nach Hause holen.«

»Jetzt?«, frage ich verdattert.

»Auch jetzt. Beziehungsweise, wenn wir die Entlassungspapiere fertig gemacht haben.«

»Oh.«

»Sie können ihn aber auch noch ein paar Tage hierlassen.«

Ich seufze, weil ich weiß, dass es in ein paar Tagen auch nicht leichter sein wird. »Darüber muss ich erst mit ihm reden.«

»Tun Sie das.« Sie lächelt, bevor sie sagt: »Ihr Dad liebt Sie sehr und ist sehr stolz auf Sie. Sie werden gemeinsam den besten Weg finden.«

»Danke«, sage ich leise, bevor ich zu ihm zurückgehe.

Nachdem er mich reingelassen hat, setzen wir uns wieder an den Tisch, und ich gebärde: »Die Ärztin sagt, dass du nach Hause kommen kannst.«

Eine Weile antwortet er nicht, schaut aus dem Fenster. Ich kann es geradezu in seinem Kopf rattern sehen. Er muss das allein durcharbeiten, muss sich seinen Ängsten stellen.

Als er wieder zu mir sieht, sind seine Augen feucht. »Es ist nicht so, dass ich nicht nach Hause will.«

»Ich weiß.«

»Was, wenn ich einen Rückfall hab?«

»Die Ärztin hat einen Online-Therapeuten für dich gefunden. Dreimal die Woche könnt ihr zoomen.« Da ich die Gebärde nicht kenne, buchstabiere ich das Wort.

»Okay. Aber ...« Er bricht ab, bevor er sich einen Ruck gibt. »Haben sie dir erzählt, was geschehen ist?«

Er spricht es nicht aus, aber ich weiß genau, wen er meint. »Ja.«

Seine Ohren werden rot. »Sind sie noch da?«

»Ja.«

»Wie können sie mir vergeben? Wie kannst du mir vergeben?«

In den letzten Jahren hatte ich oft das Gefühl, dass Dad gar nicht mitbekommt, wie sehr ich teilweise kämpfen musste, aber vielleicht ja doch ...

»Ich liebe dich und ich weiß, dass es nicht deine Schuld ist, dass du krank bist, und dass die Krankheit aus dir gesprochen hat.«

»Aber ich hab dir die Jugend gestohlen.« Und dann laufen Tränen aus seinen Augenwinkeln.

Ich beuge mich vor, lege meine Hände auf seine, drücke seine Finger. Dann spreche ich langsam und deutlich: »Wir lassen die Vergangenheit hinter uns, okay? Wir haben es alle bis hierher geschafft. Du, Kay, ich. Und jetzt schauen wir, was die Zukunft bringt, ja?«

Er nickt, bevor er sich löst und gebärdet: »Bist ein gutes Kind, Rae. Aber ich hab Fehler begangen, die ich nie wieder gutmachen kann.«

»Hast du nicht. Alles lässt sich vergeben.« Vielleicht

stimmt das nicht, aber ich weiß, dass Dad nichts aus böser Absicht getan hat, und aus dem Grund gibt es da auch nichts zu vergeben. »Komm nach Hause. Wir alle freuen uns. Auch Miss Marple.« Dann lächele ich. »Und du musst doch deine Enkelin kennenlernen.«

Ein sanftes Lächeln erscheint auf seinem Gesicht. Bisher hat er sie noch nicht gesehen. Katie war zwar mehrmals mit in Anchorage, aber Jakob fand es nicht kindgerecht, sie mit ins Krankenhaus und dann in die Klinik zu nehmen.

»Wann?«

»Wann immer du bereit bist.«

Er sieht erneut aus dem Fenster, bevor er nickt, zu mir blickt und gebärdet: »Ich bin bereit.«

―――

Ich texte meinen Brüdern, dass ich Dad mit nach Hause bringe, während wir auf die Papiere warten. Die Ärztin reicht uns einen Zettel mit den ersten Terminen für die Online-Therapie. Dads Finger krampfen sich um diesen wie um einen Rettungsring.

Es ist ein großer Schritt, aber ich denke, dass wir ihn irgendwann gehen müssen. Schließlich kann er nicht den Rest seines Lebens hierbleiben. Und Risiken gehören nun einmal dazu. Vielleicht kommt es jetzt abrupt, aber ich denke, wenn alle Beteiligten es wollen, dann braucht man es nicht noch herauszögern.

Als wir gehen dürfen, reiche ich ihm meine Hand, lächele ihn an, will ihm vermitteln, dass wir alles schaffen. Er legt seine in meine, und gemeinsam treten wir aus dem Gebäude.

Ich parke vor unserem Haus. Bevor ich aussteigen kann, legt Dad seine Hand auf meinen Arm. Mein Blick findet seinen, bevor er gebärdet: »Was, wenn sie mich nicht dahaben wollen?«

»Dann können sie gehen. Das ist dein Haus.«

Er lacht auf. »Ich hab die Jungs gesehen. Sie sehen aus wie Linebacker. Da komm ich nicht gegen an.«

Ich zeige ihm meinen nicht sehr beeindruckenden Bizeps. »Ich beschütze dich.«

Grinsend schüttelt er den Kopf. »Na, dann kann mir ja nichts passieren.«

»Gar nichts.«

Wir steigen aus, und ich hole seine Tasche vom Rücksitz. Bevor wir an der Tür sind, wird diese aufgerissen und Kay stürzt heraus.

»Dad!«, ruft er und wirft sich ihm um den Hals.

Und ich kann sehen, wie viel ihm das bedeutet. Ich laufe auf den Eingang zu. Als Carl bemerkt, dass ich Dads Tasche trage, kommt er raus, nimmt sie mir ab.

»Danke«, sage ich. »Sorry für den Überfall.«

Er zuckt mit den Schultern. »Irgendwann musste es ja so kommen.«

»Er weiß, dass er keine reine Weste hat. Also, in der ganzen Geschichte zwischen euch und mir und ihm und … na ja, und allem.«

»Tut er das?« Carl sieht mich skeptisch an.

»Hat er mir heute gesagt.«

»Das ist ja vielleicht schon mal ein Anfang.« Aber er wirkt ein bisschen unversöhnlich.

»Wenn du das Verhältnis zu ihm nicht kitten willst, ist es vielleicht leichter, wenn du nicht hier bist.«

Er zieht die Augenbrauen hoch. »Wirfst du mich raus?«

»Nein, ich denk dabei nur an dich.«

Seufzend schüttelt er den Kopf. »Jeder hat eine zweite Chance verdient. Allerdings fällt es mir schwer, weil es dich so belastet hat. Ich kann leichter verzeihen, wenn man mir Unrecht tut, als wenn man es denen antut, die ich liebe.«

Und sind wir uns da nicht ähnlich …

Kay hat Dads Hand genommen, und sie kommen auf uns zu. Dad sieht unsicher aus, bleibt dann aber vor Carl stehen, hält ihm die Hand hin.

Bevor er sie ergreift, gebärdet Carl: »Hi, Dad.«

Dieses Wort von Carl gesagt zu bekommen, sorgt dafür, dass Dad schluckt. Vielleicht hat er es in den letzten zehn Jahren bereut, dass er sie weggeschickt hat, und hat sich nach ihnen gesehnt.

Carl ergreift seine Hand, lächelt ihn an. Ich sehe Tränen in Dads Augen, spüre sie in meinen eigenen. Diskret versuche ich, sie wegzuwischen, was mir nicht so gut gelingt, glaube ich. Zumindest Kay erwischt mich, grinst mich dabei aber so fröhlich an, dass ich es nicht bedauern kann.

Langsam gehen wir ins Haus. In der Tür zur Küche steht Noah mit Miss Marple auf dem Arm. Sein Gesicht ist verschlossen, was nicht ungewöhnlich für ihn ist, aber ich wünschte, er würde Dad eine Chance geben. Damit das hier funktioniert, müssen wir alle bereit sein, ein Stück weit zu vergeben und zu vergessen.

Ich nehme ihm den Hundewelpen aus dem Arm, drücke mein Gesicht in das weiche Fell, bevor ich sie Dad gebe. Pures Entzücken liegt in seinem Blick, als er die weichen Ohren von dem goldenen Mischling streichelt. Als er mich ansieht, gebärde ich Frau und Krimi. Er lacht auf, bevor er nickt.

Dann sieht er Noah, starrt ihn an, als hätte er einen Geist gesehen. Noah ist nie ins Krankenhaus oder die Klinik gekommen. Wenn er mit nach Anchorage gefahren ist, hat er sich anderweitig beschäftigt.

Dad schluckt. Für Noah kann es damals nicht leicht gewesen sein. Er war gerade mal neunzehn. In dem Alter vom eigenen Dad auf die Straße gesetzt zu werden, ist bestimmt hart.

Was mir gerade klar wird … Ein Schicksalsschlag kann eine Familie komplett zerstören. Dass Mom gestorben ist, hat einen Tornado der Zerstörung ausgelöst, den wir bis heute noch spüren. Es hat uns allen einen Teil geraubt, der unwiederbringlich verloren ist.

Ich trete zu meinem Bruder, schiebe meine Hand in seine. Die Kraft, mit der er meine Finger drückt, beweist, wie sehr ihm dieser Moment zu schaffen macht. Dad weiß ganz eindeutig nicht, was er tun soll, aber Noah gibt ihm auch keinen Hinweis. Kay rettet die Situation, indem er Dad ins Wohnzimmer zieht.

Vielleicht nicht die beste Idee, schließlich hat Dad hier tagelang auf der Couch gelegen und in den Fernseher gestarrt. Nicht, dass irgendwelche schlechten Erinnerungen auftauchen. Allerdings bringt es ja auch nichts, wenn wir alles in Luftpolsterfolie wickeln, was je geschehen ist. Irgendwann müssen wir da durch.

Katie kniet am Couchtisch, malt auf einem Blatt Papier herum. Als sie aufsieht, lächelt sie. Keine Ahnung, ob wegen Dad oder Miss Marple. Jakob sitzt auf der Kante eines Sessels, immer bereit aufzuspringen, um sein Spätzchen zu beschützen. Vielleicht macht er es absichtlich, vielleicht weiß er es aber auch nicht mehr. Mom hat uns immer so genannt.

Katie steht auf, tritt in den Raum und gebärdet: »Hallo.«

Ich stehe hinter Dad, weswegen ich sein Gesicht nicht sehen kann, aber seine Schultern zittern. Als er zu Boden sinkt, bin ich alarmiert, will ihn am Arm packen. Aber er lässt nur Miss Marple los, kniet sich dann hin, um mit Katie auf Augenhöhe zu sein, wobei seine Knie ganz schön krachen.

Katie kann nicht viele Dinge gebärden, aber die Tatsache, dass Jakob ihr das beigebracht hat, bedeutet jede Menge. Mir, weil es heißt, dass er uns nie so ganz vergessen hat. Dad, weil Jakob ihm eine Möglichkeit geschaffen hat, mit seiner Enkelin zu kommunizieren.

Ich schaue zu ihm. Mit Argusaugen betrachtet er seine Tochter, die zum allerersten Mal mit ihrem Großvater spricht. Als er meinen Blick spürt, sieht er auf, schenkt mir ein Lächeln, das allerdings ein bisschen angespannt ist. Würde Noah sich nicht an meine Hand klammern, würde ich zu ihm gehen.

Es kann für meine Brüder nicht leicht sein. Zurück bei dem Mann zu sein, der sie nicht mehr wollte …

Und vielleicht, ganz vielleicht bin ich gar nicht die Hauptleidtragende in dieser Geschichte …

Ich bin in der Küche, schneide Zwiebeln, brate Hackfleisch an.

»Hey«, sagt Carl und lehnt sich an die Arbeitsplatte. »Wie geht es dir?«

Ich zucke mit den Schultern. »Das kam einfach jetzt sehr plötzlich. Keine Ahnung, ob ich, ob wir dafür schon bereit sind.«

»Wir machen einfach so weiter, wie wir das in den letzten Monaten auch getan haben. Als Team.«

Ich lächele ihn an. »Als Team.« Ich nicke in Richtung Wohnzimmer. »Liegt er auf der Couch?«

»Dad?« Er runzelt die Stirn. »Nein, wieso? Er malt mit Katie.«

»Gut.«

Er drückt meine Schulter. »Du trägst auch Dämonen mit dir rum.«

»Wer nicht?«, sage ich leise. »Mir ist erst heute so richtig bewusst geworden, was es für eine Leistung ist, den Mann mit offenen Armen zu empfangen, der einen vor die Tür gesetzt hat.«

»Na ja, ganz so offene Arme sind es nicht gewesen«, scherzt er.

»Vielleicht mehr, als er verdient hat.« Dann seufze ich. Es ist nicht leicht, immer daran zu denken, dass es nicht Dads Schuld ist, dass er eine Krankheit hat. Schließlich sollte ein Vater niemals etwas tun, was seinen Kindern schadet. Und es ist schwer, das mit dem tollen Dad in Einklang zu bringen, der er vorher war.

»Wir alle verdienen eine zweite Chance, oder? Ich mein, du hast sie uns auch gegeben.«

»Aber nur, weil ich erfahren hab, dass ihr doch nicht die größten Ärsche der Welt seid.«

Carl grinst mich an. »Du hättest uns auch dann vergeben.«

»Glaub ich nicht.«

»Oh doch.« Dann sieht er mich plötzlich auf eine Art an, die mir nicht behagt. »Was läuft da eigentlich zwischen dir und deinem Boss?«

Wusste ich doch, dass es mir nicht gefallen würde. »Nichts.« Und dabei sollte ich es belassen, stattdessen frage ich: »Was soll da sein?«

»Willst du wirklich, dass ich es ausspreche? Schließlich ist dein Bruder nicht blind.«

Ich seufze. »Da ist nichts. Leider.«

»Ah, also du würdest es dir wünschen?«

Schulterzuckend antworte ich: »Vielleicht, aber das ist kein Thema, das ich mit meinem Bruder besprechen will.«

»Pech für dich. Wieso seid ihr dann nicht zusammen? Ich mein, du willst, er will … ist doch das Einfachste der Welt.«

»Sollte man meinen.«

»Was hindert euch?«

»Seine beschissene Moral.«

»Heißt?«, fragt er mit hochgezogenen Augenbrauen.

»Dass er der Meinung ist, dass er nichts mit einer Angestellten anfangen darf.«

Carl grinst. »Aber das ist doch leicht zu lösen.«

»Und wie?«

»Kündige.«

Ich starre ihn an, als wäre er total verrückt geworden. »Ich kann nicht kündigen. Du magst in einer anderen Welt leben, aber in dieser hier braucht man Geld, um Rechnungen zu begleichen und Einkäufe zu tätigen.«

Sein Gesicht bleibt fröhlich, als er sagt: »Kündige und fang bei mir an.«

»Bei dir?«

»Na ja, wenn ich die Firma nach Whynot verlege, brauch ich eine neue Office-Managerin. Darlene will nicht aus Fairbanks weg.«

Ich mache den Mund auf, will was sagen, weiß aber nicht was, weswegen ich ihn wieder schließe.

»Du bist nicht mehr allein, Rae. Du hast jetzt uns. Du hast mich. Und damit hast du auch Optionen.«

»Ist es wirklich so einfach?«

»Ist es, wenn du es willst. Ich weiß, es fällt dir nicht leicht, anderen zu vertrauen. Mir zu vertrauen. Aber ich geh nicht mehr weg.« Ein Blick in seine Augen verrät die Wahrheit seiner Worte.

Als meine Unterlippe vor lauter Rührung zu zittern beginnt, schließt er mich in seine Arme. »Ich hab dich lieb, Kleines.«

»Ich dich auch.«

Und dass dieser Satz die Wahrheit ist, sorgt für Freude in meinem Herzen.

»Danke«, sage ich, »für die Optionen.«

Das Klicken von Pfoten und das Trippeln von Kinderfüßen kommt auf uns zu.

»Tante Rae, kann ich Schokolade?«

Ich schaue zu ihr hinab. »Was sagt dein Dad dazu?«

»Der sagt Nein. Erst nach dem Abendessen«, ertönt Jakobs Stimme von der Tür.

Katie verschränkt die Arme vor der Brust, zieht eine Schnute, die sie für grimmig hält, die aber einfach nur Zucker ist. »Menno.«

»Miss Marple darf auch keine Schokolade«, sagt Carl.

»Wieso nicht?«

»Schokolade kann Hunde krank machen.«

»Wirklich?«, fragt sie mit großen Augen.

»Wirklich.«

Sie blickt auf ihre Freundin hinab. »Dann ess ich auch keine mehr. Was darf Misssss Marple denn?«

»Da sie noch ein Baby ist, müssen wir vorsichtig sein, was wir ihr geben.« Ich greife nach einem Stückchen Möhre, das ich schon geschnitten habe. »Vielleicht mag sie das.«

Ich reiche es Katie, die es weitergibt, und dann kaut Miss Marple zufrieden auf dem Gemüse herum.

Katie runzelt die Stirn. »Möhren? Wirklich?«

»Scheint ihr zu schmecken.«

Es rattert hinter der Kinderstirn. »Hm, dann nehm ich auch eine. Wir können teilen.«

Wir alle starren sie überrascht an. Um Kindern Gemüse schmackhaft zu machen, braucht man nur einen Hund, der Möhren frisst? Hätte ich das mal früher gewusst …

18

MAVERICK

Ich starre auf meinen Computer, aber sehe nicht, was dort geschrieben steht. Stattdessen sind meine Gedanken bei Raelynn. Wieso kann ich an nichts anderes mehr denken als an sie?

Ich sollte sie rauswerfen. Und dann küssen.

Aber das kann ich nicht. Es gibt nicht viele Jobs in Whynot, und noch weniger, die so gut bezahlt sind wie dieser hier. Ich würde ihr keinen Gefallen tun.

Und deswegen lasse ich es.

Schließlich ist es dann nur mein Herz, das leidet.

Es klopft an der Tür. »Herein«, rufe ich.

Als ich aufsehe, steht Raelynn in der Tür. Sofort breitet sich ein Lächeln auf meinem Gesicht aus. Das ist doch erbärmlich.

»Hey, wie geht es dir?«

»Alles super. Und dir?«

»Auch. Was gibt's?« Es soll nicht so klingen, als wäre ich kurz angebunden, aber es ist mir auch unmöglich, lange in ihrer Gegenwart zu sein, wenn ich sie sowieso schon vermisse.

Sie reicht mir ein Blatt Papier. »Ich kündige.«

Überrascht blicke ich auf. »Du *was*?«

»Ich kündige. Am liebsten mit sofortiger Wirkung.«

»Aber ... ich mein ... was? Wieso?« Vollkommen schockiert starre ich sie an.

»Entlässt du mich aus meinem Vertrag? Jetzt? Sofort?«

»Wenn es das ist, was du willst. Aber ich versteh es nicht.«

Sie grinst, bevor sie um den Schreibtisch herumkommt. Unwillkürlich rolle ich ein bisschen zurück, und sie setzt sich auf meinen Schoß. Alles in mir jubiliert, weil sie endlich da ist, wo sie hingehört.

Sie streicht mir die Haare aus der Stirn. »Dann küss mich. Schließlich bist du jetzt nicht mehr mein Boss.«

Und da dämmert es mir. Sie kündigt, damit sie mich haben kann. Mein Herz klopft schneller, und ich will sie so unbedingt küssen, aber ich kann nicht. Ich kann ihr nicht erlauben, ihr Leben wegzuwerfen, nur damit ... nur für *mich*.

»Oh, Baby, ich weiß die Geste zu schätzen, aber ... Das geht nicht. Ich mein, du kannst nicht für mich kündigen.«

Sie lächelt mich an. »Wenn du nicht mit mir zusammen sein kannst, wenn ich hier arbeite, ist das die einzige Option.«

»Aber ... ich mein, und dann? Wovon lebst du?«

»Eine Weile von Luft und Liebe.«

»Sei mal ernst!«

Lachend umfasst sie mein Gesicht. »Das bin ich. Und jetzt küss mich endlich, du sturer Esel.«

»Ich kann nicht, wenn ich befürchten muss, dass du am Hungertuch nagen wirst.«

Sie seufzt, bevor sie sagt: »Vor dir siehst du die neue Office-Managerin von *Brookner Construction*.«

»Dann gehst du nach Fairbanks?«, frage ich entsetzt.

»Carl zieht die Firma nach Whynot um.«

Einen Augenblick starre ich sie einfach nur an, bevor es mir dämmert. Wir können zusammen sein. Wir können wirklich zusammen sein. Und die Tatsache, dass sie das auch will ...

Ich stehe auf, stelle sie dabei auf die Füße, nur um sie mir über die Schulter zu werfen und aus meinem Büro zu marschieren. Sie lacht auf, während ich über ihre Beine streiche und die Stufen zu meinem Apartment hochlaufe.

»Na, endlich zerrst du mich wieder in die Höhle«, ruft sie.

Grinsend lasse ich meine Hand wandern, bis sie auf ihrem Hintern liegt. Ich gebe ihr einen Klaps. »Freches Ding.«

Und daraufhin erhöhe ich mein Tempo noch, weil ich es nicht erwarten kann.

Ich schließe meine Tür auf, trete ein, stelle sie dann auf dem Boden ab. Als ich ihr die wilden Locken aus dem Gesicht streiche, strahlt sie mich an. Ich umfasse sanft ihr Gesicht.

»Ist es auch das, was du willst?«

»Ich will dich.«

Und dann küsse ich sie. So wie ich sie schon seit vielen Jahren küssen will. Als wäre sie *mein* …

Die Leidenschaft, mit der sie meinen Kuss erwidert, befeuert meine eigene. Unsere Zungen verwickeln sich in einen wilden Tanz, der mir den Atem raubt. Es wird oftmals angenommen, dass es der Mann ist, der die Frau mit seiner überbordenden Manneskraft schwindelig werden lässt, aber Raelynn … Sie raubt mir jedes Sauerstoffmolekül, sorgt dafür, dass mein Kopf benommen wird und meine Knie anfangen zu wackeln.

Wir sollten schnell ins Schlafzimmer umziehen, damit ich uns beide nicht umkippe. Das wäre doch eine echte Schmach …

Sie drückt ihren Körper an mich, zieht mich mit den Armen näher und näher, will mich mit einer solchen Kraft, dass ich mich mehr als nur geschmeichelt fühle.

Ich löse mich, schaue in ihre wunderschönen, blauen Augen. »Wenn wir diesen Weg weitergehen, dann gibt es kein Zurück.« Sie nickt. »Du und ich für den Rest unseres Lebens.« Sie grinst mich an. »Ich mein es ernst. Auch wenn ich dich nerve, musst du mich ertragen.«

Sie fährt mit den Händen über meine Schultern, greift nach den Knöpfen meines Hemdes. Sie öffnet den ersten, dann den zweiten, bevor sie zu mir hochsieht. »Ich will dich, seit ich dich an meinem ersten Arbeitstag im *Firehouse* gesehen hab. Hier hab ich hauptsächlich angefangen, um dir näher zu sein. Konnte ja nicht ahnen, dass du der einzige Mann in Alaska mit moralischen Grundsätzen bist.« Sie grinst, öffnet Knopf für Knopf. »Aber du hast auch so gut bezahlt, dass ich nicht gehen konnte. Ich wollte es. Es ging nur nicht.«

Ich nicke, weil ich das weiß.

»In meiner Fantasie allerdings …«, und ihre Augen blitzen dabei in einer Mischung aus Verlangen und Vergnügen, »bin ich Nacht für Nacht in dein Bett gestiegen, hab dich geküsst und gestreichelt, dich verwöhnt und mich von dir verwöhnen lassen. Hatte deinen Körper auf meinem, kannte ihn ebenso gut wie meinen.« Sie öffnet den letzten Knopf, streicht mir den Stoff von den Schultern. Ich lasse ihn achtlos fallen. Sie fährt über die Linien meines Tattoos.

Dann beugt sie sich vor, drückt ihre Lippen auf die Stelle, unter der mein Herz viel zu schnell schlägt. »Und jetzt freu ich mich, dass ich dich noch mal neu erkunden kann. Für den Rest unseres Lebens.«

Es dauert nur Bruchteile von Sekunden, bevor ich meine Lippen auf ihre presse, aber dann fällt mir noch was ein. »Und es stört dich nicht, dass ich doppelt so alt bin wie du?«

Sie lacht, streicht über meine Wangen. »Erst mal wäre ich dann noch minderjährig und das ist einfach nur … ugh.«

»O Baby, ich bin wohl älter, als du denkst. Wenn man mein Alter durch zwei teilt, sind beide Hälften volljährig.«

Sie reißt die Augen auf. »O Gott! So alt bist du?«

»Freches Biest«, murmele ich lachend, bevor ich sage: »Es sind trotzdem fast fünfzehn Jahre zwischen uns.«

»Ja, und? Kann ich doch nichts für, dass der heißeste Mann von Whynot ein paar Jahre älter ist als ich.«

»Irgendwann geh ich am Krückstock, und du hast mich immer noch an der Backe.«

Sie legt ihre Hand in meinen Nacken, zieht mich zu sich herunter. »Und auch dann werde ich noch deinen Schwanz lutschen.«

Besagtes Körperteil wird so verdammt schmerzhaft hart, dass ich nicht mehr richtig denken kann. »Lässt du deinen Worten auch Taten folgen?«

Grinsend drückt sie ihre Lippen auf meine, bevor sie auf die Knie sinkt.

Und das ist die dümmste Idee aller Zeiten, denn meine Beine bestehen doch jetzt schon nur noch aus Wackelpudding. Ich werde mich so dermaßen blamieren …

Aber welcher Mann kann einer Frau schon widerstehen, die mit rotgeküssten Lippen auf dem Boden kniet, seine Hose aufmacht und ihn ansieht, als hätte er die verdammten Sterne in den Himmel gehängt? Dieser hier nicht.

Und als sich dann ihr so küssenswerter Mund über meinen Schwanz stülpt, stöhne ich auf, vergrabe meine Finger in ihren wilden Haaren.

Fuck, ist das gut. Viel zu gut.

Bei einem One-Night-Stand würde ich das nicht machen, aber Raelynn gehört jetzt mir. Ich will in ihrem Mund kommen. Will mein Sperma auf ihrer Zunge sehen, erleben, wie sie es schluckt, als wäre es Ambrosia.

Sanft stoße ich in ihren Mund, suche ihren Blick, will wissen, ob es okay ist, wenn ich das mache. Sie hält den Daumen nach oben, und ich ergreife ihre Hand, verflechte unsere Finger, streiche über sie. Die andere schließe ich fester um ihren Kopf, beginne mit langsamen, aber tiefen Stößen, genieße jeden Laut, der zwischen ihren Lippen hervorkommt. Das Stöhnen, das Keuchen, ebenso wie die schmatzenden Laute, die durch die Spucke hervorgerufen werden. Nur ein feuchter Blowjob ist ein guter. Und als Raelynn der

Speichel aus den Mundwinkeln tropft, macht mich das so wild, dass ich schneller stoße, bis ich ihren Mund ficke.

»Fuck, fuck, fuck«, keuche ich, während ich spüre, dass der Orgasmus nicht mehr lange auf sich warten lässt. Vielleicht kommt er zu früh, aber das ist mir egal, ich will einfach nur diesen Moment maximaler Lust mit ihr erleben.

Ich frage sie nicht, sondern halte ihren Kopf fest, während ich mein Sperma in ihren Mund ergieße.

»O Gott«, knurre ich. »Zeig es mir.«

Ich ziehe meinen Schwanz heraus, und sie öffnet den Mund, zeigt mir, was ich ihr gegeben habe. Mit dem Finger streicht sie neben ihren Lippen entlang, sammelt die Tropfen ein, die bei der Menge drohen, überzulaufen.

»Schluck.«

Mit einem Grinsen tut sie es, leckt dann noch ihren Finger ab.

Und ich?

Ich war noch nie so geil. Nach dem besten Orgasmus meines Lebens steht mein Schwanz schon wieder wie eine Eins. Sie greift nach ihm, streicht hoch und runter.

»Wie sieht es aus? Willst du das auch noch am Krückstock?«, scherzt sie.

»Fuck«, ist meine einzige Antwort. Ich streiche über ihre Wangen, fahre ihre vollen, roten Lippen entlang. »Du wirst mich zerstören.«

»Und dich jedes Mal wieder zusammensetzen.« Sie steht auf, greift nach meiner Hand. »Weißt du, was ich in meiner Fantasie nie so ganz richtig hinbekommen hab?«

»Was?«

»Wie sich dein Körper auf meinem anfühlt.«

Ich grinse, ziehe sie an mich. »Das beweis ich dir nur zu gern.«

Eilig befreie ich mich von der Hose, die mir um die Knöchel baumelt, den Schuhen und Socken. Es ist merkwürdig, ganz nackt zu sein, während sie noch kein Körperteil entkleidet hat.

»Du bist so verdammt heiß«, murmelt sie.

Männlicher Stolz flutet mich, während ich vielleicht ein ganz klein wenig die Muskeln anspanne, um den Anblick noch ein wenig appetitlicher zu machen.

Ich greife nach ihrer Hand, bringe sie in mein Schlafzimmer. Bevor sie Zeit hat, sich umzusehen, setze ich mich auf die Matratze, ziehe sie zwischen meine Beine. Ich streife ihr Oberteil nach oben, drücke meine Lippen gegen ihren weichen Bauch. Ihre Hände liegen auf meinen Schultern. Sanft fährt sie über den Drachen auf meiner Schulter.

»Wieso ein Drache?«, fragt sie leise.

»Der Drache bedeutet in der chinesischen Mythologie unter anderem Glück. Es gab eine Zeit in meinem Leben, in der ich das verzweifelt gebraucht hab.«

»Wann?«, fragt sie sanft.

»Als ich mich bemüht hab, in Dads Fußstapfen zu treten, diese aber noch drei Nummern zu groß waren. Mindestens.«

Ich schaue zu ihr auf, sie umfasst mein Gesicht, lächelt mich so strahlend an, dass ich schlucken muss. So richtig kann ich es immer noch nicht fassen, dass diese Wahnsinnsfrau mich so unbedingt will, dass sie sogar bereit ist, ihre Stelle für mich aufzugeben.

»Ich wette, du hast immer einen verdammt guten Job gemacht.«

Ich zucke mit den Schultern. »Das müssen wohl andere beurteilen.«

Sie beugt sich vor, drückt ihre Lippen auf meine, bevor sie sich rittlings auf meinem Schoß niederlässt.

Meine Hände liegen auf ihren Hüften, bevor ich sie unter ihr Oberteil wandern lasse und es ihr dann ausziehe. Die Sekunde, die wir unseren Kuss unterbrechen müssen, fühlt sich für mich wie eine unglaubliche Ewigkeit an, und ich kann erst wieder atmen, als ich ihren Mund auf meinem spüre.

Ich streichele ihren Rücken, ihre Schultern, ihre Seiten, verbringe dann eine peinlich lange Zeit damit, ihren BH öffnen zu wollen, nur um dann zu bemerken, dass er gar nicht hinten geschlossen wird, sondern vorne. Ausgestattet mit dieser Erkenntnis geht es dann schnell. Verhältnismäßig zumindest.

Ihre Brüste sind mittelgroß, passen perfekt in meine Handflächen, die Nippel sind dunkel und fest zusammengezogen, und ich beuge mich vor, um sie in den Mund zu nehmen. Erst lecke ich über den einen, dann sauge ich an dem anderen, lasse meine Zähne über sie schaben, genieße jedes Geräusch aus ihrem Mund. Pure Lust. Das ist es, was ich höre. Es macht mich wahnsinnig. Es macht mich heiß. Und es sorgt dafür, dass ich kaum noch warten kann. Weswegen ich ihre Taille umfasse, sie mit dem Rücken auf die Matratze lege, mich vor sie hinknie und ihren Rock nach oben schiebe.

Sie hat einen Hauch von Nichts darunter, den ich zerreiße, bevor ich ihre Beine über meine Schultern lege und meine Lippen gegen ihre Klit drücke.

Ein lautes Stöhnen stößt sie aus, als sie sich in die

Bettdecke krallt, den Körper vom Bett wölbt und gleichzeitig ihre Schenkel so fest um meinen Kopf presst, dass ich Sorge habe, dass sie ihn zerquetschen könnte.

Aber da ich gerade den besten Geschmack aller Zeiten auf der Zunge habe, kann ich mich nicht darum scheren. Ein bisschen Schwund ist immer.

Raelynn setzt sich auf, greift in meine Haare, drückt mich gegen sich.

»O Gott«, ruft sie aus, lässt ihren Kopf in den Nacken fallen. »Nicht aufhören. O bitte. Nicht aufhören.«

Da ich das gar nicht vorhabe, mache ich einfach weiter. Sauge an ihrer Klit, lecke über ihre Schamlippen, dringe mit der Zunge in sie ein. Immer und immer wieder.

»O Gott, o Gott, o Gott«, murmelt sie am laufenden Band. Beinahe klingt es wie ein Gebet.

Ich löse mich ein wenig von ihr, nur so viel, dass ich mit zwei Fingern in sie eindringen kann.

»Heilige Scheiße«, ruft sie aus, bewegt ihr Becken, reitet meine Finger. »O Gott, ist das gut. So verdammt gut.«

Ich streiche mit dem kleinen Finger über ihre Rosette, dringe leicht in sie ein.

»Fuck!«, keucht sie, lässt sich nach hinten fallen, wobei sie ein paar Haare rausreißt.

Und dann liegt sie minutenlang zitternd und bebend vor mir, während ich sie mit Mund und Fingern verwöhne, bis sie kaum noch in der Lage ist, ihren Namen auszusprechen. Geschweige denn meinen.

Als sie von ihrem letzten Hoch herunterkommt, liegt sie schlapp auf der Matratze, als hätte sie keinen einzigen

Knochen mehr im Körper. So sieht jemand aus, der befriedigt wurde. Grinsend streiche ich über ihre Beine, bevor ich sie mehr in die Mitte der Matratze ziehe. Aus dem Nachttisch hole ich einen Gummi, streife ihn über, bevor ich mich auf sie lege.

Ich küsse ihre Lippen, streichele über ihre Wangen, spiele mit ihren Locken. »Kannst du noch?«

»Gib mir eine Sekunde«, murmelt sie, während sie mir in die Augen schaut. Mit so viel Zuneigung, mit so viel Leidenschaft … und darf ich es wagen, es Liebe zu nennen? … wie ich es noch nie erlebt habe. Wieso sich mit Krümeln abgeben, wenn man den ganzen, verdammten Kuchen haben kann?

»Vorbei«, scherze ich, was sie grinsen lässt.

»Du Wüstling«, neckt sie mich, während ich hundert kleine Küsse auf ihr Gesicht tupfe.

Sie schlingt die Arme um mich, hält mich eng an sich gedrückt. Ihr Anblick ist das Schönste, was ich je gesehen habe. Die Erkenntnis, dass sie jetzt ein Teil meines Lebens ist, ist noch gar nicht so richtig in meinem Kopf angekommen. Aber jetzt trifft sie mich mit voller Wucht. Diese Frau. Diese spektakuläre Frau gehört zu mir.

Und dann muss ich sie küssen, einfach nur, weil ich es kann.

Vorsichtig dringe ich in sie ein, genieße die Tiefe, die Enge, die Wärme. Sie krallt ihre Fingernägel in meinen Rücken, und ich hoffe, dass sie Spuren hinterlässt. Spuren, die beweisen, dass ich ihr gehöre.

Zunächst langsam, dann immer schneller bewege ich mich in ihr, stütze mich schließlich auf den Knien ab, umfasse ihre Schenkel und ficke sie so heftig, dass ihre grandiosen Brüste unter mir wackeln. Was für ein Anblick für die Götter!

»Du bist so wunderschön«, murmele ich, während ich den Winkel ändere, um sie vielleicht noch zu einem weiteren Höhepunkt zu bringen.

Sie schreit auf, als ich die richtige Stelle treffe. »Mav …«, haucht sie, verdreht die Augen, bäumt sich auf.

»Kannst du … noch … mal … kommen?«, keuche ich abgehackt.

»Ich glaub schon. O Gott!«

Es dauert nicht lange, bis sich ihre Aussage bewahrheitet, und keine Sekunde zu früh. Ich folge quasi auf dem Fuße.

»Fuck«, knurre ich, schließe die Augen, stoße noch einmal tief in sie, bevor ich selbst auch komme.

―――

Es dauert eine ganze Weile, bis ich wieder zu Atem komme, aber in dieser Zeit liegt sie in meinen Armen, streichelt meine Brust, während ich meine Finger lose in ihren Haaren verflechte. Zwischendurch grinse ich, weil ich es nicht fassen kann.

Sie liegt hier. Neben mir. Noch dazu nackt. Das ist doch der verdammte Jackpot!

»Wieso grinst du?«, fragt sie irgendwann neugierig.

Mist. Hin ist meine mysteriöse Aura. »Ich freu mich.«

Sie stützt sich auf dem Ellenbogen ab, sieht mir ins Gesicht. »Weil?«

»Weil eine nackte Frau in meinem Bett liegt.«

Sie lacht auf. »Hey, irgendeine?«

Ich ziehe ihr Gesicht zu mir. »Du weißt, dass es für mich nur eine gibt.«

Und der folgende Kuss ist so zärtlich, dass ich Gänsehaut habe. Nur, um dann wieder Lust zu bekommen, sie noch einmal zu vögeln. Okay, nicht nur einmal. Denn wir beide ... Wir sind unersättlich, jetzt, nachdem wir endlich den Weg zueinander gefunden haben. Da kann man doch nur grinsen ...

19

RAELYNN

Ich hatte Carl mitgeteilt, dass ich nicht nach Hause kommen würde – ich Optimistin! –, nicht, dass sie sonst alle hier auftauchen und mich in einer kompromittierender Situation vorfinden würden. Und das ist auch gut so, denn nach diesem *Sexathon* habe ich nur noch Wackelpudding in den Beinen. Es war schon schwierig, den Weg ins Bad zu finden.

Vor allem auch, weil ich überall Muskelkater habe. Selbst meine Pussy hat einen Kater, was mich zum Grinsen bringt.

»Au, au, au«, jammere ich, als ich pinkele und mir das Lachen vergeht.

Ich schaue in den Spiegel, spritze mir Wasser ins Gesicht, versuche, mit Toilettenpapier die verschmierten Mascaraspuren wegzubekommen, fahre mir durch die zerzausten Locken. Aber da habe ich wohl kein Glück, sie zu ordnen. Nun ja, es waren immerhin seine Finger, die das Chaos verursacht haben. Da kann er sich jetzt nicht beschweren.

Ich werfe einen Blick ins Schlafzimmer, wo er noch schläft. Es ist so ein friedlicher Anblick, dass ich lächeln muss, bevor ich mich auf den Weg in die Küche mache. Ich brauche Kaffee, sonst werde ich nie wieder wach genug für Sex sein.

Grinsend öffne ich den Schrank über der Kaffeemaschine. Wie es sich gehört, findet sich alles Nötige hier. Ich befülle die Maschine, stelle sie an und sehe mich dann um.

Ich hatte nicht gedacht, dass er so schön wohnen würde. Keine Ahnung, irgendwie hatte ich wohl eine Junggesellenbude im Sinn, aber das hier ... hier könnte ich auch einziehen, wird mir klar.

Unser Haus ist alt. Das Gebäude an sich, aber auch die Einrichtung. Wenn in den letzten Jahren was kaputtgegangen ist, hat es mich schlaflose Nächte gekostet, in denen ich nicht wusste, wie ich die Waschmaschine oder Ähnliches ersetzen soll. Da war kein Raum, um über Innendesign nachzudenken.

Aber hier ... Hier hat sich jemand Gedanken gemacht. Es fühlt sich nach einem erschaffenen Zuhause an, statt nach Chaos, das nur durch Spucke und Tränen zusammengehalten wird.

Ich suche nach meiner Handtasche, ziehe mein Handy heraus. Ich öffne den Chat mit Alex, stelle fest, dass wir uns beide schon seit ein paar Tagen nicht mehr beieinander gemeldet haben. Und das kommt äußerst selten vor. Schreiben tun wir eigentlich jeden Tag ...

> **RAELYNN**
> Ich hab gekündigt.

Eine Weile warte ich, ob sie vielleicht sofort antwortet, aber dann wird mir klar, dass sie wahrscheinlich noch schläft. Hawaii liegt immerhin eine Stunde zurück. Bevor ich das Handy seufzend weglegen kann, tauchen die drei kleinen Punkte auf.

> **ALEX**
> O mein Gott! Heißt das, du hast dir deinen Boss gekrallt?

> **RAELYNN**
> :D So könnte man es sagen. Bin noch bei ihm.

> **ALEX**
> Yes, Girl! Dann viel Spaß, Kondome schützen, und erzähl mir nachher ALLES. Aber Sex ist wichtiger als Textnachrichten. Los! Leb für uns beide!

> **RAELYNN**
> Meld mich später.

> **ALEX**
> Wenn er es richtig macht, kannst du es gar nicht mehr ... :D

Grinsend lege ich mein Handy weg, schaue zur Kaffeemaschine, sehe, dass er durchgelaufen ist und fülle eine Tasse. Ich gebe Coffee Creamer hinzu, den ich im Kühlschrank gefunden habe, und gehe zurück ins Schlafzimmer. Dort setze ich mich ans Kopfende, lehne mich an und beobachte ihn. Ein Lächeln liegt auf seinen Lippen und irgendwie hoffe ich, dass ich es dorthin gezaubert habe.

Wer hätte das gedacht …

Ich muss Carl danken, dass er mir die Sicherheit eines neuen Jobs gegeben hat, denn ohne diesen … Obwohl ich mich so sehr nach Maverick verzehrt habe, konnte ich es vor mir selbst nicht rechtfertigen, den Job zu kündigen. Es wäre mir egoistisch vorgekommen, nur nach meinen eigenen Wünschen zu handeln, ohne an Dad und Kay zu denken.

Aber jetzt … Carl hat mir die Chance gegeben, einfach alles zu haben. Maverick und einen Job, der gut bezahlt wird. Das waren harte Verhandlungen, aber vor allem, weil Carl mir ein vollkommen übertriebenes Gehalt zahlen wollte. Es war wahrscheinlich das erste Mal in der Geschichte der Gehaltsverhandlungen, dass eine Angestellte weniger wollte, als sie angeboten bekam. Aber Carls Firma muss profitabel bleiben, damit es uns allen gut geht.

Maverick regt sich, macht langsam die Augen auf, findet mich, lächelt und schließt sie erneut. Seine Hand sucht unter der Decke nach meinem Körper, bevor er sich zu mir rollt, seinen Kopf auf meinen Beinen ablegt.

Sanft streiche ich ihm durch die Haare.

»Morgen, Baby«, murmelt er.

»Morgen.«

Er drückt einen Kuss auf meinen Oberschenkel, bevor er ihn entlang streichelt. Vorsorglich stelle ich die Tasse auf den Nachttisch, was eine ziemlich gute Idee ist. Denn Maverick ist ein Mann auf einer Mission …

»Ich kann nicht mit zum Familiendinner gehen«, stelle ich ein paar Tage später fest.

»Wieso nicht?«, fragt er verwirrt.

»Weil … na ja, erst mal ist das zwischen uns doch noch ganz frisch. Ich will das noch ein wenig genießen. Und zweitens kommt Kay heute aus seinem Feriencamp zurück. Da kann ich mich nicht in der Weltgeschichte rumtreiben.«

Er sieht mich enttäuscht an. »Ich dachte, es wäre eine gute Gelegenheit, um dich allen vorzustellen.«

»Sie kennen mich doch alle.«

»Aber nicht als mein Mädchen. Meine Partnerin.«

Irgendwie ist es ja auch süß, aber ich dachte, dass wir wenigstens ein paar Tage für uns haben. Schlimm genug, dass meine Familie es schon weiß und mich unablässig damit löchert. Man sollte meinen, dass ich von der Klatschzentrale Alaskas umgeben bin.

»Bald, okay?«

»Hm.«

»Kommt schon, du kleines Schmollmaul«, scherze ich, schlinge meine Arme um ihn.

Sofort zieht er mich an sich, gibt mir dieses wohlige Gefühl, dass ich sicher und geborgen bin. Auch wenn ich seit einigen Monaten nicht mehr ganz allein auf mich gestellt bin, fühle ich mich erst bei ihm in Sicherheit.

Ich presse mein Gesicht gegen seine Schulter.

»Ich will nur mit dir angeben«, meint er dann.

Lachend antworte ich: »Mit mir? Wenn deine Brüder Frauen wie Juniper und Autumn haben? Mit mir gewinnst du keinen Blumentopf.«

Er umfasst mein Kinn, dreht mein Gesicht so, dass ich

in seins schaue. »Bist du verrückt? Du bist die schönste Frau, die ich je gesehen hab.«

Ich halte es für einen Scherz, aber der Ernst in seinem Gesicht lässt mich schlucken. Er denkt das wirklich. Ich bin keine von den Frauen, die ihre eigene Schönheit nicht kennen. Ich bin ganz sicher nicht hässlich, aber Juniper und auch Autumn sind atemberaubend. Zehn von zehn, während ich vielleicht eine sieben bin.

Aber dass da ein Mensch ist, für den ich eine zehn von zehn bin, rührt mich. Und wenn er selbst der Jackpot ist, fühlt es sich noch mal so gut an.

»Danke.«

»Nur die Wahrheit.«

»Okay, nächsten Freitag. Dann komm ich mit. Ich red mit Kay, weil er noch keine Ahnung hat, und dann können wir es allgemein verkünden.«

»Ich werd es heute schon allen erzählen. Jeden Satz werde ich anfangen mit: Meine Partnerin Raelynn …«

Ich grinse. »Und wenn Grayson dich fragt, wie es dir geht?«

»Dann sag ich: Meine Partnerin Raelynn sorgt dafür, dass es mir sehr gut geht.«

Lachend schüttele ich den Kopf. »Wen nennst du hier eigentlich verrückt?«

Seine Lippen finden meine. »Dich.«

Bevor ich mich empören kann, vertieft er den Kuss, und wie jedes Mal vergesse ich alles, was ich sagen könnte …

Ich weiß, dass ich diejenige bin, die nicht mit zum Dinner mit seiner Familie gehen wollte, aber als es dann so weit ist, fühle ich mich irgendwie ein bisschen ausgeschlossen. Vielleicht stimmt es doch, dass ich die Verrückte bin …

Kay reißt die Autotür auf, springt in den Wagen. »Unsere Klassenfahrt geht nach Kalifornien.«

»Dir auch einen schönen guten Abend«, scherze ich.

»Ich kann doch mitfahren?«, fragt er mit so viel Hoffnung in den Augen, dass ich nicht mal Nein sagen könnte, wenn ich wollte.

Letztes Jahr wäre es was anderes gewesen. Ich bin mir nicht sicher, ob ich es hätte finanzieren können. Aber dieses Jahr haben sich die Karten neu gemischt … Und es fühlt sich so gut an.

»Bestimmt.«

»Yay!« Er grinst, schnallt sich an. »Was gibt es zu essen?«

»Kay, ich muss mit dir reden.«

Sein Blick wird sofort skeptisch. »Was hast du getan? Du hast sie nicht alle rausgeworfen, oder? Du hast sie vergrault. Ich wusste es. Rae, ich schwör dir, ich red kein Wort mehr mit dir.«

»Das ist irgendwie schnell eskaliert«, erkläre ich.

»Sind sie weg?« Und dieses Mal klingt seine Stimme flehend.

»Nein, alle noch da. Sieht auch so aus, als würden sie bleiben.«

»Puh, du hast mir Angst gemacht.«

»Du hast dir selbst Angst gemacht. Mir hättest du einfach nur mal kurz zuhören müssen, ohne dich direkt in irgendwelchen Spekulationen zu verlieren.«

Er sieht mich zwar an, als wäre ich die Durchgedrehte von uns beiden, sagt dann aber: »Also, was gibt's?«

»Du kennst doch Maverick Campbell.«

»Deinen Boss.«

»Nun ja, ich hab heute gekündigt.«

»Wieso?«

Ich seufze, schließe kurz die Augen. Wieso zum Teufel fühlt sich das so schwer an? »Weil ...«

»Heißt das, ich kann doch nicht nach Kalifornien? Du hast es mir doch noch versaut!«

»Halt doch einfach mal die Klappe«, seufze ich.

Er grinst. »Fein, also?«

»Ich hab gekündigt, weil ich ... na ja, weil ich mich in meinen Boss verliebt hab.«

Er runzelt die Stirn. »Das ist alles?«

»Was meinst du mit alles? Man kann nichts mit seinem Boss anfangen.« Ich schaue ihn an.

»Rae, tut mir leid, der Messenger zu sein, aber alle wissen, dass du auf ihn stehst.«

»Wer ist alle?«

»Na, einfach alle. Ich wette, wenn du meinen Schulbusfahrer fragst, würde der es auch wissen.« Lachend schüttelt er den Kopf. »Und jetzt? Jetzt hast du keinen Job, aber den Mann auch nicht?«

»O doch. Den Mann hab ich.«

»Dass ich das noch erleben darf«, scherzt er, wofür ich ihm einen Stoß gebe.

»Und einen Job hab ich auch. Einen neuen.«

»Im *Firehouse*? Kriegen wir dann wieder Rabatt?« Wie gut, dass er seine Prioritäten gesetzt hat.

»Nicht im *Firehouse*. Nein, ich bin Carls neue Office-Managerin.«

»Mein Carl?«

»Also, wenn dann ist es unser Carl.«

Er sieht mich so kritisch an, wie es nur ein Teenager kann. »Damit du ihn rumkommandieren kannst?«

Ich lache auf. »Daran hatte ich noch gar nicht gedacht, aber guter Hinweis. Das werd ich tun.«

»Rae … Du wirst ihn doch noch vergraulen.«

Ich schüttele den Kopf. »Falls du es noch nicht gemerkt hast, deine Brüder sind ganz schön stur, wenn sie es sein wollen.«

Einen Moment rattert es hinter seiner Stirn. »Das bedeutet, er bleibt wirklich in Whynot?«

»Er bleibt wirklich in Whynot.«

Und dann erscheint so ein Strahlen auf dem Gesicht meines kleinen Bruders, das ich das letzte Mal gesehen habe, als er an seinem fünften Geburtstag einen Eisbecher bekommen hat, der fast so groß war wie er selbst.

Man müsste ein Herz aus Stein haben, um nicht gerührt zu sein. Und meins … nun ja, es ist schon wieder geschmolzen …

MAVERICK

Ich betrete die Küche wie immer aus Richtung der Lodge, bin extra ein paar Minuten zu spät, weil ich hoffe, dass sie alle schon da sind. Seit Raelynn gekündigt hat, habe ich nicht mehr aufgehört zu grinsen. Meine Familie wird sofort wissen, dass was passiert ist, wenn sie mich sieht.

»Hallo«, sage ich, als ich eintrete. Grinsend. Glücklich. Euphorisch geradezu.

»Du siehst aus wie die Katze, die den Kanarienvogel

gefressen hat«, erklärt Lincoln. »Hat das was mit einer bestimmten Rothaarigen zu tun?«

Dieser kleine, aufmerksame Drecksack. »Mag sein.«

Sie starren mich alle an. Ich trete zu Mom, drücke ihr einen Kuss auf die Wange. Sie gibt mir einen Klaps auf die Brust. »Sag schon!«

»Raelynn hat gekündigt.«

»Was?«, ruft sie aus. »Wieso denn?«

Grinsend antworte ich: »Um mit mir zusammen zu sein.«

Einen Augenblick sind sie stumm, aber dann reden sie plötzlich alle durcheinander. »Oh, Junge ...« Das ist natürlich Mom, die mich umarmt, bevor sie fragt: »Aber bringst du damit das Mädchen nicht in Schwierigkeiten?«

»Ihr Bruder Carl, der unseren Anbau macht, weißt du? Er zieht seine Firma nach Whynot um und sie wird dann bei ihm arbeiten.«

Ich schaue zu Grandpa, der zwar körperlich anwesend ist, aber sein Geist ist nicht in dieser Welt. Es sticht, weil ich ihm gern erzählen würde, dass ich das Mädchen bekommen habe. Aber vielleicht weiß er es trotzdem. Irgendwo in seinem Herzen muss es immer noch einen kleinen Ort für seine Enkel geben, und da weiß er, dass es uns gut geht, dass wir glücklich sind und dass wir ihn lieben. Es kann gar nicht anders sein. Denn wenn ein Campbell einmal liebt, dann ist es für immer. Das gilt nicht nur für Partnerinnen, sondern auch für andere Beziehungen. Und Grandpa Paul liebt seine Familie. Das stand nie außer Frage.

Ich lege meinen Arm um Mom. Sie tätschelt meine Schulter. »Gut gemacht, Junge.«

»Ich versteh das noch nicht so ganz ...«, meint Grayson. »Wieso muss sie kündigen, um mit dir zusammen zu sein? Damit sie dich nicht auf der Arbeit und in der Freizeit ertragen muss?«

»Sehr witzig«, kommentiere ich.

»Ist eine meiner Stärken.« Er grinst mich an.

»Nein, sie … na ja, sie war meine Angestellte.«

»Und das ist eine schlechte Basis für eine Beziehung«, meint Peyton. »Man muss sich auf Augenhöhe begegnen.«

»Äh, ja, und … ich kann doch nichts mit einer Angestellten anfangen. So ein Mann bin ich nicht.«

Sie schauen mich an, als würden sie mich nicht erkennen. Dann fragt Nash: »Das ist der Grund, wieso du schon seit einer halben Ewigkeit hinter ihr her schmachtest, aber nichts deswegen unternommen hast?«

Ich zucke mit den Schultern. »Ist doch klar, dass man nichts mit einer Angestellten anfängt.«

»Ja, aber du hättest ihr doch einfach einen anderen Job suchen können«, meint Gray.

»Falls ihr es nicht wisst, es gibt nicht so viele Möglichkeiten in Whynot«, verteidige ich mich.

»Aber doch ein paar.« Lincoln grinst. »Wir lieben Juniper, aber bevor sie zu uns gekommen ist, hatten wir eine freie Stelle.«

»Sie hätte auch im Pub anfangen können«, meint Grayson. »Dann kann Nash aufhören zu jammern, dass er seine Freundin nicht sieht.«

Nash versetzt ihm einen Stoß. »Sie hätte auch im Café arbeiten können.«

»Wir suchen auch eine neue Schulsekretärin«, meint Jessica.

Ich starre sie an. »Euer Ernst?«

»Ja, klar. Wenn das bedeutet hätte, dass wir deinen miserablen Arsch nicht jahrelang ertragen müssen ...« Grayson grinst mich an. »Dafür, dass du unser Familienerbe verwaltest, bist du nicht besonders helle. Vielleicht sollte das jemand anderes übernehmen.«

»Sehr witzig.«

»Mav, sag ihm das nicht so häufig, sonst glaubt er es noch«, wirft Jess ein, streckt ihm die Zunge raus, als er protestiert.

Ich setze mich hin, habe irgendwie nicht damit gerechnet, dass sie mir alle geholfen hätten, wenn ich nur was gesagt hätte. Als Ältester waren sie immer meine Verantwortung. Ganz besonders nachdem Dad gestorben ist, war mir immer bewusst, dass ich alles tun würde, um sie zu unterstützen. Dass das keine Einbahnstraße ist, sondern in zwei Richtungen geht, war mir nicht klar.

»Danke«, sage ich leise.

Nash legt mir die Hand auf den Rücken. »Mann, ey ... Du bist ein Trottel.«

»Das sagt der Richtige«, wirft Lincoln ein. »Du hast nicht gemerkt, dass Autumn jahrelang in dich verliebt war.«

»Was er gesagt hat«, gebe ich grinsend zurück.

»Zu meiner Verteidigung ... na ja, ich bin auch ein Trottel«, sagt er dann und lacht.

Mom stemmt die Hände in die Seiten. »Ganz ehrlich: All meine Söhne sind offensichtlich Trottel.«

»Boah, Mom! Ich doch nicht«, ruft Lincoln.

Sie zeigt auf ihn. »Du bist vielleicht der Einzige, der sich nicht selbst im Weg stand. Und das ist erstaunlich.«

Lincoln legt grinsend den Arm um Peyton. »Ich musste nur dafür sorgen, dass ich es nicht versaue.«

Peyton lacht auf. »Und wie oft bist du so kurz davor.«

»Hey, gar nicht. Ich bin der perfekte Partner.«

Und irgendwie ist es merkwürdig, sich das bei meinem kleinen Bruder vorzustellen, aber … nun ja, vielleicht hat er recht.

Mom deutet auf Grayson. »Du hast Ewigkeiten gebraucht, bis du über die Tatsache hinwegkamst, dass Jessica eine Moore ist.«

»Gar keine Ewigkeit. Nur so lange, bis sie sich in dieser Nacht im Flugzeug an mich gekuschelt hat, weil ein Wolf«, er macht Luftgänsefüßchen, »angeblich unter der Maschine herumgelaufen ist. Dann dachte ich: Hm, gar nicht so schlecht.«

Jess versetzt ihm einen Stoß. »Ich hab mich nicht an dich gekuschelt.«

»Oh, da erinnere ich mich aber ganz anders …« Er grinst sie an. »Du, liebste Jess, hast dich ganz schön an mich rangemacht.«

»Gott sei Dank«, erklärt Mom, »sonst wärst du immer noch der grummelige Pubbesitzer, der keine abbekommt.«

»Mom, irgendwie bist du heute aggro«, neckt Lincoln sie.

Sie winkt ab. »Und es ist auch gar nicht gerechtfertigt. Schließlich habt ihr doch noch alle die Kurve bekommen.« Sie sieht mich an. »Und jetzt auch du. Ich freu mich für euch alle. Bin aber ein bisschen entsetzt, dass ich solche Trottel großgezogen hab.«

Jessica lacht. »Dafür kannst du ja nichts. Du hast ihnen die besten Anlagen mitgegeben. Und sie … nun ja, sie haben es einfach versaut.«

Peyton hält ihr die Hand hin und Jess klatscht ab.

Grinsend schaut Mom ihre beiden Quasi-Schwiegertöchter an. »Wie gut, dass ihr es trotzdem mit ihnen aushalten könnt.«

Es klopft an der Tür.

20

MAVERICK

Einen Augenblick schlägt mein Herz schneller, weil ich irgendwie hoffe, dass Raelynn doch noch gekommen ist, aber Mom eilt sofort hin, als hätte sie nur auf dieses Signal gewartet.

»Hallo«, sagt sie leise, als sie einen unbekannten Mann hereinlässt.

Stirnrunzelnd schaue ich zu ihm. Die Art, wie er sich leicht zu ihr beugt, wie sie einen halben Schritt zu nah bei ihm steht, wirkt sehr vertraut. Aber ich kenne doch eigentlich alle Menschen, mit denen Mom Kontakt hat ... Andererseits, hatte sie nicht erwähnt, dass sie daten will? Ist das ihr Date? O Gott, ich hätte mich die ganze Zeit mal erkundigen müssen. Aber ich war so mit meinen eigenen Problemen beschäftigt, dass ich nicht mal auf die Idee gekommen bin, sie danach zu fragen.

»Das hier ist ...« Sie sieht unsicher zu ihm auf, und

ich möchte in die Luft gehen. Unwillkürlich trete ich einen Schritt näher, jederzeit bereit, Mom von ihm wegzuziehen.

Grayson will auch schon aufstehen, aber Jess legt ihm die Hand auf den Arm.

»Wer ist das?«, fragt Lincoln und seine Stimme klingt bedrohlicher, als ich sie bisher gehört habe.

Mom wirft ihm einen Blick zu, bevor sie seine Hand nimmt. Sie strafft die Schultern, während ich verwirrt bin. Wieso sind seine Finger in ihren?

»Das ist Toni Cooper. *Mein* Toni.«

Es ist so still, man könnte eine Stecknadel fallen hören.

Nash, Grayson, Lincoln und ich sind wie vom Donner gerührt, starren alle diesen Mann an. Diesen Mann, der nicht Dad ist.

Jess springt auf, tritt auf die beiden zu. »Schön, Sie kennenzulernen. Ich bin Jessica.« Sie reicht ihm die Hand, die er schüttelt.

»Die Freude ist ganz meinerseits.«

»Grayson«, zischt sie, winkt ihn zu sich, aber mein Bruder hat offensichtlich die letzten funktionierenden Gehirnzellen auch noch verloren, denn er sitzt einfach nur geschockt da.

Mom lacht nervös auf. »Ähm, ja, also, vielleicht sollten wir essen.« Sie schenkt dem Mann einen entschuldigenden Blick, will an den Herd treten, entscheidet sich aber noch mal um.

Mom hat einen Freund. Mom hat einen Freund. Mom hat einen Freund.

Diese vier Worte toben in Dauerschleife durch meinen Kopf. Ich weiß nicht, was ich von ihnen halten soll. Bisher gab es immer nur Dad. Natürlich ist er schon eine ganze Weile tot, aber weiter habe ich nie darüber nachgedacht, ob Mom …

Sie sieht mich irgendwie flehentlich an, weswegen ich mich räuspere. Ich trete ein paar Schritte auf sie zu, halte diesem Toni meine Hand hin. »Ich bin Maverick.«

Er wirkt irgendwie erleichtert, als er meine Hand schüttelt – warm und fest, wie es sich für einen Mann gehört – und sagt: »Es freut mich sehr, euch alle endlich mal kennenzulernen.«

Ich muss mich zusammenreißen, damit ich nicht versuche, ihm die Finger zu zerquetschen. Erstens wäre das kindisch und zweitens auch noch unfair. Mom lächelt dankbar.

Ich drehe mich zu meinen Brüdern um. »Das sind Grayson, Lincoln und Nash. Hudson ist heute nicht da.«

»Wegen des Babys. Das hat Betty mir schon erzählt.« Er lächelt auf eine Art, die Mom wahrscheinlich charmant findet, mich aber an einen Gebrauchtwagenhändler erinnert.

»Was kann ich Ihnen zu trinken anbieten?«

Er wirft einen Blick auf den Tisch. »Ähm, ich nehm ein … ein Bier, denke ich.«

»Toni trinkt lieber Rotwein«, wirft Mom ein.

»Einen Rotwein also.«

Ich trete an den Vorratsschrank, hole eine Flasche heraus, drehe mich um und sehe mich plötzlich Lincoln gegenüber.

»Ist das zu fassen? Sie hat einen Freund!«, zischt er.

Ähnliche Gedanken schwirren mir ebenfalls durch den Kopf, stattdessen sage ich aber: »Hast du gedacht, dass sie bis zum Ende ihres Lebens allein sein wird?«

»Ja«, meint Lincoln, bevor er sich über den Kopf streicht. »Na ja, sie soll schon glücklich sein. Aber ich dachte, das Thema Liebe ist für sie abgeschlossen.«

Grinsend hole ich ein Weinglas aus dem Schrank. »Für dich auch, Mom?«

»Ja, bitte.«

Bewaffnet mit einer Flasche und zwei Gläsern trete ich zurück an den Tisch. »Setzen Sie sich doch, Toni.«

Meine Brüder starren mich ein wenig entgeistert an, aber was soll ich machen? Ihn nach draußen schleifen, um ihn in den Teich zu werfen?

Ich schenke ihm ein, setze mich dann ebenfalls an den Tisch, nehme mir ein Bier. »Und was machen Sie so, Toni?«, frage ich.

Mom wirft mir einen warnenden Blick zu, den ich ignoriere. Ich kann ihn vielleicht nicht in den Teich werfen, aber ich kann herausfinden, was er für Absichten hat. Das kann sie mir nicht verwehren, nachdem sie sich mit Vorliebe in unsere Beziehungen eingemischt hat.

»Ich bin schon in Rente.«

»Und vorher?«

Er nimmt einen Schluck, verzieht dabei nur ganz leicht das Gesicht. Unsere Vorräte scheinen seinem Gaumen nicht zu entsprechen. »Davor war ich in der Stadtverwaltung von Wasilla tätig.«

»Wohnen Sie da auch?«

Er nickt. »Am Lucille Lake.«

»In der Nähe von Sarah Palin?«, fragt Lincoln.

»Auf der anderen Seite.«

»Okay, Jungs, die Inquisition ist jetzt beendet. Deckt bitte den Tisch«, mischt sich Mom ein.

»Wir unterhalten uns doch nur. Nicht wahr, Toni?«, frage ich scheinheilig.

»Äh, ja, klar.« Er lächelt, und Mom legt ihm eine Hand auf die Schulter. »Ohne Fragen zu stellen, ist ein Kennenlernen ein wenig schwierig, Betty.«

Mom schaut mich erneut warnend an, was mich nur zum Grinsen bringt.

Nash und Lincoln sind aufgestanden, um den Tisch zu decken, während Grayson sich vorbeugt, als hätte er seine Beute im Visier. Er runzelt die Stirn. »Und wie haben Sie sich kennengelernt?«

»Nun …«

»Das geht euch nichts an«, erklärt Mom.

»Wir dürfen nicht wissen, wie du deinen Kavalier getroffen hast?«, fragt Nash verwirrt. »Wieso nicht?«

»Weil ich das nicht möchte. Und jetzt hört mit dieser Befragung auf.« Sie greift nach den Topflappen, öffnet den Ofen, holt den Braten heraus, will gerade losgehen, als sie plötzlich kurz aufschreit und den Bräter fallen lässt.

»O nein«, keucht sie, reibt sich die Hände, als sie sieht, wie das gute Stück Fleisch mit all der Soße auf dem Boden liegt.

Grayson und ich springen zeitgleich auf. Als Mom sich an dem Malheur zu schaffen machen will, ziehe ich sie weg, nehme ihr die Topflappen ab. Ich stelle den Topf auf den Tisch, während Lincoln den Braten in die Spüle legt. »Wie viele Sekunden waren das wohl?«, fragt er.

Peyton meint: »Mehr als drei Sekunden, aber wir können ihn bestimmt abwaschen.«

Mom lässt sich auf einen Stuhl sinken, schlägt die Hände vors Gesicht. »Es sollte doch alles perfekt sein.«

»Hey, Mom«, sage ich, lasse mich neben ihr nieder. »Alles ist gut. Es ist perfekt.«

Ich höre ein Schluchzen, was mich bestürzt. Es ist eine Ewigkeit her, dass ich sie weinen gehört habe. Im Gegenteil. In den letzten Monaten wirkte sie eigentlich ziemlich glücklich. Ich habe so einen Verdacht, dass Toni Cooper eventuell der Grund sein könnte.

»Nichts ist gut.« Sie sieht mich ein wenig verzweifelt an. »Vielleicht war es zu früh …« Sie sieht zu Toni, der sie anlächelt und ihr die Hand reicht. Sie legt ihre in seine.

Ich seufze. »Vielleicht hättest du es nicht monatelang verheimlichen sollen.«

Sie zuckt mit den Schultern. »Ich hatte Angst vor dem, was ihr sagen würdet.«

»Wieso? Meinst du, wir wollen nicht, dass du glücklich bist?«

»Aber ihr habt euren Vater geliebt …«

»Und das tun wir auch weiterhin.« Ich drücke ihr Knie. »Solange es dir gutgeht, sind wir zufrieden.«

»So ist es«, meint Grayson, bevor er sich zu Toni dreht. »Nur um das klarzustellen: Wenn es ihr nicht mehr gutgeht, haben wir ein riesiges Problem. Denken Sie dran, wie Sie sie …«

»O Mann, Gray«, wirft Mom ein.

»… behandeln.« Er grinst, aber freundlich ist was ganz anderes.

Toni lacht auf. »Das hab ich den Kerlen auch gesagt, die mit meinen beiden Töchtern ausgegangen sind. Hat nie viel genutzt.« Grayson tritt auf ihn zu, und er hebt schnell die Hände. »Ich mein, die Richtigen hat das nicht abgehalten, weil sie gar nicht vorhatten, sie in irgendeiner Weise schlecht zu behandeln.«

»Noch mal gerettet«, knurrt Grayson.

»Mom, alles ist gut. Lass uns essen.«

Und irgendwie ist es doch ein schöner Abend, auch wenn jede Bewegung Tonis mit Argusaugen bewacht wird. Aber so sehen wir auch die Momente, in denen er ihre Hand hält, in denen sie sich verliebt anlächeln und er sie zum Lachen bringt. Vielleicht ist er gar nicht so schlecht.

»Möchtest du noch was, Paul?«, frage ich Grandpa, der kaum noch etwas isst.

»Nein, nein«, sagt er abwesend. »Weißt du, wo meine Lucille ist?«

»Sie müsste gleich wiederkommen«, sage ich beruhigend. Anfangs war mir nicht so wohl bei dem Gedanken, ihn anzulügen, aber es beruhigt ihn, wenn er denkt, dass sie noch lebt.

»Möchtest du Nachtisch?«

Er schüttelt den Kopf. »Nein, nein. Ich denke, ich geh ins Bett.«

Langsam steht er auf, und ich folge ihm zu seinem Schlafzimmer, um sicherzugehen, dass er auch wirklich dort ankommt.

»Kann ich dir noch irgendwie helfen?«, frage ich, als er verwirrt in der Mitte des Raums stehenbleibt.

»Was wollte ich hier?«

»Schlafen gehen.«

»Ach ja, richtig.«

Als er beginnt, nach seinem Schlafanzug zu greifen, verlasse ich das Zimmer, um ihm seine Privatsphäre zu lassen. Ich höre das Wasser in seinem Bad laufen, die Toilettenspülung geht und dann ist es ruhig. Aber das Licht bleibt an. Ich klopfe, bekomme aber keine Antwort, weswegen ich die Tür öffne und Grandpa friedlich schlafen sehe.

Lächelnd lösche ich das Licht. Da mir nicht danach ist, jetzt sofort wieder zu den anderen zurückzugehen, trete ich ans Fenster, schaue in die Richtung, wo irgendwo Raelynns Haus liegt. Wie gerne wäre ich jetzt bei ihr.

RAELYNN

Nach dem Abendessen sage ich Carl, dass ich noch in die Lodge fahre. Er grinst mich an, wozu ich die Augen verdrehe. Es ist sowohl Fluch als auch Segen, meine großen Brüder – zusätzlich zu Dad und Kay – im Haus zu haben. Sie mischen sich eindeutig zu viel in mein Leben ein. Da sollte ich schnell mal einen Riegel vorschieben.

Ich fahre zur Lodge, parke am Hintereingang, der zu Mavericks Apartment führt. Dann drücke ich auf seinen Namen auf meinem Handy.

»Hey«, sagt er, und mir wird sofort warm, als ich seine Stimme höre.

»Hey. Was machst du?«

»Ich bin auf dem Weg in mein Apartment. Was machst du?« Ich höre den Humor in seiner Stimme.

»Ich warte, dass mir jemand den Hintereingang aufmacht.«

»Schon auf dem Weg.« Und da klingt eindeutig Freude mit.

Ich steige aus dem Auto, trete an die Tür, warte auf

das Klicken des Schlosses. Und als es kommt, dauert es mir fast zu lange, bis ich endlich in seinen Armen bin.

»Ich hab dich vermisst«, murmelt er gegen meine Haare.

»Es ist doch erst ein paar Stunden her.«

»Das ist eindeutig zu lang.«

Ich lache auf, vergrabe meine Hände in seinen Haaren.

Maverick greift nach meiner Hand, und dann eilen wir nach oben. Als er mich ins Schlafzimmer ziehen will, bleibe ich stehen.

Überrascht sieht er mich an. »Nicht?«

»Wir haben erst noch was anderes zu erledigen.«

»Und was?«

Ich hole eine Schere aus meiner Handtasche. »Ich will dir die Haare schneiden.«

»Gefällt dir meine Frisur nicht?«, scherzt er.

»Dir gefällt deine Frisur nicht.«

»Stimmt auch wieder.«

»Dann mach dir die Haare nass und komm wieder her.«

Während er im Bad ist, suche ich auch noch den Kamm in der Tasche, stelle einen Stuhl ins beste Licht, auch wenn es künstliches ist.

Maverick kommt zurück, trocknet sich mit einem Handtuch noch die Haare ab. »Weißt du auch, was du tust?«

»Ich schätze, das finden wir heraus.«

»Oje.« Er grinst mich an, bevor er sich auf den Stuhl setzt.

Ich lege ihm das Handtuch um die Schultern, kämme die Haare, die nass noch so viel länger sind als vorher. Sie sind seidig, zumindest, wenn sie trocken sind, und gleichzeitig kräftig und gesund. Wenn ich ihn fragen würde, würde er wahrscheinlich sagen, dass er sie sich mit Kernseife wäscht.

Es ist so gemein. Frauen machen so ein Drama um ihr Haar, und nicht eine hat solch tolles wie er. Unfair. Aber wirklich.

Dann beginne ich zu schneiden, und irgendwie ist es diese superintime Angelegenheit. Weil er mir vertraut, dass ich es nicht versaue.

Vielleicht streiche ich ein bisschen viel durch seine Haare, über seine Kopfhaut und Stirn. Aber ich mag es, ihn zu berühren. Als ich mich zwischen seine Beine stelle, legt er seine Hände auf meine Hüften unter mein Oberteil, streichelt mit den Daumen über meine Haut.

Für einen kurzen Augenblick setze ich mich auf seinen Schoß, schlinge die Arme um ihn.

Er streicht mir die Haare aus der Stirn. »Ich freu mich, dass du gekommen bist.«

»Nicht zu spontan?«

»Gar nicht. Du kannst immer kommen, wenn du willst.« Er sieht mir in die Augen. »Ich geb dir einen Schlüssel.«

»Damit ich mich nachts heimlich zu dir schleichen kann?«, necke ich ihn.

»Hab auch nichts dagegen, wenn du die Vordertür benutzt.« Er umfasst mein Gesicht, drückt seine Lippen auf meine. »Was hab ich für ein Glück.«

»Und ich erst.«

———

Er dreht sich grinsend um. »Sieht großartig aus.«

»Das liegt daran, dass mein Modell so heiß ist.«

Er kommt auf mich zu, zieht mich in die Arme. »Danke für meine neue Frisur.«

»Gefällt sie dir wirklich oder sagst du es nur so?«

»Würde ich auf jeden Fall machen, aber ich mag sie auch wirklich.«

»Das freut mich.« Ich schlinge meine Arme um ihn, lasse mich hochheben.

Meine Finger umfassen sein markantes Gesicht, während ich meine Lippen auf seine drücke und gleichzeitig meine Beine um ihn schließe.

»Können wir jetzt ins Schlafzimmer?«

Grinsend nicke ich. »Sehr, sehr gern.«

Maverick spielt mit meinen Haaren, während mein Kopf auf seiner Brust gebettet ist. »Ich hab allen erzählt, dass wir jetzt zusammen sind.«

»Und?«

»Und niemand hat verstanden, wieso ich so lange gewartet hab.«

Ich richte mich auf, schaue ihn an. »Hab ich auch nicht verstanden«, ziehe ich ihn auf. »Ich bin einfach großartig.«

Er reibt sich über das Gesicht. »Das bist du. Keine Ahnung, wie ich dir widerstehen konnte. Wobei … konnte ich auch gar nicht.«

Lächelnd drücke ich meine Lippen auf seine. »Und wieso konnten sie es nicht verstehen?«

»Weil sie dir alle einen Job angeboten hätten.«

»Was?«

»Wenn sie gewusst hätten, dass die Tatsache, dass ich dein Boss war, uns auseinandergehalten hat, hätte jeder von ihnen dir einen Job gegeben.« Er seufzt leise.

»Und jetzt?«

»Jetzt bedaure ich, dass ich das nicht schon vorher in Betracht gezogen hab.«

Lachend tippe ich ihm auf die Brust. »Das ist auch bedauerlich.«

»Fuck. Ich bin ein Trottel.«

»Bist du. Aber wo wir gerade schon mal bei dem Thema sind ... Seit wann stehst du denn auf mich?«

»Seit ich dich das erste Mal vor vier Jahren im *Firehouse* gesehen hab.«

Ich starre ihn überrascht an. »Wirklich? Daran kannst du dich erinnern?«

»Es war im Sommer. Du hattest abgeschnittene Jeans unter deiner schwarzen Schürze an. Deine Turnschuhe waren pink, weswegen du von der alten Debra zurechtgewiesen wurdest.«

»Du erinnerst dich tatsächlich.«

»An alles. Wann hast du es gewusst?«

»Hatte ich dir doch schon erzählt, oder?«

»Dann sag es mir noch mal.« Sein Lächeln kann ich in seiner Stimme hören.

»In dem Moment, in dem ich dich das erste Mal im *Firehouse* gesehen hab.« Ich grinse. »Ich mein, ich wusste natürlich schon mein halbes Leben, wer du warst, schließlich bist du ein Campbell.«

»Sag das nicht so, als wären wir Royals.«

»Ist doch aber fast so.«

»Aber nur fast.«

Ich lache, küsse ihn. »Dann haben wir also ganze vier Jahre verschwendet?«

»Das passiert uns nicht mehr.«

»Nie wieder.« Ich kuschele mich in seine Arme, genieße, dass er mich an sich zieht.

Maverick Campbell. Meiner.

»Du hättest nicht zur Tür kommen müssen«, sage ich, als ich Maverick öffne.

»Doch, das gehört sich so, wenn man eine Frau zu Hause abholt.« Er grinst mich an, reicht mir einen kleinen Strauß. »Die sind aus Moms Garten.«

Ich stecke meine Nase hinein. »Sie sind wunderschön.«

»Ist dein Dad da?«

»Wieso?«

»Ich will mich vorstellen.«

»Das musst du nicht.«

Er sieht mir fest in die Augen. »Doch, das muss ich.«

Vielleicht ist das antiquiert, aber ich kann nicht umhin, die Wärme zu spüren, die bei seinen Worten durch mich fließt. Daher trete ich zur Seite, führe Maverick in die Küche, in der Dad mit Katie malt. Carl sitzt dabei, sortiert Rechnungen und Belege.

Ich klopfe leise auf den Tisch, und Dad sieht auf. »Dad, das ist mein Freund Maverick«, gebärde ich.

Maverick tritt neben mich. Ich hätte ihm vielleicht sagen sollen, dass er deutlich sprechen soll, damit Dad ihn besser versteht, aber statt zu sprechen, gebärdet er, und ich bin so überrascht, dass mir der Mund offenstehen bleibt. »Hallo, mein Name ist Maverick und ich möchte mit ihrer Tochter ...«, er stutzt einen Augenblick, zieht dabei die Stirn kraus, »ausgehen.«

Dad grinst, bevor er antwortet: »Da musst du sie fragen, Junge.«

Maverick sieht Carl an, der übersetzt: »Raelynn musst du fragen, nicht ihn.«

Maverick wirft mir einen Blick zu, bevor er erneut seine Hände sprechen lässt. »Ich möchte auch Ihre Erlaubnis.«

Dad wird ernst und nickt. »Verstehe«, gebärdet er. »Ein Mann, der noch weiß, was sich gehört.«

Ich verdrehe die Augen. Aber Maverick nickt. »Ich will es richtig machen. Weil ... weil sie die Richtige ist.«

Dad steht auf, geht um den Tisch und tritt auf ihn zu. Dann reicht er ihm die Hand. Erleichtert ergreift Maverick diese. Sie sehen sich einen langen Moment an, bevor Dad nickt.

»Du hast meinen Segen«, signalisiert er.

»Danke, Sir.«

Auf dem Weg zu seinem Wagen sagt er: »Ich hab noch nie so gezittert wie gerade.«

Ich lache auf, greife nach seiner Hand. »Du hast Gebärdensprache gelernt.«

»Hab einen Onlinekurs gemacht, aber ich bin noch nicht so gut.«

Ich bleibe stehen, will, dass er mir in die Augen sehen kann. »Du weißt nicht, was mir das bedeutet.«

Er lächelt, streichelt über meine Wange. »Ein Mann sollte die Sprache des Vaters der Frau können, die er liebt.«

Mein Herz setzt einen Moment aus. »Du liebst mich?«, flüstere ich dann.

»Mehr als alles andere.«

Und dann falle ich ihm um den Hals. Er wirbelt mich herum, lacht, während meine Augen voller Tränen sind. Dieser Mann … Er war all das Warten plus sechshundert Dollar aber so was von wert.

21

RAELYNN

Maverick hält mir die Hand hin. »Bist du bereit?«
»Nein.« Ich lache auf, streiche über meinen Rock. »Aber wir machen es trotzdem.«

Er öffnet die Tür, und dann treten wir beide in die Küche seiner Familie. Diesen privaten Teil der Lodge kenne ich bisher noch nicht. Zwar war ich schon mal an der Eingangstür – als ich seine Mutter geholt hab, weil er nackt in seinem Büro stand –, aber noch nie hier drin.

Neugierig schaue ich mich um, will aber gleichzeitig nicht den Eindruck erwecken, weil sie schon alle da sind. Ich hebe die Hand, winke ein wenig unsicher.

»Hey, ich wusste nicht, dass ihr kommt«, ruft Maverick aus, lässt meine Hand los – Unverschämtheit! – und eilt auf Hudson und seine wunderschöne Juniper zu. Hudson grinst und hält ihm ein kleines Bündel entgegen.

Maverick streckt die Arme aus. »Ich will nichts kaputtmachen.«

»Er ist robuster, als er aussieht«, meint Juniper lächelnd.

Ich trete näher, sehe, wie dieser große Mann dieses kleine Menschlein in den Armen hat, liebevoll in sein Gesichtchen blickt, und spüre so ein Ziehen in den Eierstöcken. Gott, wie sexy kann man bitte sein?

»Schau mal«, sagt er zu mir. »Mein erster Neffe. Paul Raymond.«

»Zuckersüß«, sage ich leise, lächele Juniper an, die ein wenig müde um die Augen aussieht, aber ansonsten fröhlich wirkt. »Hi, ich bin Raelynn.«

»Wir haben schon so viel von dir gehört.«

»Sorry, was hab ich verpasst?«, ruft Autumn, als sie die Tür öffnet.

Grayson runzelt die Stirn. »Wenn du hier bist, wer passt dann auf den Pub auf?«

»Ich hab gesagt, es ist Selbstbedienung auf Vertrauensbasis.« Sie grinst, bevor sie zu Nash tritt, ihre Arme um ihn schlingt.

»Fuck. Jetzt bin ich arm«, knurrt Grayson.

»Keine Schimpfworte vor dem Baby«, erklärt Mrs. Campbell, bevor sie zu mir tritt. »Da mein Sohn offensichtlich keine Manieren hat, sag ich: Willkommen in der Familie, Raelynn.« Sie umarmt mich, und irgendwie fühlt sich das so gut an, dass ich nicht mehr loslassen will.

Es dauert eine Weile, bis ich sie alle begrüßt habe. Vom Sehen und im Vorbeigehen kenne ich sie alle, aber es fühlt sich anders an. Jetzt ist es, als würden sie mich in ihre Familie aufnehmen. Was vielleicht auch die Schmetterlinge erklärt.

Unsere Familien haben viel gemeinsam. Jeweils ein Elternteil ist viel zu früh gestorben und wir beide sind Teil eines Quintetts, fünf Gleiche. Ich frage mich jetzt schon, wo wir einen Raum finden werden, der groß genug für Weihnachten ist, wenn die Campbells und die Brookners gemeinsam feiern wollen.

Und dann ist da ein Mann, den ich nicht kenne, den mir Mrs. C aber als *ihren* Toni vorstellt, und was Süßeres gibt es doch gar nicht. Ich reiche ihm die Hand.

»Schön, Sie kennenzulernen. Ich bin der Neue in der Runde.«

Ich lächele. »Haben Sie Angst?«

Er lacht auf. »Mir schlottern die Knie.«

Grinsend antworte ich: »Das kann ich so gut verstehen.«

»Okay, okay, dann setzt euch mal alle«, ruft Mrs. C.

Maverick, der das Baby wieder zurückgegeben hat, sucht nach mir, hält mir dann den Stuhl, damit ich mich setzen kann.

»Angeber«, knurrt Grayson.

»Nur kein Neid.« Maverick setzt sich neben mich, legt seine Hand auf meine.

»Oh, bald müssen wir anbauen«, erklärt Mrs. C lachend. »Was nicht bedeutet, dass ihr euch mit den Enkelkindern nicht beeilen sollt.«

»Boah, Mom«, stöhnen vier der Jungs, während Hudson meint: »Ich hab dir gerade erst eins geschenkt.«

»Und deswegen bist du mein Liebling«, sagt sie lachend.

»Boah, Mom!«, ruft Lincoln aus. »Das ist so fies.«

»Fies ist, dass ich fünf Söhne, aber nur ein Enkelkind

hab.« Sie sieht zu dem kleinen Erdenbürger. »Wobei er der süßeste Junge ist, den es gibt.«

Toni beugt sich zu mir. »Puh, hab ich ein Glück, dass ich nicht damit gemeint bin.«

»Aber ehrlich. Ich wünschte, das könnte ich auch von mir sagen …«

Er lacht. »Ich befürchte, Sie entkommen ihr nicht.«

Maverick beugt sich zu mir, lächelt mich an. »Schön, dass du mitgekommen bist.«

»Hatte nicht den Eindruck, als hätte ich eine Wahl«, necke ich ihn.

»Mist. Hast du gemerkt, was?«

Ich verflechte unsere Finger. »Aber ich will auch nirgendwo sonst sein.«

»Wie geht es eigentlich dem Hund?«, fragt Nash. »Miss Marple, richtig?«

»Genau. Sie wächst und gedeiht. Meine Nichte liebt sie heiß und innig. Sie ist aber auch ein Knuffelchen.«

»Ein Hund?«, fragt Hudson. »Was für einer?«

»Irgendein Mischling mit goldenem Fell«, antworte ich. »Sie ist mir … na ja, irgendwie zugeschwommen. So kann man das wohl sagen.«

Er runzelt die Stirn. »Sie war im Fluss? Dann hat sie aber Glück gehabt, dass du sie gefunden hast.«

Ich schaue zu Maverick. »Und ich hatte Glück, dass du mich gefunden hast.«

Er drückt meine Finger, lächelt mich an. »Es war mein Glück.«

Jessica seufzt und stößt Grayson an. »So nette Sachen sagst du mir nicht.«

»Weil sie kitschig sind«, kommentiert dieser.

Sie sieht empört in die Runde. »Alles, was ich zu hören bekomme, ist *toller Arsch*.«

Ich lache auf, ebenso wie alle anderen.

Grayson grinst. »Wem der Schuh passt ...«

Jessica verdreht die Augen. »Und ein Datum für die Hochzeit haben wir auch immer noch nicht.«

Mrs. C sieht sie erschrocken an. »Immer noch nicht? Aber ihr seid doch schon ewig verlobt.«

»Liegt nicht an mir, Mom«, erklärt Grayson eilig und zeigt auf Jessica.

»Hey, wir hatten beide vereinbart, dass wir erst alle Angelegenheiten in Ordnung bringen«, beschwert sich diese.

»Und habt ihr das jetzt?«, fragt Mrs. C.

»Haben wir. Jetzt fehlt nur noch ein Datum.« Sie sieht Grayson an.

»Wie wäre es mit morgen?«, fragt dieser.

»Morgen?«, fragt Mrs. C entsetzt, bevor sie die Stirn runzelt. »Das könnte klappen.«

Jessica sieht ihn absolut versteinert an. »Morgen? Dein Ernst?«

Er zuckt mit den Schultern. »Bevor wir jetzt noch ewig diskutieren ... Alle Wichtigen – außer deinem Dad – sind hier, weswegen wir uns die Einladungen sparen können.«

»Du bist so ausgesprochen praktisch.«

»Ich tu, was ich kann.«

»Morgen also«, meint Autumn. »Na, dann haben wir viel zu tun.«

Aber irgendwie stellt niemand infrage, dass eine so kurzfristige Hochzeit ... nun ja, ziemlich kurzfristig ist ...

Als ich den Saal betrete, bleibe ich stehen, fassungslos, was innerhalb einer Nacht und eines halben Tages alles möglich ist. Der Saal der Lodge ist mit Blumen und Bändern dekoriert, überall stehen Vasen und Kerzen und jede Menge Stühle wurden aufgestellt.

»Wow«, sage ich, als ich endlich wieder laufen kann, und Maverick mich zu der Stelle bringt, an der Nash und Autumn stehen.

»Oder?«, fragt diese strahlend. »Da haben sich wohl alle selbst übertroffen.«

»Wie habt ihr das geschafft?«

Sie zuckt mit den Schultern. »Zauberei.« Dann lacht sie. »Whynotter halten zusammen, wenn es drauf ankommt.«

»Und Jessica? Wie geht es ihr?«

»Sie ist natürlich aufgeregt.«

»Wahrscheinlich besonders, weil es das erste Mal ist, dass Moores ihren Fuß in die Lodge setzen«, scherzt Nash.

»Oje. Wie wird das wohl werden?«

»Da müssen sich alle einfach mal ein wenig am Riemen reißen.« Sie wirft Nash einen Blick zu.

»Das ist ganz schön unfair. Schließlich hab ich Nellie ein Friedensangebot überreicht.« Er verschränkt die Arme vor der Brust. »Sie hat es mit Füßen getreten.«

Autumn verdreht die Augen. »Gab es irgendwelche Einbußen, weil die Zimtröllchen vegan sind?«

»Nein, aber …«

»Keine weiteren Fragen.« Sie lacht auf, bevor sie auf

ihr Handy schaut. »Oh, ich muss los. Trauzeuginnenaufgaben.«

Maverick sieht ihr hinterher. »Für wen ist sie denn jetzt die Trauzeugin?«

»Für Gray, aber es ist beinahe zum Streit gekommen.«

»Zwischen Gray und Jess?«, fragt Maverick.

»Genau. Dass sie überhaupt noch heiraten, ist wohl ein Wunder.« Nash grinst.

»Und wer ist Jessicas Trauzeugin?«

Nash verzieht das Gesicht. »Nellie.«

Maverick lacht auf. »Da wünschst du dir wahrscheinlich, dass Jess gewonnen hätte.«

»Aber wen hätte Grayson nehmen sollen?«

»Na, mich«, scherzt Maverick. Wobei ich mir nicht sicher bin, ob das ein Witz sein soll.

»Wieso dich, wenn er mich auch haben kann?«

»Hey, Jungs, jetzt nicht darüber streiten. Er hat doch eine gute Wahl getroffen«, werfe ich ein.

»Das stimmt«, meint Nash, »und wenn wir ehrlich sind, ist Autumn auch mehr Mann als wir.«

Maverick lacht auf. »Wo du recht hast …«

Mrs. C kommt vorbei, sieht absolut atemberaubend in einem hellgrünen Sommerkleid aus, am Arm des gut aussehenden Toni Coopers. »Raelynn, du siehst wunderschön aus«, begrüßt sie mich, drückt mich an sich.

»Sie sehen großartig aus«, entgegne ich.

Sie winkt ab. »In meinem Alter ist das nicht mehr so wichtig.«

Toni tätschelt ihren Arm. »Weil du weißt, dass du immer die Ballkönigin bist, meine Liebe.«

Ihre Wangen färben sich rosa, sie lächelt geschmeichelt, bevor sie sagt: »Du Charmeur.«

Und ganz ehrlich: Ein Mann, der es schafft, eine Frau so zum Strahlen zu bringen, ist einer von den Guten. Das weiß ich zufällig, weil ich auch so einen neben mir stehen habe.

Als es Zeit ist, unsere Plätze einzunehmen, bin ich erstaunt, dass doch tatsächlich ein paar Moores gekommen sind. Ezra und Elspeth. Stephanie. Jessicas Vater wird auch irgendwo sein, und natürlich Trauzeugin Nellie. Und die Lodge ist noch nicht eingestürzt. Das will was heißen.

Grayson tritt gemeinsam mit Autumn an den Altar. Mir ist das gerade nicht so aufgefallen, vielleicht, weil ich von der Deko so abgelenkt war, aber Autumn Stark ist ganz eindeutig eine der schönsten Frauen, die ich je gesehen habe. Außerdem hat sie eine solche Präsenz, dass man die Augen nicht von ihr lassen kann.

Der Brautmarsch setzt ein, und wir stehen auf, drehen uns zur Seite, um die wunderschöne Jessica in einem herrlichen Kleid aus Spitze am Arm ihres Vaters Abe und seiner Frau Maggie zum Altar schreiten zu sehen. Sie strahlt über das ganze Gesicht, während ihr gleichzeitig Tränen über die Wangen laufen.

Und sie ist einfach spektakulär, was auch Grayson denkt. Er sieht aus, als würde er fast in die Knie gehen. Er presst sich die Faust gegen den Mund.

»Fuck«, rutscht ihm raus. »Sorry«, sagt er dann zu Herman, dem Betreuer von Katzenbürgermeister Stubbs, der die Zeremonie abhalten wird.

Als Jessica bei ihm angekommen ist, schließt er sie in die Arme, küsst sie so heftig, dass man meinen könnte, die Hochzeit wäre schon vorbei.

Er murmelt ihr irgendetwas zu, was sie noch mehr

zum Strahlen und zum Weinen bringt, bevor sie sich vor den kleinen Altar stellen, auf dem schon ein Kissen für Stubbs liegt.

Herman holt den stattlichen Maine-Coon-Kater, setzt ihn auf seinen Thron. Bisher habe ich noch keine Trauung mit Katze erlebt, weswegen ich ziemlich gespannt bin, wie das abläuft. Leider stellt sich heraus, dass er die meiste Zeit einfach nur süß aussieht, weil Herman das Soufflieren übernimmt. Aber ganz zum Schluss miaut er noch mal, was alle als seinen Segen ansehen.

Diese Stadt ist einfach so herrlich verrückt, man glaubt es kaum.

Maverick legt seinen Arm um meine Schultern, als wir aufstehen. »Eine schöne Trauung.«

»Find ich auch.« Ich wische mir eine Träne ab.

»Ob wir das toppen können?«

Fassungslos starre ich ihn an, während er lacht.

»War das … war das ein Antrag?«

»Wenn ich dir einen mache, musst du nicht fragen, ob es einer war.« Er grinst mich an, greift nach meiner Hand.

»Aber war das einer?«

»Hättest du denn Ja gesagt?«

»Immer.« Ich schaue ihm in die Augen.

»Das merk ich mir.«

Und dann küsst er mich, bevor wir seiner Familie in das Restaurant der Lodge folgen. Aber hat er mir nun einen Antrag gemacht oder nicht?

EPILOG

MAVERICK

IM NÄCHSTEN FRÜHSOMMER

Ich wische meine Hände an der Jeans ab, warte, bis Raelynn und Carl das Haus verlassen haben, bevor ich an die Tür trete und klingele. Eigentlich erwarte ich ihren Dad – für ihn haben sie eine optische Klingel installiert –, aber stattdessen öffnet Katie die Tür.

»Hallo«, ruft sie aus, bevor sie sich in meine Arme stürzt, dicht gefolgt von Miss Marple, die an mir hochspringt.

Lachend fange ich sie auf. »Hey, Prinzessin. Wie geht es dir?«

»Sehr gut. Tante Rae ist gerade gegangen.«

Ich nicke. »Eigentlich will ich zu deinem Grandpa. Wo ist er?«

Als ich aufsehe, steht dieser in der Küchentür, schaut

lächelnd auf Katie. Im letzten Jahr ist viel passiert, unter anderem, dass er angefangen hat, im Supermarkt zu arbeiten. Jakob hat seine Praxis in Whynot eröffnet, Carls Firma gedeiht prächtig und Noah und Lincoln haben ihr erstes Gold gefunden, weshalb sie weitermachen.

Katie kommt nach dem Sommer in die Schule, weswegen sie Jessica schon mehrfach ausgefragt hat, wie alles abläuft.

»Hey, Joseph«, sage ich, weil ich mit einer Hand Katie halte und mit der anderen Miss Marple streichele.

»Hallo«, gebärdet er. »Komm rein.«

Er bietet mir was zu trinken an, was ich ablehne, bevor er mich fragend ansieht.

Nun muss ich meinen ganzen Mut zusammennehmen. »Ich bin hier, um Sie um die Hand Ihrer Tochter zu bitten«, gebärde ich, während meine Hände schwitzen.

Er sieht kein bisschen überrascht aus, sondern fängt sofort an zu nicken. »Aber selbstverständlich! Ich hatte gedacht, dass du es schon viel früher tun würdest.«

Noch eine Sache hat sich im letzten Jahr geändert. Ich beherrsche jetzt viel mehr Gebärden, sodass ich mich sehr viel besser mit Joseph Brookner unterhalten kann.

»Das wollte ich auch, aber ich denke, Raelynn brauchte Raum, um sich selbst zu entwickeln. Zu wissen, was sie wirklich will und auch einfach mal zu tun, was sie tun will, ohne auf andere zu achten.«

Raelynn hat angefangen zu studieren. Betriebswirtschaft. Ich habe ihr gesagt, dass sie studieren kann, was sie will, aber sie hat beschlossen, dass sie Carls Partnerin in der Firma werden will. Wenn diese Frau sich was in den Kopf gesetzt hat, dann zieht sie es durch.

»Deswegen bist du der Richtige für sie.«

»Danke.«

»Ich hätte mir keinen Besseren für mein Mädchen vorstellen können. Ich hab zu danken.«

Joseph reicht mir seine Hand, die ich nur zu gern ergreife. Er hat Fehler in seinem Leben gemacht, aber er bemüht sich, sie alle wiedergutzumachen. Dafür respektiere ich ihn sehr.

Als ich das Haus verlasse, ist mein Herz sehr viel leichter als zuvor.

———

Nachmittags hole ich Raelynn aus dem Büro ab, was nicht allzu ungewöhnlich ist. Sie fällt mir um den Hals, küsst mich, und ich kann es immer noch nicht fassen, dass wir nach so langer Zeit endlich ein Paar sind.

»Alex hat vorhin angerufen. Sie kommt nach Whynot!«, kreischt sie beinahe.

»Das ist ja hervorragend.«

Ihre beste Freundin habe ich bisher noch nicht kennengelernt, weil sie auf Hawaii Migrationsmuster von Walen studiert. Aber ich weiß quasi alles über sie.

Raelynn greift nach meiner Hand. »Oder? Ich freu mich so. Sie war jetzt anderthalb Jahre nicht mehr hier.«

»Wie lang bleibt sie?«

»Nur eine Woche. Aber immerhin. Damit du es schon mal weißt: In der Woche hab ich keine Zeit.«

Ich lache auf. »Alles klar.«

Langsam schlendern wir durch die Straßen, bis wir die Wiese erreichen, auf der letztes Jahr die Betriebsfeier stattgefunden hat. Als wir zu dem Steg kommen, an dem ich sie wiederbelebt habe, klammert sie sich an meine Hand.

Ich weiß, dass dieses Erlebnis sie noch viele Male aus dem Schlaf gerissen hat, und sie hat auch ein paar Online-Therapiestunden genommen, um diese Angst loszuwerden. Aber ich dachte trotzdem, dass es eine gute Idee wäre, diesen Ort mit etwas Gutem zu verknüpfen.

Vorsichtig betreten wir den Steg, gehen bis zum Rand, schauen über den Fluss, der sie beinahe das Leben gekostet hätte. Dann drehe ich mich zu ihr.

Sie sieht mich fragend an. Ich ziehe etwas aus meiner Hosentasche, bevor ich mich auf ein Knie niederlasse.

Sie schlägt die Hände vors Gesicht, bevor sie ruft: »Ja!«

Lachend sage ich: »Du weißt doch gar nicht, was ich sagen will!«

»Trotzdem: Ja, Ja, Ja!« Und dann fällt sie mir um den Hals. »Ja, Ja, Ja. Immer nur Ja.«

Ich schlinge meine Arme um sie. »Also Ja?«

Sie lacht und weint, bevor sie sich von mir löst. »Sorry, was wolltest du fragen?«

»Du bist ganz schön verrückt.«

»Schuldig.«

»Willst du mich heiraten?«

Sie nickt. »Ja.«

Und dann stecke ich ihr den Ring an, den ich für sie habe schmieden lassen. Vom ersten Gold, das Lincoln und Noah gefunden haben.

»Er ist wunderschön.«

»Das Gold hat Noah gefunden.«

»Ehrlich?«

»Yep. Er wollte, dass daraus dein Verlobungsring entsteht.«

Sie wischt sich Tränen von den Wangen. »O Mann.«

»Dein Vater hat ebenfalls zugestimmt.«

»Du hast ihn nicht ernsthaft um meine Hand gebeten.«

»Doch, natürlich. Das ist eine Frage des Respekts.«

Sie lächelt mich an. »Vollkommen unnötig, aber danke. Ich wette, Dad hat es zu schätzen gewusst.«

Ich schaue aufs Wasser. »Vielleicht ist es ein bisschen makaber, dir an diesem Ort den Antrag zu machen, aber er war doch sehr gut zu uns.«

»Das stimmt«, sagt sie leise.

»Immerhin hast du Miss Marple hier gefunden.«

Sie nickt. »Und ich hab meinen ersten Kuss von dir bekommen, auch wenn ich die Hälfte der Zeit bewusstlos war.«

»Das hört sich so was von falsch an«, gebe ich zu bedenken, was sie zum Lachen bringt. »Als wäre ich nekrophil oder so.«

»Somnophilie nennt sich das.«

»Ehrlich? Dafür gibt es einen Namen?«

»Es gibt für alles einen Namen.«

Ich stehe auf, helfe ihr nach oben. »Und wie nennt man das, wenn man sich plötzlich über Paraphilien unterhält, nur drei Sekunden, nachdem man einen Antrag bekommen hat?«

»Total durchgedreht«, scherzt sie.

»Na, wenigstens weißt du es.«

Sie betrachtet ihren Ring. »Es ist irgendwie ein schönes Symbol, oder?«

»Für?«

»Für das Verschmelzen unserer Familien.«

Ich lächele, ziehe sie an mich. »Das ist es. Wobei es mir eigentlich nur wichtig ist, dass ich mit dir verschmelze.«

»Das hört sich auch irgendwie merkwürdig an.«

»Mist, ich sollte an meinem Vokabular arbeiten.«

Sie sieht zu mir auf, grinst mich an. »Du datest jetzt eine Studentin. Da musst du dich anstrengen.«

Ich drücke meine Lippen auf ihre. »Und das macht mich so heiß.«

Lachend schlingt sie die Arme um meinen Hals. »Dich macht alles heiß.«

»Nur, wenn es mit dir zu tun hat.«

»Das will ich dir auch geraten haben.« Dann schaut sie mir eine Weile in die Augen. »Ich liebe dich. Weißt du das?«

»Das weiß ich.«

»Ist das hier wirklich real?«

»Real und für immer.«

Mit einem Kuss besiegeln wir die Worte. Ich lege meinen Arm um ihre Schultern, ziehe sie an mich, und dann schlendern wir durch Whynot. Dieses kleine, idyllische Städtchen mit seinen verrückten Bewohnern, die eindeutig das Salz in der Suppe sind.

»Ich will unbedingt von Stubbs getraut werden«, sagt sie plötzlich.

»Das ist doch gar keine Frage.«

Lachend fasst sie nach meiner Hand. Und ich? Ich bin noch nie so glücklich gewesen.

***

Hier endet die Geschichte von Raelynn und Maverick. Wenn du eine Bonusszene zu den beiden lesen möchtest, dann meld dich für meinen Newsletter an: http://annie.myflodesk.com/alaska

Band 6 handelt von Raelynns Bruder Noah und kann bereits vorbestellt werden: amazon.-de/dp/B0CT8Z5W6F

CONTENT NOTE

Potenziell triggernde Themen in *Five of a kind* sind:

Depressionen, Selbstmord, Verlustängste